瘦箫诗馆

SHOU XIAO POEMS CENTER

艺文集

COLLECTION OF ART WORKS POETRY AND ARTICLES

主编 鲍宇 周爱东

中国文联出版社

图书在版编目（CIP）数据

瘦箫诗馆艺文集 / 鲍宇，周爱东主编. -- 北京 : 中国文联出版社，2021.1
ISBN 978-7-5190-4405-3

Ⅰ. ①瘦… Ⅱ. ①鲍… ②周… Ⅲ. ①诗集－中国－当代 Ⅳ. ①I227

中国版本图书馆 CIP 数据核字 (2021) 第 013903 号

瘦箫诗馆艺文集

主　　编：鲍　宇 周爱东
终 审 人：姚莲瑞　　复 审 人：陈若伟
责任编辑：付劲草　　责任校对：尚莲霞 陈小鸣 徐　扬 高　勇
封面设计：李　岩　　责任印制：陈　晨

出版发行：中国文联出版社
地　　址：北京市朝阳区农展馆南里 10 号，100125
电　　话：010-85923053（咨询）85923000（编务）85923024（邮购）
传　　真：010-85923000（总编室）010-85923025（发行部）
网　　址：http://www.clapnet.cn　http://www.claplus.cn
E－mail：clap@clapnet.cn　chenrw@clapnet.cn

印　　刷：南京朗时印务有限公司
装　　订：南京朗时印务有限公司
本书如有破损、缺页、装订错误，请与本社联系调换

开　　本：787×1092　1/16
字　　数：8 万　　印　张：24.5
版　　次：2021 年 1 月第 1 版　　印　次：2021 年 1 月第 1 次印刷
书　　号：ISBN 978-7-5190-4405-3
定　　价：98.00 元

《父亲像》 青铜 吴为山创作于 1991 年 29cm×15cm×18cm

草字愚解

吴耀先

一曰『更官』。

昔先祖鉴余出生于『庚』年，蒙赐以『庚官』之嘉名，其望切云龙，可谓寄意良深也矣！然纵观平生，余本布衣，躬耕于桃林，至多可以勉强自封为一个普通园丁而已矣！这恐怕还不算称职，更何况素非做官之材，又从未谋过什么官衔，一介书生，取名为『官』，若循名责实，岂非属于弄虚！故敢违悖祖意，乃改吾名为『更官』云尔！

二曰『冉泽』。

曰高府之苗裔兮，泽冉冉惠民！

三曰『继高』。

承吴家之宗风，继高氏之遗德！

四曰『耀先』。

光耀祖先兮，我以我血荐轩辕！

五曰『峻崖』。

峻岭拔青松，悬崖挺翠柏！

六曰『浩歌』。

大江东流去，浩歌弥激烈！

七曰『高歌』。

登高峰以舒啸，临清流而歌诗！

八曰『瘦箫』。

杜鹃声里，瘦箫诗山，琴伴沙鸥！

吴耀先简介

吴耀先，又名峻崖，笔名瘦箫，系江苏省东台市时堰镇人，一九二九年农历六月十六日生于溱湖之滨的小甸址高氏书香世家，原名冉泽，曾用庚官、更官、继高、浩哥、高歌等名，乃范公堤西一诗叟也，留有《瘦箫诗稿》、《瘦箫诗稿续》各一册行世。

其祖父高也东，清末秀才。父辈昆仲五人，均学养有素。伯父高二适，著名学者、爱国诗人、书法家。生父高乐山，教师出身。耀先先生后因过继姨家，故姓吴，其养父（姨父）吴敬之，正道直行，情钟文史，尤重教子读书做人。

先生在自著《瘦箫诗稿》中作“草字愚解”，其中有记：“冉泽，曰高府之苗裔兮，泽冉冉其惠民；继高：承吴家之宗风，继高氏之遗德；耀先：光耀祖先兮，我以我血荐轩辕；峻崖：峻岭拔青松，悬崖挺翠柏；浩歌：大江东流去，浩歌弥激烈；高歌：登高峰以舒啸，临清流而歌诗；瘦箫：杜鹃声里，箫瘦诗山，琴伴沙鸥。”

先生少年时期启蒙于私塾，继入新式学堂，并已同时在家教中起步读经学诗，又曾拜举人张星槎老儒，利用课余时间从其学文字、学基础知识，且兼爱书画，擅弄箫笛；青年时期先后卒业于省立如皋师范和江苏教育学院。

一九四八年秋，年轻的吴耀先走出校门，正值抗日战争胜利之初，又处于解放战争取得决定性胜利的全国解放前夕，先生乃毅然投身革命，经苏北泰州地区干部学校培训后分配工作，先是参加泰州地委工作队，受任张甸工作组组长，协助当地干部宣传土改政策，征集公粮，支援前线。此后一直从事人民教育事业，先后受任区中心小学校长、区文教辅导员、区教育工会主席，乃至高级中教，执教高中语文，并兼理校刊主编工作等职。

“文革”十年，先生蒙受冤屈，被打入“牛棚”；改革开放，先生重回三尺讲台，教书育人，奉献在岗。一九八三年，从事大半辈子教育工作的先生因病离休，适逢党的教育体制改革春蕾初动，先生情系故园，心念教育，为了立本树人，提高民族素质，乃奋袂而起，集贤兴学，创办腾飞补习学社，招收应往届在高考中名落孙山的青年学子入学，为学子弥补文化缺陷，为高校输送合格新生。腾飞补习学社在高考中年年报捷，深受社会称誉，荣膺党和政府表彰奖励。先生如履春风，意气当年，作昂扬奋进的《腾飞补习学社之歌》：“堰口虹桥，春光烂宵。巍巍腾飞，兴学施教。……喜看人才之丰蔚兮，如雨后之春潮。宏开学社，乐育群髦。中华腾飞，端赖吾曹。”

二〇〇八年，吴耀先先生三子——国际著名雕塑家吴为山先生为家乡捐资造桥，吴耀先先生极力推动舍宅立馆，捐建以雕塑作品和文献陈列为内容的吴为山雕塑艺术苑，由中共东台市委宣传部授予“爱国主义教育基地”荣衔。艺术苑免费向社会开放，乡亲们笑逐颜开，流连忘返，耀先先生则立马助阵，亲任讲解，为弘扬和普及国学与文艺，敢献垂暮余热，耄耋壮心未已。

吴耀先先生出生时，先祖鉴其生于“庚”年，曾赐以“庚官”之嘉名，望切云龙，寄意良深。后先生改名“更官”，曾自解曰：“然纵观平生，余本布衣，躬耕于桃林，至多可以勉强自封为一个普通园丁而已矣！这恐怕还不算职称，更何况素非做官之材，又从未谋过什么官衔，一介书生，取名为‘官’，若循名责实，岂非属于弄虚。”由此可见先生品格高洁，气质淳朴。

先生晚年，老病缠身，但其立心天地、立命生民、读书做人、修己爱人的情怀弥笃，其诗中有云：“人生苦短爱难穷，坎坷兴衰鉴佞忠。忧患牵心狐鼠穴，治人修己德唯宗。”可谓沧桑沉郁回荡，忧患意识激扬。所幸晚岁欣逢盛世，喜看新风。“时代造英豪，气宇凌霄。恭逢尧舜意尤鏖。文化复兴甘荐血，啸傲兰皋。”诗中多有这般情致舒畅，鼓舞轩昂。

先生一生安贫乐道，教书育人，以诗寄怀，以箫娱情，终因病于二〇一七年六月一日安详辞世，“质本洁来还洁去”，唯余诗魂清越，诗胆清明。

《瘦箫诗馆艺文集》编为“瘦箫诗稿”“箫声悠扬”“诗馆藏珍”三卷。其中《瘦箫诗稿》卷分上、下篇，收录先生生前创作的大量感时述怀、讴歌祖国、赞美家乡的诗歌，折射出一个时代的印记，字里行间可见作者真情、真心、真性。先生是一位地方杰出教育工作者，他以三尺讲台为阵地，传道授业解惑，培养出莘莘学子，桃李满门。《箫声悠扬》卷为先生生前亲朋故交、授业弟子所作追思文章汇编。《诗馆藏珍》卷缘起吴耀先先生去世后，家属邀请国内著名艺术家以其诗歌为内容创作的一批艺术作品，以示纪念，并意愿将此一批文化精品无偿捐赠给东台市政府。为嘉扬这一善举，东台市政府立意在东台博物馆内专设“瘦箫诗馆”并永久陈列，特编入艺文集中，列美于兹，以飨读者。

‖序言‖

中国美术馆馆长吴为山先生，以雕塑艺术裁切历史，名重中外，遥想青铜文化数千年矣，历来以堂皇端庄为体，何以能写意随心，拿捏如云，塑形成诗？成诗且不失厚重，稀世圣哲，亘古气貌，凝冻今朝。余曾问，如此技能，可学可练，如许诗情，来自何处？

江淮风物，自古丰美。而在宋代之后，国脉南移，此地便为文教中轴、斯文渊薮。吴为山先生家乡东台，其父吴耀先先生自小深受文史书画熏染，于大时代风浪间执守教学之命，且时时不忘写诗。吴父之诗，裹卷古诗之美境嘉词，熔铸今日之诚挚情怀，让人憬悟华夏九州文化传承之最佳形态。吟咏之乐， 既为五六诗友，更为满庭儿孙。儿孙间有一人感悟最深，于是此番吟咏又成了造就大才之私家课本。

东台市博物馆决定依照吴耀先先生之字号，建立瘦箫诗馆。由此，既可展示一位典雅文士逍遥现代之一路心声，又可展示万千门庭传承文化之特殊方式，更可展示一位艺术大家出发成长之血缘土壤。因此，诗馆不大而意涵别具，故作文以贺。

余秋雨

丙申深秋

诗情永驻　箫声悠扬

——怀念吴耀先老先生

二〇一七年六月一日下午两点三十八分，一位博学而又谦恭、瘦小而又坚强的老人，带着对水乡的深情、对亲人的眷恋、对生命的不舍，在长时间与病魔和死神竭力较量之后，安详家中，走完了他八十八岁的人生。

消息不胫而走，从大江南北、四面八方赶来的，除了至亲骨肉，更多的是他的名徒高足、文朋艺友、故交新知，人们悲恸着、崇敬着、诉说着和他的相识、与他的交往、对他的追思……

吴先生是个老革命，爱祖国、爱家乡是他一身秉持的风骨。他少年就读于私塾及新式学堂，青年时期追求正义和进步事业，先后求学于省立如皋师范、江苏教育学院。一九四八年秋投身革命，参加泰州地委工作队，协助当地干部宣传土改政策，帮助征集公粮，支援前线部队。一九四九年起，先后受任家乡区中心小学校长、区文教辅导员、区教育工会主席，是个名副其实的老革命、老先进。特别是在国家自然灾害和政治运动过程中，无论环境条件怎样艰难险恶，先生都能始终坚定做到拥护共产党的领导，热爱社会主义制度，把爱祖国、爱家乡的赤子情怀体现在日常工作之中。即使离休以后，他也放弃太多在疗养胜地享福休闲的机会，情系桑梓、安居乡里，为家乡的发展繁荣发挥着余热、奉献着智慧。

吴先生是个老园丁，爱教育、爱学生是他一生执着的追求。从青年时代起，他就从事教育工作，先后执教于东台师范、东台中学、时堰中学，重点辅导高中语文。他以三尺讲台为阵地，为学生传道授业解惑，培养出莘莘学子，可谓桃李满天下。即使到一九八三年退下来，他还心系贫寒学子，拿出个人积蓄创办了腾飞补习学社，专门辅导那些家境差、经济窘迫的高考落榜生，义务提供讲授和复习资料，使他们重燃希望之火，再添拼搏之能，最终圆了大学之梦，不少成为祖国的栋梁之材。他一辈子倾心教书育人，用洁白的粉笔抒写着自己洁白的品质和充实的人生。病重期间，他念念不忘的还是教育教学，还是学生学业，叮嘱学校要多多关心那些困难学子。病危之际，他还托付家人带头捐资助学。

吴先生是个老国学，爱诗词、爱创作是他一生痴迷的乐趣。他求知若渴、博览群书，国学底蕴深厚，一生写了大量赞美共产党、赞美祖国、赞美家乡的诗词歌赋。我在担任市委常委、宣传部长期间，与吴老经常有这方面的交流，每次接触，总感到他老人家年事虽高，但才思敏捷，身体虽不壮实，但浑身充满正能量。从时政新闻到文化动态，从国家发展到家乡变化，出言吐语，都体现了他人老心红，出口成章，着实让我们这些晚辈敬仰不已。每到重大喜庆节刻，老人家都会即兴抒怀，赋诗几首。他的篇篇诗作，不少已汇编成册，尤其是他的《瘦箫诗集》，格调高雅、内涵丰厚，成了我们学用国学、励志明智的生动课外读物。

吴先生是个老坚强，爱生命、爱亲情是他一生最后的呵护。老革命的坎坷经历、老园丁的辛勤奉献、老国学的殚精竭虑，加上长期培育儿女、操持家境的劳累，使吴老很早就因岁月风霜侵蚀而落下诸多病痛。瘦小的身板、瘦削的脸庞、瘦弱的体态，成了他晚年外在形象的定格，难怪他把自己的笔名取为“瘦箫”。他体态虽弱小，可内心特坚强。特别是他在临近人生终点而表现出的强烈的对生命的渴望和对亲情、家人的眷顾。这些年，吴老屡次发病住院，有两次都是从死亡线上被拉了回来，这固然有老伴的照料、儿女的孝顺、优良的医疗护理等外部客观条件，但老先生自己与病魔顽强抗争的信心和毅力也是屡病屡愈的重要原因。他不惧死亡，即使心肺功能近乎衰竭，住进了ICU病房，他还在昏迷半昏迷的间隙中喃喃自语：“会好的，我要起来，我要回家……”一旦病情缓解，无论是喂水或进食，他都非常配合，竭力支撑起来，总是努力多喝点、多吃点，表现出强烈的求生欲望。对床前探望的亲朋好友，他那瘦小的手总是把你握得紧而又紧，似乎要告诉你：我还有力气，我还要活下去！他特别在乎亲情，在乎全家团聚，漫长的岁月里，逢年过节、阖家汇拢、儿孙绕膝，是他最快乐的时光。就是到了病危时刻，他念叨最多的还是朝夕相伴、相濡以沫的爱妻和远在外地的儿孙。记得二〇一六年春节期间，我到病房看望老人家，正遇上他最疼爱的孙女从外地赶回到床前，她给爷爷专门买了个漂亮的保温杯，说爷爷一定要喝温开水，凉水喝了受刺激，问爷爷喜欢这杯子吗？老人家头直点，笑得那么开心，连声说：“喜欢，喜欢，喜欢噢！”整个病房充满了温情、温暖、温馨……三月十日，老人家病情又出现反复，医院下了病危通知单，儿女们果断决定转往省人民医院重症病房。从昏迷到醒来，再昏迷过去，几经抢救，终于又能缓过气来。每当神志清醒时，他依然还是像平常那样呈现给大家乐观的神态、慈祥的微笑，仿佛什么都没发生，难怪医护人员都惊奇而敬佩地称他“吴奇迹”“吴坚强”！

在经历最后一次，也是近十六个月里最漫长的重症救治之后，吴老终因病情恶化，离开了人世。他是六月一日儿童节走的，也许冥冥之中，他要返老还童，带着童心、童真、童趣上路，在天堂的水乡、在天堂的课堂、在天堂的书房，继续吟诗作对、箫声悠扬，继续演绎他那超凡的睿智、独特的神韵，继续以那出类拔萃的国学功底，弘扬真善美，传播正能量……

熙宇

二〇一七年六月十六日

原载《瘦箫诗稿》序一

东台，余之故乡也。旧名东淘、东亭，位处黄海之滨，古为煮海制盐之地。南唐曾于此设海陵监，宋置西溪仓，用以控领盐利。今尚存之西溪唐海春轩塔、城东宋范公长堤，皆足标记斯城历史之悠久。近数十年间，则以学者、诗人、书家高二适先生昂然独步，高出一时，堪称乡贤之翘楚。二十世纪六十年代中期，围绕王羲之《兰亭序》之真伪，中国文史界曾掀起一场大辩论，时任中国科学院院长郭沫若主其伪，时为江苏文史馆馆员高二适先生则言其是。此一辩论规模之大，层次之高，权威之多，影响之深广，均属空前。二适先生不虑当时环境气氛之特异，不顾争论双方地位之悬殊，而唯真理是求，绝不随人俯仰，高张宏文，孤身呐喊，其气概之勇壮，见识之超卓，襟怀之磊落，人品之高迈，皆足震照古今，迥绝一世。余时年少，虽慕闻其人而不得相接，然仰止之情常萦于怀。

二十世纪八十年代末，吾乡新秀吴为山君任教于南京师范大学美术系，专攻雕塑、绘画。九十年代，为山君调任南京大学雕塑艺术研究所教授，曾为荷兰女王贝亚特丽克丝，美国前总统布什，国内名人费孝通、林散之等塑像，意态不凡，获得极大成功。余与为山君多有过往从，觉其灵气四溢，慧识内蕴，为难得之隽才。于叙谈中得知为山尊人本高姓子弟，因过继姨家方改今姓，高二适先生乃为山之伯祖也。余亦恍然悟识为山雕塑绘画之成就如此，实乃渊源有自，其家学熏陶之影响自可想见。

己卯岁末，有幸结识为山君尊人吴耀先先生，并承枉过随园宿舍，从容叙谈，其言语举止，恂恂然儒者也。其祖父高也东，乃清末秀才。耀先先生早年秉承家学，曾问学于清末举人张星槎门下，吟诵诗词，兼习书画，并擅弄箫笛。一生从事教育事业，辛勤培育桃李。其于子孙教养尤为有方，受其熏染，皆能潜心艺苑，贤隽踵接。埙篪并奏于前，远乡嗣音于后，可谓秀气独钟，薪传有继，骎骎称盛者矣！

耀先先生雅好歌咏，举凡国家兴亡、时代变迁、事业劳绩、生涯痕影，以及家庭之欢、亲友之谊、儿孙之乐，无不展现笔下。余惊其多而服其善，美其敏而叹其勤，深感其酝酿之深、采撷之富。讽诵其诗，足以感知近世中国文人之不凡经历与心灵变化之轨迹，并进而深窥其中理想光华之闪射。耀先先生诗情纷涌，雅思蹁跹，或登高披风而吟啸，或临流弄管而飞声。集名“瘦箫”，其清音逸气远传林壑，悠然不绝。通览诗稿，觉其所作不拘拟规以为圆，摹矩以画方，一皆出于自然而已。

耀先先生之雅咏清吟，迥然范俗；耆年硕德，著于乡里。他日贤子孙观此，必将迅奋而大张其家声，是为序。

钟 陵

二〇〇〇年四月于山西

‖原载《瘦箫诗稿》序二‖

耀先兄擅箫笛，爱书画，也擅诗词。《瘦箫诗稿》收录诗词两百余首，时间跨度近六十载。这是耀先兄个人经历的宝录，是家国变迁的写照，也是一位正直的中国知识分子心声的吐露。沧桑之感沉重，钟爱之心洋溢；翻腾着生活浪花，舒卷着历史云烟。读这些作品，如坐瓜棚之下倾听一位饱经忧患的老人忆往谈旧，令人增知益智，眼界大开。诗稿记载境遇的顺逆、世态的变幻，悲欢离合、喜怒哀乐，一一驱之笔下，爱国之情炽燃在字里行间，而又都出之以淡泊宁静。因而读这些作品，深感其情真、其韵雅、其词工，而其意则深且远。清越温厚，含蓄蕴藉，传统笔墨与时代气息和谐自然地结合在一起。如果只有遣词造句的手段，而无养心见性的功夫，肯定难臻此境。读这些作品，又如于月夜之中聆听“余音袅袅，不绝如缕”的洞箫之声，使人感心动耳，荡气回肠。

先岳父高二适先生是当代著名的学者、诗人和书法大师，是耀先兄的伯父。耀先兄酷爱诗歌创作且能有如今的业绩，当然是家学移化，渊源有自。二适先生曾言：“凡诗古文词能讲宗法，遵师承，株株于流派者，均非佳致。要之能出入千数百年，纵横百数十家，取长舍短，自得其环，而又超乎象外，何声调谱之足援耶？”谈到自己的创作经验，二适先生如斯说：“予则以诵习功夫得古人之间，纯乎天籁，不仅仅于矩矱。”

天籁自鸣，直抒己志，如风行水上，自然成文，这是何等的境界！耀先兄在诗歌的创作上肯定对二适先生的这段精警论述有着深刻的体验。我祝耀先兄在今后不懈的努力与追求中，充分地享有那种天然浑成而独得自然之趣的快乐！

尹樹人

谨志于一九九九年冬至日

目次 CONTENTS

下 篇

[卷二] 箫声悠扬

［卷三］ 诗馆藏珍

瘦簫詩館

SHOU XIAO POEMS CENTER

艺文集

COLLECTION OF ART WORKS POETRY AND ARTICLES

[卷一]

瘦箫诗稿

◎上篇

身世回首

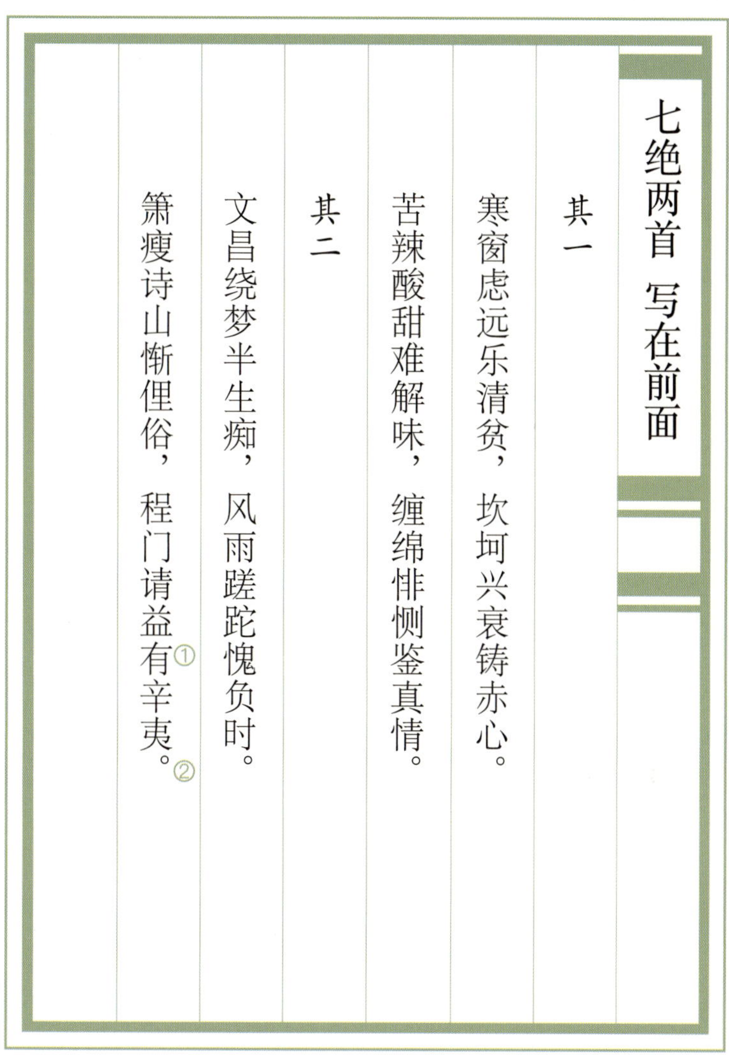

七绝两首 写在前面

其一

寒窗虑远乐清贫，坎坷兴衰铸赤心。
苦辣酸甜难解味，缠绵悱恻鉴真情。

其二

文昌绕梦半生痴，风雨蹉跎愧负时。
箫瘦诗山惭俚俗，程门请益①有辛夷。②

注释：

①“宋程颐门人杨时游酢，一日往见颐。时值大雪，颐偶然瞑目而坐，二人遂侍立不去。待颐觉，时酢始辞别，门外已雪深一尺。”后人因用“程门立雪”为尊师重道的故事。此处用“程门请益”一语乃表示向各界方家竭诚求知、敬聆教益的心意。

②辛夷：香木名。江南地暖，正月开花；北地春寒，二月始开。白者名玉兰，亦称望春、迎春。诗中“程门请益有辛夷”一句是形容程门聆教如赏玉兰，如咀英华，启迪良深，获益匪浅之意。

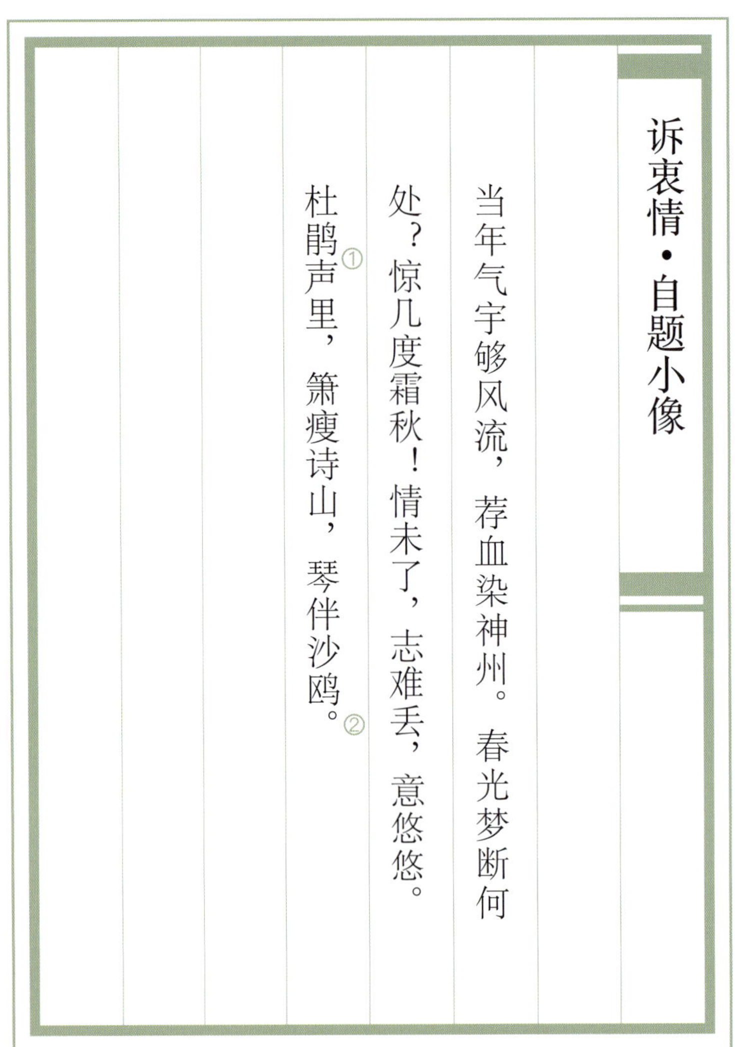

诉衷情·自题小像

当年气宇够风流，荐血染神州。春光梦断何处？惊几度霜秋！情未了，志难丢，意悠悠。杜鹃①声里，箫瘦诗山，琴伴沙鸥。②

注释：

①杜鹃：鸟名。其声凄厉，能动旅客归思。白居易《琵琶行》："其间旦暮闻何物，杜鹃啼血猿哀鸣。"

②沙鸥：一种水鸟，栖息于沙洲，经常飞翔于江海之上。孟浩然《夜泊宣城界》："离家复水宿，相伴赖沙鸥。"杜甫《旅夜书怀》："飘飘何所似？天地一沙鸥。"

身世回首

自度曲·老病离休

老病催休，思筐篚，①圣恩未酬。嗟世半，阴晴圆缺，外患内忧。革命路上未踟蹰，尧天霹雳变②『楚囚』。邦国活，瘦马嘶槽晚，空自疚！

身虽病，心难老，范公志，何能丢？冀明天幸复，重应召唤。乐奏桃园笙歌动，绿草萋萋迎金乌。还巢日，再附骥驱驰，意正遒！

一九八三年二月于范公堤西

注释：

①思筐篚：杜甫“圣人筐篚恩，实愿邦国活”。

②霹雳：借喻“文革”十年。

七古·授荣誉证赋感

铁树扬花玉宇清，离休耆老荟东亭。
荣光耀证谱新篇，拨乱福来『三中』会。
也能腐儒论古今，醉翁之意在晚晴。

一九八三年七月一日，参加县文教系统离休干部授荣誉证大会，即席赋此。蒙县教育局党委在大会总结中举例公表。虽自惭俚俗，然深受鼓励，因以记之，谨留雪泥鸿爪之痕云耳！

七绝·五十书怀（两首）

其一

半世拿云心志空，范公自许济世穷。
可怜病马嘶槽晚，向日葵心怎改容。

其二

读书虑远忽西东，鹊报秧歌革命从。
坎坷兴衰惊天命，除害治国感仁雄。

一九七九年农历六月十六日于峻崖居

七绝·六十书怀（两首）

其一

请缨有路驾东曦，壮志凌云弱冠时。
浩劫十年惊不惑，迎来花甲晚晴宜。

其二

投袂桃林迎解放，壮怀激烈效终军。
四十生日『牛棚』恨，耳顺于今赋暮春。

一九八九年农历六月十六日于峻崖居

七绝·为夫人赵萍七十共寿

同甘共苦五十春，
风雨沉浮见淑贞。
育女抚儿来晚福，
糟糠夫妇乐逢辰。

一九九八年农历十月二十日于峻崖居

七绝两首 铭感中共东台市委组织部、老干部局为我问寿

其一

『三中』廿载巨龙腾，七秩蹉跎喜晚辰。
东海南山吟国祚，江山特色靠培根。

其二

树人立本感艄公，卅载耕耘愧智穷。
筐篚难酬情眷眷，桃木春早蔚霞红。

一九九八年十月于范公堤西时堰古镇峻崖居

一九九八年七秩初度，中共东台市委组织部、老干部局和市政府教育局为我问寿，铭感无比！又恭逢党的十一届三中全会召开二十周年之大喜大庆，放眼神州春色，备感振奋，乃谨赋俚句两首，聊荐寸忱……

七绝·病中偶成

人生苦短受难穷，
坎兴衰岖鉴佞忠。
忧患牵心狐鼠穴，
敬人修己德为宗。

二〇一一年丁卯暮春　范公堤西堰口古镇峻崖居　八十三叟吴耀先

壬戌中秋之夜于峻崖居

七绝·负笈离井

饮仇咽泪怕悲伤，
负笈图存意激昂。
赢得寒窗同砥砺，
有怀少保①殪夷强。

一九四二年于江苏省立职业中学

抗战期间，时堰被炸，塘坝被烧，乃含恨离井，投考江苏省立职业中学，矢志读书救亡。时校址暂迁南朱庄招生施教。此诗在试卷中得了高分。

注释：

①少保：此处指称岳飞。绍兴十年，授少保兼河南北诸路招讨使，复大败金兵，进军朱仙镇。

七绝·三里泽流亡

卢沟烽火蔓亭东，
堰口倭狼肆虐凶。
泽畔流离怀国恨，
寒毡虑远拯华中。

一九四三年于钟南中学

抗战期间，钟南中学迁址溱潼三里泽招生施教。斯年偕冯德寿同学报考此校。口试时受到夏杏园校长当面赞许："两个小鬼从沦陷区赶到这里来考，爱国精神可嘉！"

七绝·立达求实利

古桥浪急日无光，
恐怖声中设讲堂。
尝胆卧薪图蹈厉，
潜心实利①负存亡。

一九四四年于立达补习学社

时堰沦陷，孙修爵先生幽居僻巷，冒险主办立达补习学社，并聘请张伯良、吴仲襄二公共同任教数理化外语等课程，为救亡育才。我与赵凌星、江陆芹同窗饮恨，朝夕切磋。

注释：

①实利：指数理化等自然科学知识。

寒毡虑远

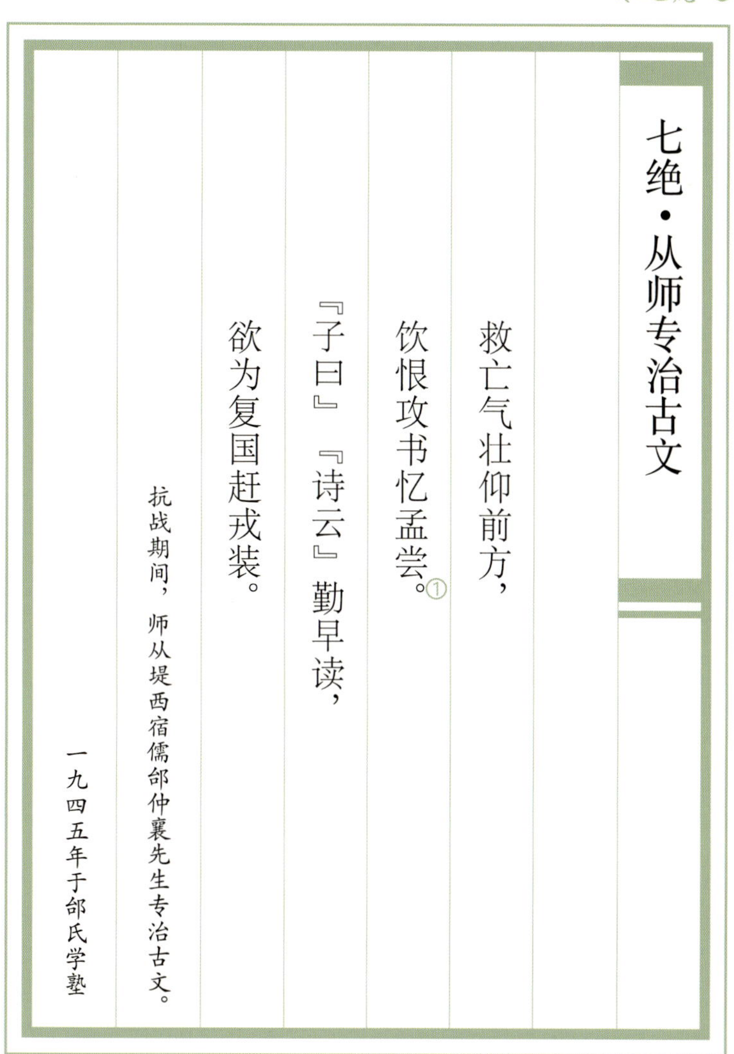

七绝·从师专治古文

救亡气壮仰前方，
饮恨攻书忆孟尝。①
『子曰』『诗云』勤早读，
欲为复国赶戎装。

抗战期间，师从堤西宿儒邰仲襄先生专治古文。

一九四五年于邰氏学塾

注释：

①孟尝：字伯周，浙江上虞人，操行高洁，做官为民。后汉顺帝时，任合浦太守，吏治清明，然未被重视，后因病辞职。桓帝时尚书杨乔推荐孟尝，但终未被用。七十岁时死在家中。王勃《滕王阁序》："孟尝高洁，空怀报国之心。"

七绝·日本投降了

倭魔肆虐八周星，
国恨家仇赤子心。
忽报原子摧广岛，
日旗炬毁葬东京。

一九四五年九月于堰上

一九四五年九月二日，在停泊于东京湾的美国战舰"密苏里号"上，举行了日本法西斯投降签字仪式。中国战区日军投降签字仪式，于一九四五年九月九日在南京中央军校礼堂进行。

七绝·久患思治

倭魔破国读书难，
内战频仍士道艰。
望切云霓祈一统，
鸿鹄展骥振河山。

一九四五年秋于江苏省立第一临时师范

抗战胜利后，江苏省立第一临时师范暂迁泰州城招生施教，余以报考成绩总分第一名被题名榜首。

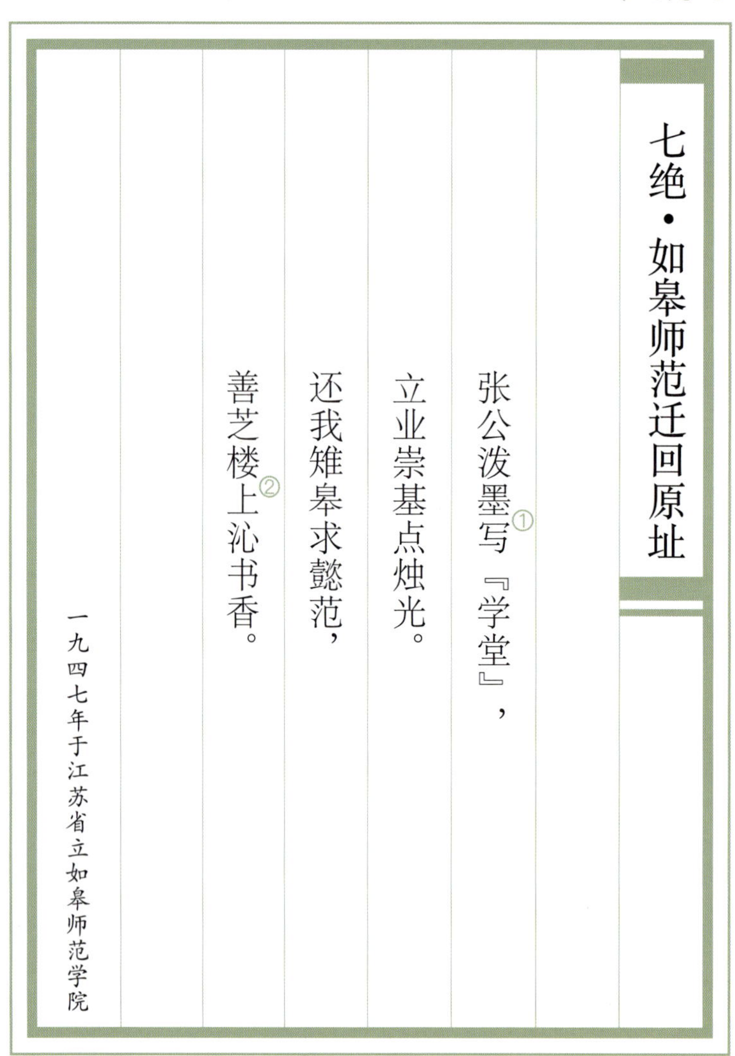

七绝·如皋师范迁回原址

张公泼墨写①『学堂』，
立业崇基点烛光。
还我雉皋求懿范，
善芝楼②上沁书香。

一九四七年于江苏省立如皋师范学院

注释：

①张公泼墨：指清末状元、爱国实业家、教育家张謇先生题写"如皋师范学堂"。

②善芝楼：沈善芝校长一九四七年率全校从泰州城迁回如皋旧址，积劳成疾，不幸辞世，乃造"善芝楼"纪念忠魂。

七绝·行路难

泰海长途多战火，
党争弥烈几时休？
关山难越求学路，
回顾前瞻起内忧。

一九四七年春于船行路上

抗战胜利后，泰海公路战火时起。我们去如皋报到入学，只好偕缪文海、王庆云等同学坐小船沿水路前往。

悼歌　哭悼如师校长沈善芝

噩耗急，地天昏，校园忽辍弦歌声，风雨如晦泪满城。
思先生，哭先生，敬业崇基点烛焰，爱生如子乐树人。
两年来，旰食宵兴，讲社弘教，率先垂范从群英，还我雉皋①战艰辛。
吴陵②漂泊，水荟③行乞，④礁暗滩浅⑤客心惊。积劳成疾归程断，思量费尽志弥坚。思先哲，悼忠魂，一曲未终人不见，千秋万代仰楚星。⑥

一九四七年于江苏省立如皋师范学校

抗战胜利后，如皋师范暂驻泰州城招生施教，时因其故址被国民党军队盘踞扎营。一九四七年春，沈善芝校长毅然率全校师生还巢如皋，殊料其竟遭地方势力的暗中刁难阻挠，"国军"曾一度不予让出。学校只好商借庙宇上课，学生宿舍暂寓沙家花园。

注释：

①雉皋：如皋。②吴陵：泰州。③水荟：借水荟园指代如皋城。④行乞：为了如师迁进故址，沈校长奔波求助，就像武训行乞那样，而国民党军营却借故拖延。⑤礁暗滩浅：借喻着黑暗势力的种种干扰、重重险阻。⑥楚星：周佛海随汪精卫卖国求荣，曾妄图叫沈善芝出任江苏省伪教育厅厅长，而沈公却誓不媚日，辞绝未任，其民族气节难能可贵，堪称教育界的一颗爱国楚星。

访母校江苏教育学院

桃林敬业忆摇篮，
劫后逢辰访旧还。
老院锁春花竞秀，
香飘万里沁书山。

一九九三年秋于江苏教育学院

七律·献给我的母校
——江苏教育学院五十华诞

春秋五秩仲尼坛，历尽沧桑未改颜。
青岛楼头开绛帐，北京道上忆摇篮。
东风桃李花千树，时雨精英敬一丹。
育秀兴邦诗一卷，烛光拱北话江南。

二〇〇二年十月于校庆盛典

二〇〇二年十月，恭逢我的母校——江苏教育学院五十华诞。余忝蒙垂邀参与庆典，乃遵命赴会。校庆会友，叨陪盛宴，与省教育厅、江苏教育学院领导共话教育，感慨良多。宾主东南，师生情笃，其景难忘。感奋之余，即席赋此，聊荐寸忱……

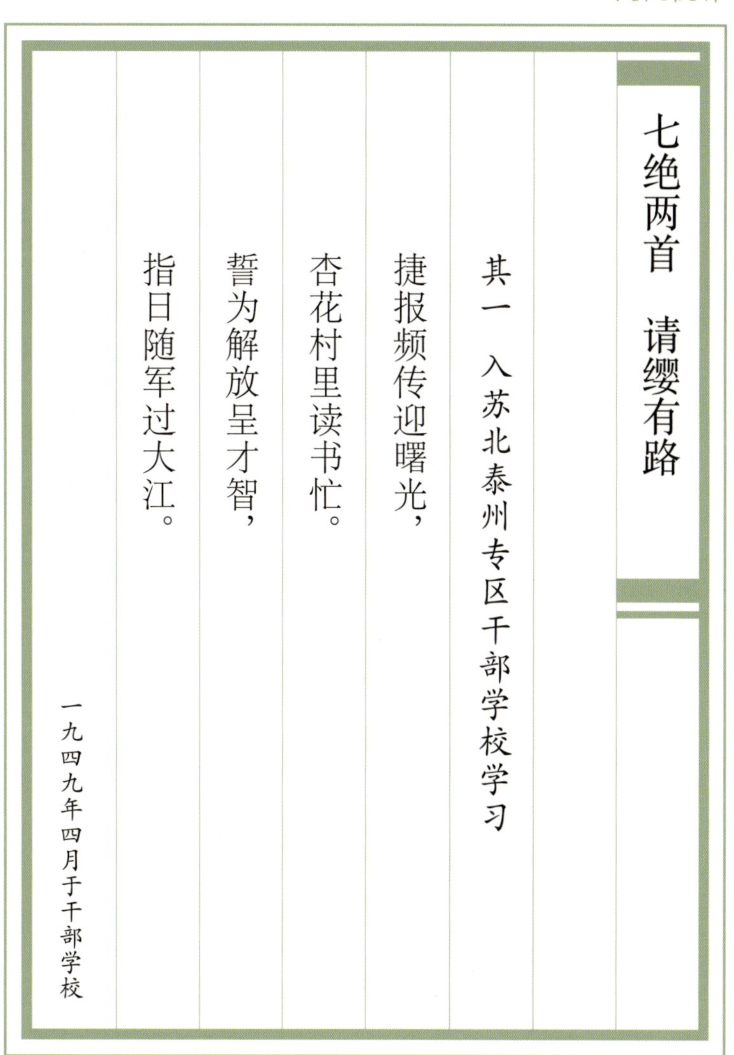

七绝两首　请缨有路

其一　入苏北泰州专区干部学校学习

捷报频传迎曙光，
杏花村里读书忙。
誓为解放呈才智，
指日随军过大江。

一九四九年四月于干部学校

一九四九年二月全国解放前夕，余欣慰请缨有路，乃毅然参加革命，从事小学行政管理工作。四月初调入苏北泰州专区干部学校学习，据说是为大军过江培训文职人员。校址设在姜堰附近的院子村头，这里是银杏之乡。

七绝两首　请缨有路

其二　夏征赴命

解放大军刚过江，
夏征赴命可真忙。
杏花千树秧歌舞，
院子村头广积粮。

一九四九年六月于张甸工作组

在干校结业前夕，曾一度奉命参加地委工作队，我任张甸乡工作组组长，协助乡村干部宣传党的土改政策，开展夏征工作。这里银杏千树，秧歌伴舞，群情激烈。

投袂桃林

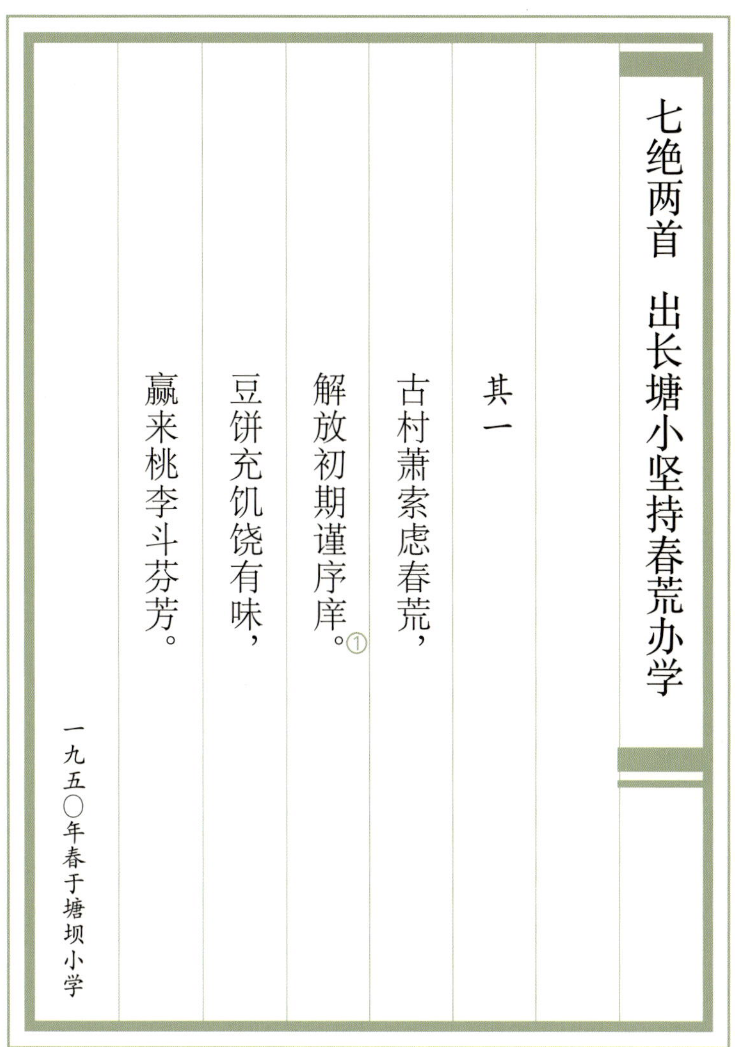

七绝两首　出长塘小坚持春荒办学

其一

古村萧索虑春荒，
解放初期谨序庠。①
豆饼充饥饶有味，
赢来桃李斗芬芳。

一九五〇年春于塘坝小学

旧社会塘坝素称封建堡垒，加之春荒困扰，民生艰难，余乃奉命开辟塘小，坚持春荒办学，成绩显著，荣获东台县人民政府大会奖状表彰。

注释：
①谨序庠：谨，是谨慎。序、庠(音“祥”)皆乡学的名称。《孟子》：“谨庠序之教，申之以孝悌之义。”夏称校，殷称序，周称庠，今称学校。

七绝两首　出长塘小坚持春荒办学

其二

春荒困扰志难穷，
敢教砚台起惠风。
歉岁不知何处去，
桃丹李素驾飞龙。

一九五〇年春于塘坝小学

斯年秋，第一届毕业生升学考试成绩优异，其中赵雄飞、赵五成荣录扬州师范。葛良惠、赵宜瑞荣录盐城师范。王宏官等荣录东台中学。

投袂桃林

七绝·调长嵇小整改旧容

桃红坝上瞬三春，
再赴嵇楼整旧尘。
白手耕耘兰蕙秀，
长征何惜马蹄痕。

一九五二年春于新嵇小学

诗词两首　饰演梁山伯有感

七绝

含悲咽泪会楼台，礼教吃人千古哀。
封建婚姻平地扫，自由民主报春来。

相见欢

梁兄祝妹重逢，戏台中，千古情侣哀史尽随风。
凤凰舞，新民主，九州同。自结良缘，锣鼓庆天红。

一九五二年春于新嵇小学

任新嵇小学校长期间，曾组建业余剧团，开展社教文娱宣传工作。出演古装扬剧《梁祝哀史》，我饰演梁山伯角色。

投袂桃林

七绝·会宴言志

群英乐业会天祥，
漫话宏图夜未央。
办好工团谋福益，
全凭满座荐热光。

一九五二年冬于天祥

斯年冬，为全区教育工会会员大会做时政传达报告后会宴言志，并集中大会民意，命笔上书中国教育工会主席吴玉章，深表全区同仁忠诚人民教育事业之决心，提出“比、学、赶、帮、超”之倡议，荣获《文汇》见报，促进颇大。时余任时堰区文教辅导员兼区教育工会主席和时堰中心小学校长等职。

七绝两首　从东台城要求调回时堰

其一　尽瘁桃林爱梓桑

挈妇将雏两鬓霜，
天灾人患袭愁肠。
高堂老病思归养，
尽瘁桃林爱梓桑。

一九六二年春于时堰中学

在东台中学任教期间，拖家带眷，生活艰困，一九五七年反右，一九五九年幼子为庆夭折，一九六〇年灾荒，高堂老病，归思难收，一九六二年春请求调回时堰中学，荐血桑梓，聊尽仰事畜俯之天职云耳。

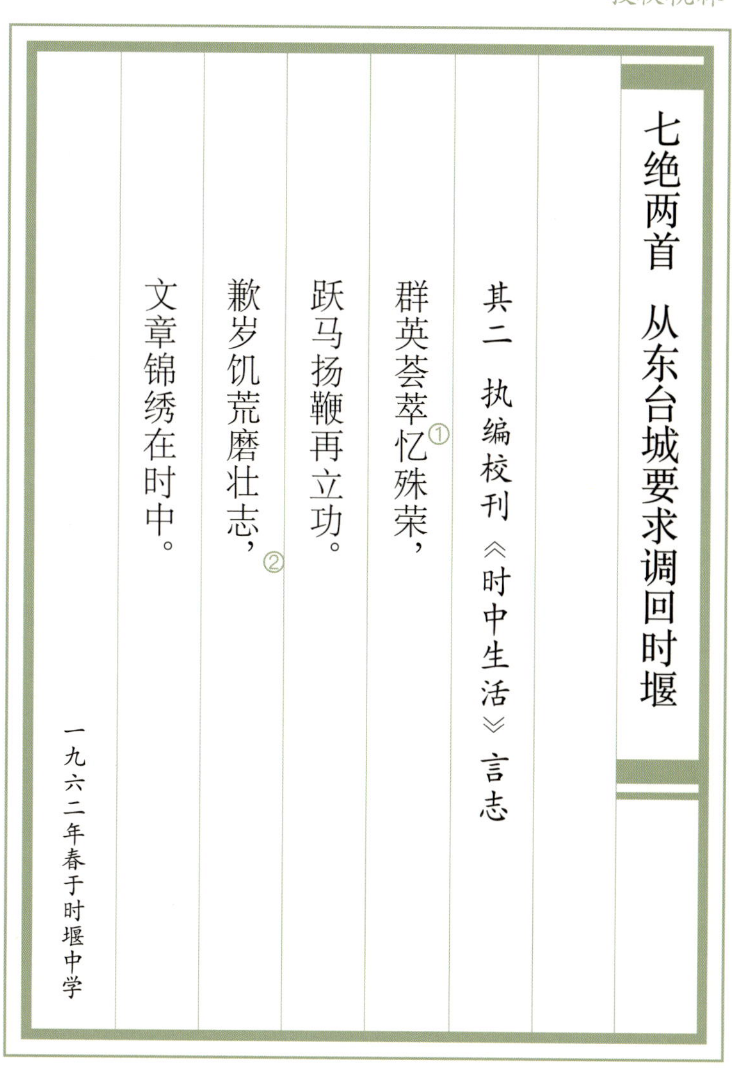

七绝两首　从东台城要求调回时堰

其二　执编校刊《时中生活》言志

群英荟萃①忆殊荣，
跃马扬鞭再立功。
歉岁饥荒磨壮志，②
文章锦绣在时中。

一九六二年春于时堰中学

注释：

①群英荟萃：一九五九年时堰中学中考成绩在盐城地区题名榜首，斯年秋推代表参加全省文教战线群英会。

②歉岁饥荒磨壮志：三年自然灾害，师生员工的战斗意志在艰苦磨砺中更加坚强。

七绝·为东中执编校刊赋感

桃林胜境数东中，
绿草红花斗艳容。
园地沁芳凝壮志，
人文荟萃展雄风。

七绝·夜过海道桥偶遇狂风暴雨

风驰电掣雨倾盆，
海道桥头几断魂。
霹雳千钧浑不怕，
胜天斗胆照行人。

奉命与校团委书记王泽虎同志参加县委排涝工作组，连夜赶赴台南。

浪淘沙·献给江苏省东台中学百年华诞

博爱正同盟，铎振淘东，①百年风雨任从容。忧患兼程弘教化，②人镜芙蓉。③

盘古启『三中』，宣圣春风。④运筹文理傲群雄。俊采星驰参北斗，世纪殊荣。

范公堤西瘦箫　吴耀先　乙酉菊秋于校庆盛典

注释:

①指一九〇五年东中建校之时正是孙中山先生组建同盟会的历史时刻，其意义深远。

②此处是指东中在忧患深重的非常时期敢于冲破险阻，排除万难，矢志艰苦敬业，认真教书育人。特别是在高考制度重大改革的新时代那就更是毋庸赘言了。

③人镜芙蓉典出《酉阳杂俎》，说的是唐李固言遇一老姥，老姥对他说:“郎君明年芙蓉镜下及第。”来年果中状元，第中有“人镜芙蓉”之语。《龙文鞭影》也有“李固芙蓉”之说。这里引用此典，揭示了“名校有良师，名师出高徒”的真意。形容莘莘学子高考得隽，功成名就，报国荣祖的喜人情景。

④宣圣春风:语出《龙文鞭影》。宣圣，即孔子。《尚友录》卷二十二称:“汉武帝谓东方朔曰:‘孔颜之道德何胜?’东方朔曰:‘颜渊如桂馨一山;孔子如春风，至则万物生。’”这里引用此典，乃喻指自党的十一届三中全会以来高考制度的重大改革，和党中央《关于教育体制改革的决定》给教育兴邦、立本树人带来了无穷的力量和无限的生机。以振兴民族精神和促进社会进步为己任的江苏省东台中学为国家培养了一批又一批栋梁之材，就是最鲜活的注解，称得上是红霞满天、俊采星驰，不愧是国家级示范学校……

⑤日寇侵华时期，东中几度迁校流亡(戴南赵家庄、溱潼湖北口等)。国共内战期间，东中局促在台城旗杆巷陋址施教。“文革”动乱期间，先是停课大串联，再是复课，后才正常地恢复抓教学。正如词中所写:“忧患兼程弘教化。”百年风雨，生于忧患，劫后逢辰，世纪青松!

七绝·灾年扶病战课堂

禾苗枯槁袭饥肠，
浮肿缠身战课堂。
难得妻孥同患难，
野草皮糠赛膏粱。

三年自然灾害，民生艰苦，饥饿困扰，时余身患浮肿，带病教课。当时李美武校长亦沾此恙，同样与我们共苦抗灾，坚持工作。

七绝两首　两届奇篇铭远志

其一　时堰社青高考夺标

贾生垂泪不为用，
我困荒沙笑阮公。
高考革新才路广，
社青夺标共殊荣。

一九七八年高考制度重大改革，公社文办抽我去协理社会知青高考复习班工作兼教语文。斯年高考结果，时堰公社知青考生录取率跃居全县首位。社管会惠予物质和精神奖励。

七绝两首　两届奇篇铭远志

其二　送我班录取高校、中专校友入学

大江一曲各西东，
七九书香春意浓。
鲤跳龙门缘有志，
高楼深院绣长虹。

一九七九年秋，县教育局把我从公社文办调回时堰中学，并指定要我主持高中重点毕业班工作兼教语文，我与同班教席吴业生、季镇雄、蔡云、张崇岭、王守理诸公协力同心，竭忠尽智，当年学生高考成绩优异，录取率为全县之冠，受到县委大会表彰。

风兮还巢

腾飞补习学社之歌

堰口虹桥，①春光烂霄。巍巍腾飞，兴学施教。风险屡屡兮，百折未挠。战胜暗礁兮，馆阁娇娆。寒窗面壁兮，继晷焚膏。荐血同心兮，金榜夺标。鹏程似锦慕宗悫兮，②青云直上扶摇。喜看人才之丰蔚兮，如雨后之春潮。宏开学社，乐育群髦。中华腾飞，端赖吾曹。

一九八六年春于腾飞补习学社　吴耀先作词　洪帷杰谱曲

注释：

①堰口虹桥："堰口归帆""虹桥锁浪"乃时堰古镇人文景观之一、二。此处是以"堰口虹桥"借代时堰古镇。

②鹏程似锦慕宗悫兮：王勃《滕王阁序》："慕宗悫之长风。"南朝宋宗悫年少时，叔父问他有什么志愿，他说："愿乘长风破万里浪。"后来官至将军。

七古·兴学育才

行乞图兴战①滩礁，
风雨飘零炼硕桃。
大业存殁多少事，
且把腾飞荐舜尧。

一九八七年七月二十五日于腾飞

一九八五年教育改革春潮滚滚，时余壮心不已，激情澎湃。为振兴人民教育，提高民族素质，经时堰镇党委、镇政府转呈东台县教育局批准，乃于斯年七月二十五日由余负责创立东台县时堰腾飞补习学社。党和政府坚决扶持以育人为旨的正义事业，师生员工壮怀激烈、腾飞园里凯歌如潮。学社负责人有《决定》②在手，意锐志坚，凝心聚力，履险如夷，众志成城。经两年艰苦奋斗，教育质量稳步提高，统考成绩名列前茅，先后为高校、中专输送了一百四十八名合格新生，深受社会称誉，荣获党和政府奖励表彰，兴学青史，留照《镇志》。唯余因年老体病，力难从心，故于一九八七年夏登报通告停止办学。

注释：

①行乞图兴：引自"武训行乞兴学"，此处乃喻指我在创办"腾飞补习学社"的事业中，尽管遇到种种干扰，碰到重重险阻，但由于党和政府的竭力支持和师生员工的共同努力，终于在艰苦奋斗中取得了胜利，其根本原因就是有《决定》在手，意锐志坚。

②《决定》：指党中央《关于教育体制改革的决定》。

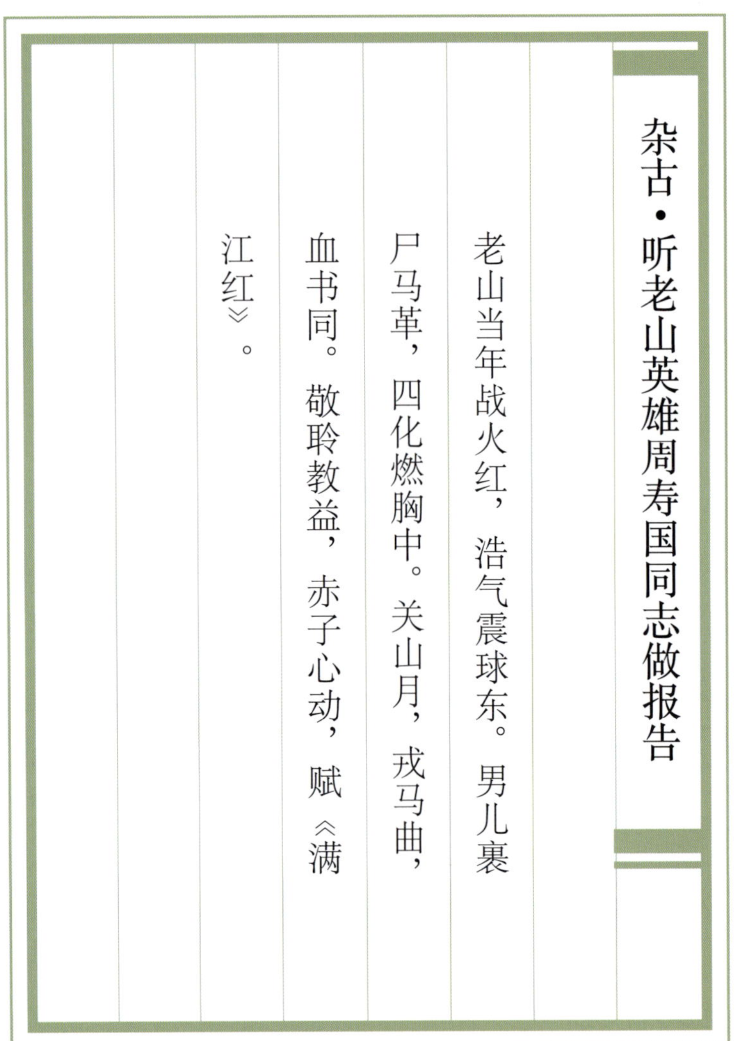

杂古·听老山英雄周寿国同志做报告

老山当年战火红，浩气震球东。男儿裹尸马革，四化燃胸中。关山月，戎马曲，血书同。敬聆教益，赤子心动，赋《满江红》。

一九八六年十月二十三日（农历一九八六年九月二十日）率腾飞补习学社全体师生员工听报告于时堰人民大会堂。

七绝·鱼书雁足寄深情

高楼深院忆舟中，
几度惊礁患难同。
茹苦含辛图破壁，
云销雨霁看飞龙。

一九八六年夏于腾飞补习学社

一九八六年夏，首届复习生高考录取率为全县之冠。同年秋，录取入学的校友纷纷来信致谢，乃赋此酬谢，资以励其奋进……

自度曲·赋首届录取高校、中专校友联欢

故园联欢忆当年，礁暗，滩浅，风雨同舟冲阻险。有《决定》在手，意锐志坚。继晷焚膏图破壁，春风化雨暖寒毡。

喜今朝，良辰美景，高楼深院求造诣。大江南北，读书报国荟精英。

一杯清茶，几盘粗菜，山高水长师生情，锦旗脉脉感点睛。借问巨龙何处去？振兴中华赋腾飞。

一九八六年寒假前夕于腾飞校园

自度曲·预考夺标

预考夺金标，光照虹桥，腾飞园里凯歌闹。桃丹李素春不去，郁馥群髦。馆阁更娇娆，壮志凌霄，宏图大展巨龙跃。蹈厉同心迎统考，胜券稳操。

一九八七年五月于腾飞校园

腾飞第二届复习生参加高校招生预考，合格率为百分之八十，学社召开誓师大会，由余做关于"乘胜前进，夺取统考全胜"的动员报告。

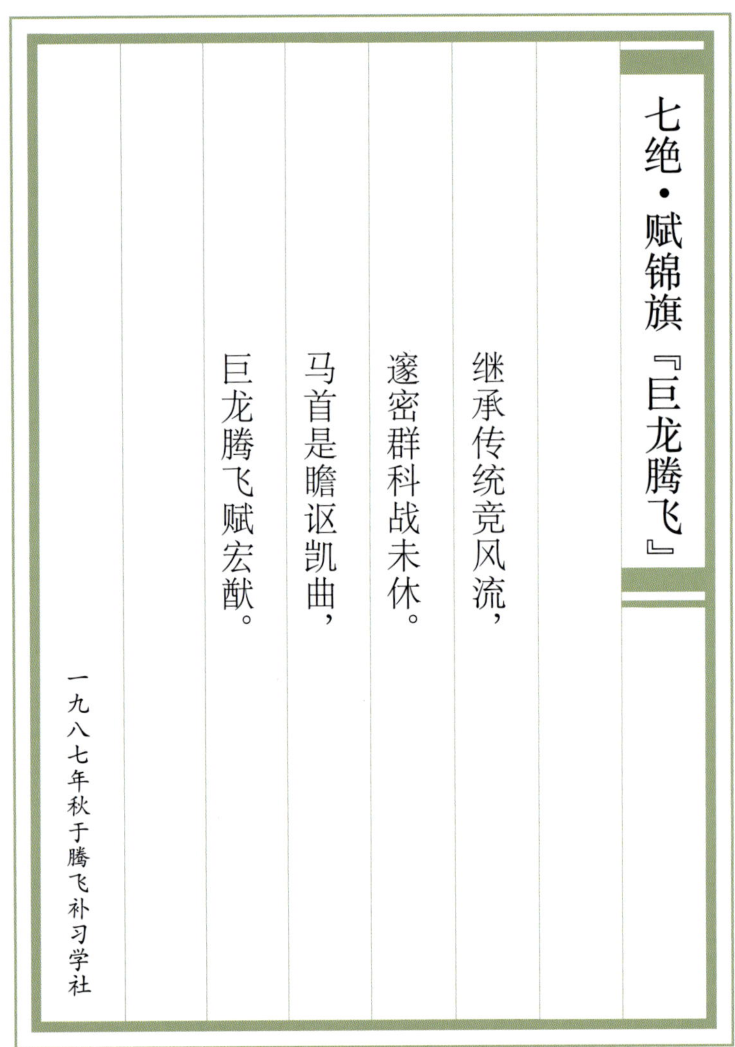

七绝·赋锦旗『巨龙腾飞』

继承传统竞风流，
邃密群科战未休。
马首是瞻讴凯曲，
巨龙腾飞赋宏猷。

一九八七年秋于腾飞补习学社

第二届复习生统考进线率又在全县复习班中尊夺头鳌，他们也赠送“巨龙腾飞”锦旗一面给母校腾飞留念。

七绝·一张奖状

民族素质要提高，
异梦同床战暗礁。
冲破逆流求稳舵，
一张奖状指航标。

一九八五年秋余创办腾飞受到表彰

七绝三首 向有关方面致谢

一赠党政领导

擎旗改体办腾飞，履险惊礁稳舵桅。旰食宵兴图破壁，鲜花一束感栽培。

二赠任课老师

讲台授业烛光馨，乐育英才付血心。喜看巨龙腾跃日，桃红天下感园丁。

三赠后勤职工

腾飞园里破寒毡，服务教学靠后勤。今日高楼求造诣，难忘鱼水感深情。

一九八七年夏于腾飞补习学社

凤兮还巢

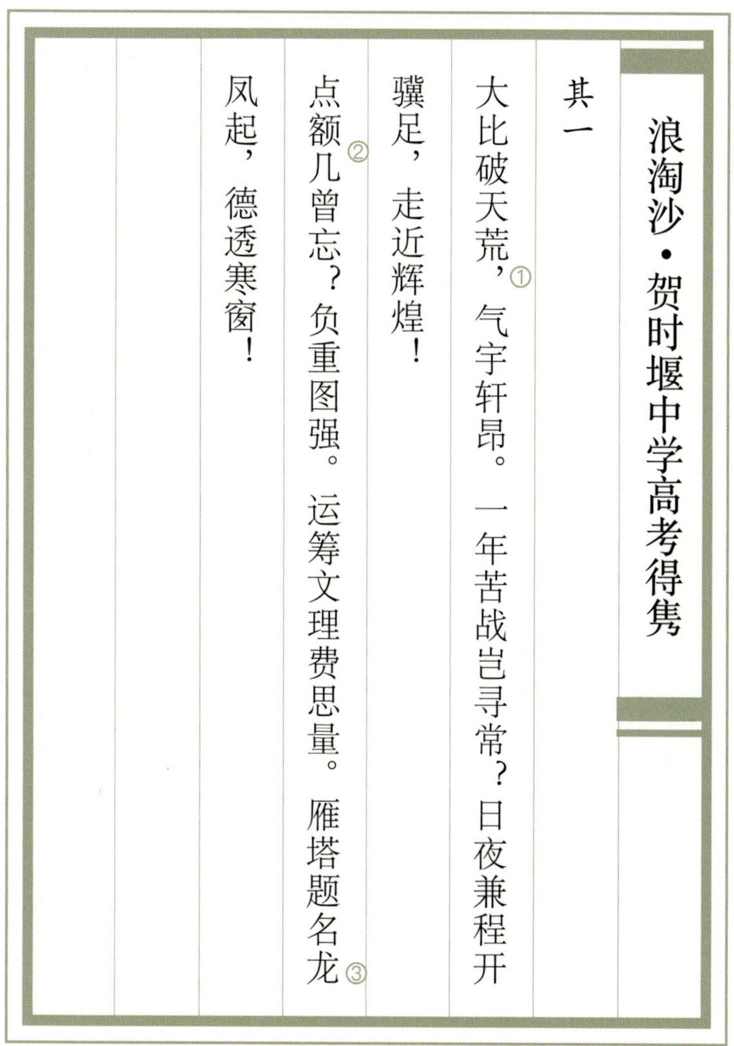

浪淘沙·贺时堰中学高考得隽

其一

大比破天荒，①气宇轩昂。一年苦战岂寻常？日夜兼程开骥足，走近辉煌！

点额②几曾忘？负重图强。运筹文理费思量。雁塔题名龙③凤起，德透寒窗！

乙酉荷夏，欣闻时堰中学在今年高考中首战告捷，达线率猛超历史，荣获社会称誉，深受学生及其家长的敬仰和信赖。兹不揣浅陋，谨填“浪淘沙”两阕，聊志庆贺。

注释：

①破天荒：泛指前所未有，乃第一次出现的新事物。唐代荆州每岁解送举人，多不成名，号曰“天荒”。至大中四年刘蜕以荆解及第，刺史崔铉特给钱七十万贯为破天荒钱。又江西自宋初以来，士人未有以状元及第者。绍圣四年何昌言始以对策居第一，谢民师以诗寄昌言云：“万里一时开骥足，百年今始破天荒。”

②点额：应试见遗，谓之“龙门点额”（黄河上有龙头，鲤鱼跃过就成为龙，没有跃过就点额而回）。喻指时中前些年来高考成绩每况愈北，群议纷纭……

③雁塔题名：唐代中宗以后，对及第的士人都在慈恩寺雁塔上题名《幼学琼林》：“进士及第，雁塔题名。”

浪淘沙·贺时堰中学高考得隽

其二

鞭炮震天轰，伟绩殊荣。酒楼茶社话时中。拱北凝心吟跨越，换了新容。

锣鼓庆旗红，誉满淘东。往年送子虑重重。唯喜阳春终有脚，梦寐云龙！①

范公堤西瘦箫吴耀先　乙酉荷夏于峻崖居

①唯喜阳春终有脚，梦寐云龙:《幼学琼林》:“恩可遍施，乃日阳春有脚。”《梦寐云龙》:“风从虎，云从龙。”此处喻指学生及其家长神往时中，像巨龙腾云般梦寐以求，再也不像往年那样送子入学顾虑重重……

诗词两首

欣赋时堰中学高考成绩突破校史最高纪录

其一

泰东河畔起蛟龙，尝胆图兴志未穷。风雨杏坛余烛泪，春回堰口见桃红。遴贤稳舵云帆急，革故崇基韬略宏。两载兼程堪尽瘁，激流航进树奇功。

其二

星级竞风骚，尊夺头鳌。高楼深院歌如潮。锣鼓声中鞭炮激，凤起腾蛟。校庆献蟠桃，美酒佳肴。春秋诗卷醉群髦。创新同德齐勠力，凯曲醇醪。

时堰中学连续两届高考得隽，今年本科达成率124%，居东台市星级学校第一，突破了时中校史的最高纪录，记下了时堰中学全体师生员工奋力爬坡的艰辛与努力，为迎接时堰中学五秩华诞的校庆盛典奏响了一曲跨越时空的黄钟大吕！感奋之余，是为礼赞……

范公堤西瘦箫吴耀先 乙酉荷夏于紫金湖畔

志庆寄语

天下盛筵常难再，
明日芳草意绵绵。
负重致远阳关道，
青春一曲绣新篇。

一九九九年七月三十一日于东亭

龙华志庆忆当年，岁月峥嵘，壮怀激烈。邃密群科图破壁，焚膏继晷暖寒毡。尊夺头鳌驰誉远，七九书香寸草心。

值今朝，学成敬业、特色蓝图求造诣。大江南北，荐血轩辕数精英。金樽美酒，玉盘佳肴，山高水长师生情。层楼耸翠，范堤烟柳，别绪琼浆话长亭。

一九七九届，我与季镇雄、蔡云、张崇岭、王守理和吴业生诸教席协力同心，竭忠尽智，时堰中学当年重点班高考录取率为全县之冠，受到中共东台县委大会表彰。一九九九年荷月，一九七九届校友荟萃台城龙华酒家，举行毕业二十周年纪念活动，乃即席赋此，聊志庆贺。

七绝·国庆十周年夜七里街巡礼

火树银花七里街，
笙歌处处闹亭台。
安民建业十年事，
展望鹏程逸兴来。

一九五九年十月一日于东台中学

清平乐·感赋国庆四十周年

风云畸变，鬼笑声凄切，算尽机关诬马列，一梦南柯再现。红霞正染东方，中华国富民强。四柱擎天在手，看谁毁我铜墙？

一九八九年十月一日

浪淘沙·敬颂党的七十诞辰

圣诞七十朝，瑞气冲霄，红旗如海歌如潮。战鼓催春春欲醉，花重城郊。

改革逐新潮，物阜民饶，擎天四柱有航标。万众欢呼共产党，劳苦功高。

一九九一年七月一日

南乡子·高举邓小平旗帜，展望十五大前程

日照九州红，继往开来仰邓公。南国甘霖腾巨浪，春风，五载辉煌特色通。

旗帜举胸中，左右防微理论弘。为政清廉严法纪，晨钟，三代核心吟旭东。

一九九七年十月

诗词五首　感赋香港回归

其二　七绝·赞红旗

鹧鸪凄切梦珠还，
江海同仇诉不堪。
莫道归鸿不能语，
红旗于今到天南。

诗词五首　感赋香港回归

其四　乌夜啼·笑道光

英夷劫我珠乡，笑昏王，唯有牺牲忠烈，挽残阳。香江泪，金瓯碎，只平常。自有当今贤明，主兴亡。

芙蓉国里

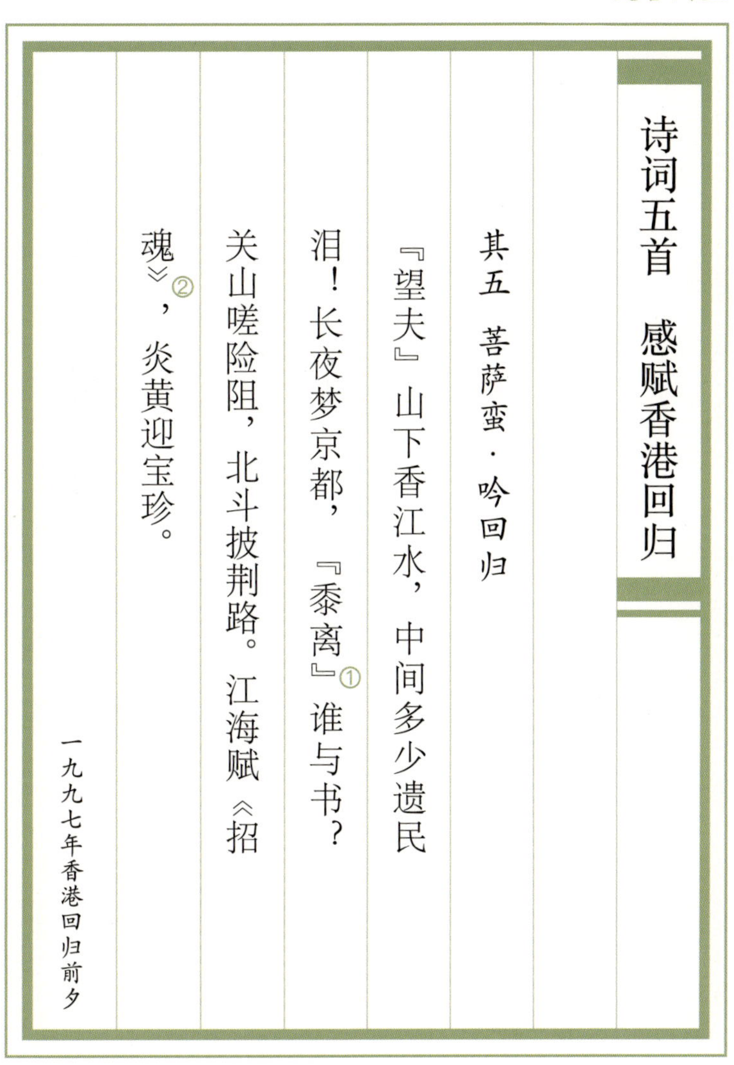

诗词五首　感赋香港回归

其五　菩萨蛮·吟回归

『望夫』山下香江水，中间多少遗民泪！长夜梦京都，『黍离』①谁与书？
关山嗟险阻，北斗披荆路。江海赋《招魂》②，炎黄迎宝珍。

一九九七年香港回归前夕

注释：

①《黍离》：《诗经·王风》十篇之一，其主旨是“闵宗周也”。周室遭了犬戎的蹂躏，平王东迁以后，所有旧时的宗庙宫室尽为禾黍，周的旧臣路过旧都，便不禁心中悲怆，连连地呼天不止。从全诗的内容看，是一篇游子怀念故国，诉说忧愁之辞。

②《招魂》：屈原为悼念楚怀王而作的祭歌。诗中所招者为楚怀王之魂，它的思想含意是深刻的。诗中写天地四方都不可居留，希望怀王之魂不要在外游荡，呼唤他回到祖国的郢都。诗的每段皆以“魂兮归来”为领句，使招魂的主题鲜明突出，也使屈原哀念怀王之情更为强烈。诗的末尾以“魂兮归来哀江南”为结句，不同凡响。本诗引用《招魂》之典，表现了炎黄子孙呼唤香港回归的诚挚之情。

七言两首　颂解放军抗洪奏凯

其一　七古

洪峰汹涌地天昏，斩雨劈风筑长城。
鄱阳洞庭频告急，英雄九死救亲人。

其二　七绝

抗洪赴命战三江，家室牵心惦却忘。
忽报天兵平恶浪，山呼大禹在身旁。

一九九八年写于抗洪告捷之秋

芙蓉国里

永遇乐·敬颂党的十一届三中全会召开二十周年

盘古『三中』，回天变法，经济腾跃。南国甘霖，香江水暖，特色蓝图好。金山银岭，人和乐岁，家足户丰温饱。仰三代，开来继往，擎旗策马兼道。抗洪抢险，军威横厉，不减当年驱豹。左右防微。弘扬至理，科教兴邦妙。可堪回首，十年浩劫，万里萧疏鬼闹。讴核心，咸池浴日，赤县窈窕。

一九九八年秋于范公堤西

七绝五首 喜庆『三中』廿载，缅怀邓公伟绩

其一 晴空骤起四妖风，地暗天昏世道凶。
雄杰除害擒虎豹，『三中』盛会画苍穹。

其二 『三中』廿载建奇功，改革宏图吟旭东。
特色山河舒锦绣，流芳千古小平公。

其三 小平变法胜天公，帷幄运筹韬略雄。
霜剑风刀无反顾，只缘忧患与民同。

其四 金瓯欠缺总需补，两制同存胜算操。
港九已归迎澳岛，台澎思返逐新潮。

其五 中华特色展雄风，科教兴邦赋茂荣。
经济腾飞活国祚，向心凝聚九州同。

一九九八年桂秋

喜吟澳门荣归

濠镜重光还禹甸，
零丁洋里庆尧天。
滔滔『十字』南归海，
无极莲叶吐艳鲜。

一九九九年澳门回归前夕

七绝·江洲北望

琢壁①驰驱白下门，
谁家杨柳绿成村？
江洲北望群帆影，
一片樵风②送白雪。

时在江苏教育学院求学

注释：
①琢壁：典出“玉不琢，不成器。”喻指负笈金陵求深造。
②樵风：指顺风。宋之问：“归舟何虑晚，日暮使樵风。”

七律·登灵谷塔

灵谷春回此登高，云霞灿烂艳阳骄。
中山陵上思先哲，仲恺墓前忆俊豪。
虎踞石城生彩翼，龙蟠钟岱舞重霄。
大江滚滚来天半，不尽诗情逐心潮。

时在江苏教育学院求学

七绝·扬州（三首）

夜游瘦西湖

瘦湖窈窕醉西施，月照琼花塔影移。
柳暗亭桥留墨客，渔歌袅袅起情思。

瞻仰平山堂

大明古寺鉴真僧，东渡传经慰国魂。
宝殿流芳千载颂，平山堂上品雄文。

凭吊史公祠

衣冠冢上仰青松，血染梅花万古崇。
城陷躯捐余泪血，长留忠勇悼祠宗。

一九八九年春日于扬州旅次

七绝·登鸿鹄楼

楼上鸿鹄咏艳阳，
声闻四野震三江。
一朝振羽蓝天外，
四化金城焕碧光。

一九九四年暮春于鸿鹄楼

七绝·题自涂水墨写生《堰口归帆》

归帆片片有无中，
堰口炊烟送晚红。
水远云低鸥点点，
鸭群三两出芦丛。

一九九五年秋于泰东河畔

江山多娇

七绝·题自涂水墨《湖西一瞥》

秋波似涌似从容，
滟滟珠光戏彩虹。
丹绿丛中幽别墅，
渔舟扁扁渐无踪。

戊寅秋于溱湖西庄

秋日来玉兰妹家祝寿，其宅倚村傍湖，风水独秀，登楼一瞥，仙境叫绝，乃涂水墨，以陶逸兴。

七绝·紫金山麓访中山书院

丘林荫绿曲幽幽，
山静路遥听鸟咻。
石径亭前询憩客，
松涛深处是书楼。

一九九五年春于中山陵园

七绝·访枫桥夜泊

钟声渔火怅江枫，
月落乌啼几度同。
空倚桥头寻棹影，
诗魂绕梦尽随风。

一九九一年秋于铜铃关口

七绝·登『东方明珠』塔

凌云东亚一明珠，
收尽浦江两岸图。
崇岛余山笼薄雾，
星光灿烂满天都。

一九九九年春夜于黄浦江畔

江山多娇

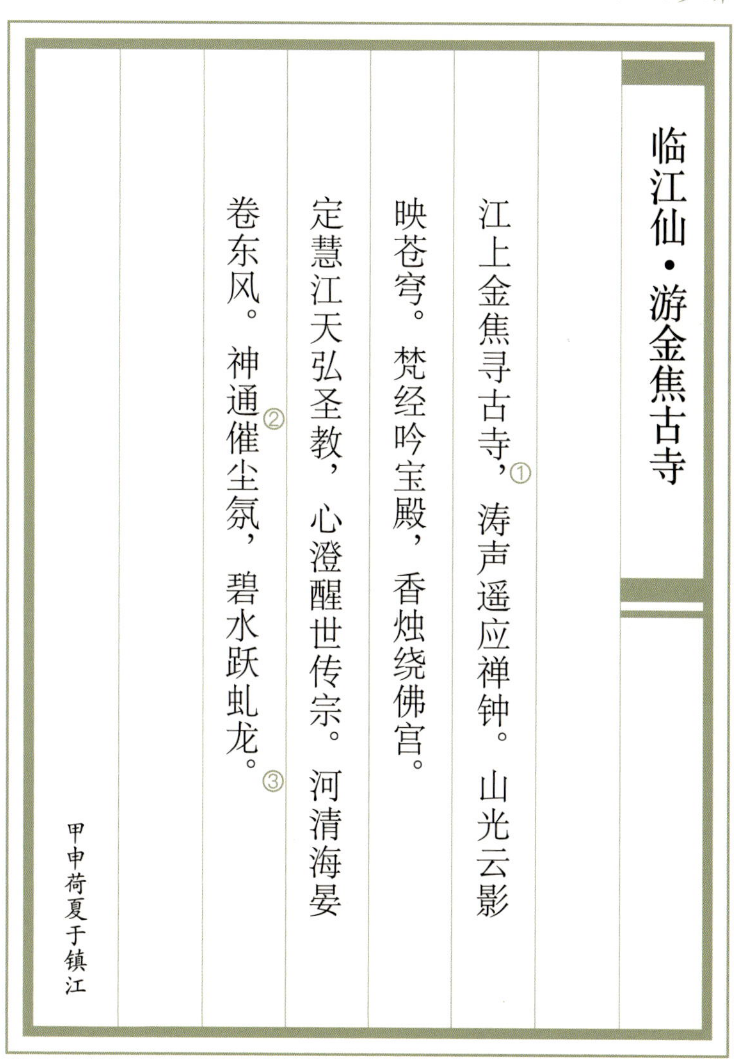

临江仙·游金焦古寺

江上金焦寻古寺，① 涛声遥应禅钟。山光云影映苍穹。梵经吟宝殿，香烛绕佛宫。定慧江天弘圣教，心澄醒世传宗。河清海晏卷东风。神通②催尘氛，碧水跃虬龙。③

甲申荷夏于镇江

注释：

①金焦古寺：指金山江天寺和焦山定慧寺。

②神通：佛教谓菩萨具备的各种神秘莫测的能力。

③碧水跃虬龙：神水洗心，善行如龙。

七绝·博爱阁留影

亭前博爱映梅妍，
燕返莺飞颂逸仙。
风雨钟山澄玉宇，
春光旖旎两重天。

一九九九春于梅花山

注释：

①朝何逊在梁代任扬州法曹期间，常在梅林吟诗抒怀。

七绝·缅怀孙中山先生（两首）

一

同盟革命首驱驰，举义辛亥葬溥仪。
封建王朝惊噩耗，传来博爱报天鸡。

二

檀香山上立兴中，东渡缔盟矢志同。
蹈厉从戎除鞑虏，中华民主撞晨钟。

一九六四年辛亥革命纪念日

七绝·重温周恩来《大江歌罢掉头东》

点睛破壁巨龙腾，
翔宇神鸾任纵横。
天降周公酬末世，
英雄无悔济民生。

一九八〇年春

忆秦娥·重读谭嗣同就义诗书愤

呼声烈，临刑呐喊风雷咽。风雷咽，同盟振臂，化悲为铁。辛亥举义红旗猎，武昌城下群魔泣。群魔泣，壮魂含笑，末朝亡绝。

一九八四年秋

自度曲·读《中华之魂·焦裕禄》

压迫抑肝痛，官场实罕见。熬病下荒野，为民战灾贫。
癌魔后期蔓，拼搏争朝夕。危急嘱战友，重托负铁肩。
兰考临大灾，送葬少花钱。要求只一个，遗骸埋沙尖。
人定必胜天，泉台见丰年。临终哭遗憾，大任痛未毕。
生前尽劳瘁，死后志不灭。一生廉洁守，万民仰高洁。
抚今反思昔，风气非比前。小病忙住院，大病乱花钱。
无病补药服，妻孥同光沾。民隐置度外，谋私争先进。
台前观《裕禄》，汗惭泪沾襟。事后健忘快，故态复依然。
借问惩前者，毖后待何年？

一九九一年残冬

咏史怀古

七绝·瞻仰新四军重建军部纪念馆

海晏于今瞻胜馆，
铁流东进抗倭仇。
运筹帷幄陈司令，
武功文略照千秋。

一九九六年五月一日

自度曲·重温秋瑾诗词悼感

轩亭碧血化明灯，救世雄才仰女魂。
别子抛家花首饰，离闺渡海拯沉沦。
缔盟志士求真理，开讲大通慰爱神。
禹甸于今讴特色，镜湖应慰蛰龙腾。

一九九六年秋

咏史怀古

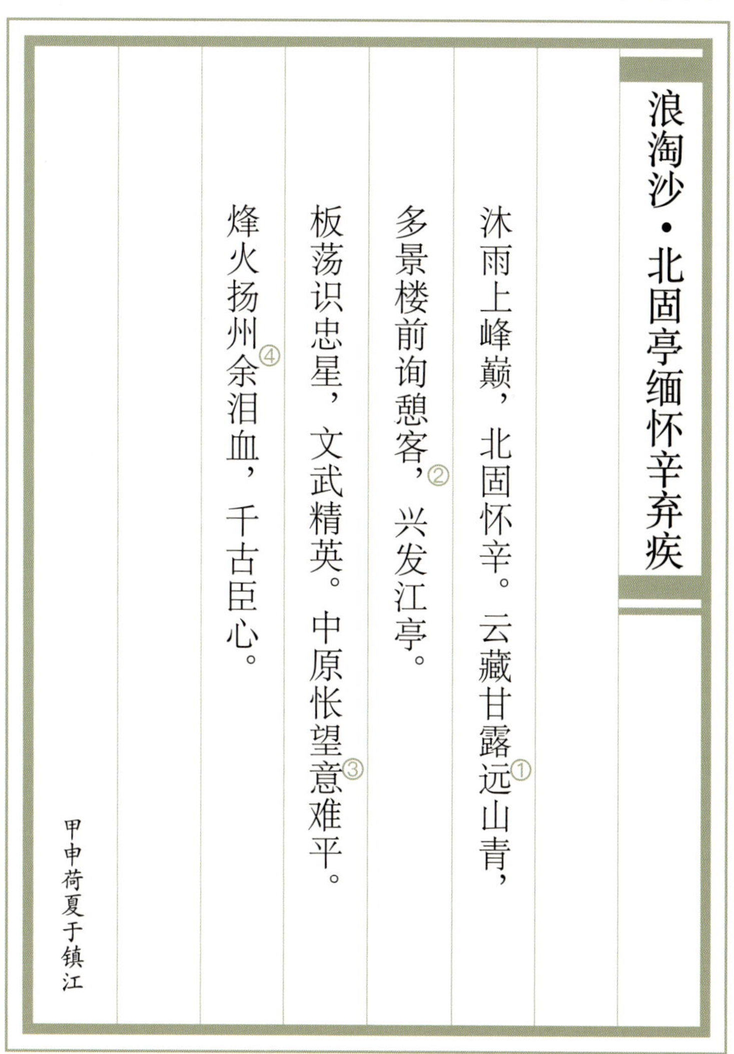

浪淘沙·北固亭缅怀辛弃疾

沐雨上峰巅，北固怀辛。云藏甘露①远山青，多景楼前询憩客，②兴发江亭。

板荡识忠星，文武精英。中原怅望③意难平。烽火扬州④余泪血，千古臣心。

甲申荷夏于镇江

注释：

①甘露：指北固山上的甘露寺。

②多景楼前询憩客：学生时代读辛弃疾《永遇乐·京口北固亭怀古》和《南乡子·登京口北固亭有怀》，半生以来，对北固亭无限神往，可多次因匆匆路过镇江皆未赴北固山寻胜问古。此次登山，石径幽曲，亭址难觅，经问道憩客，乃得以登临怀辛。奋激之情，难以言表，兴发感动，欲罢不能。

③中原怅望：辛词《南乡子》：“何处望神州？满眼风光北固楼。”

④烽火扬州：辛词《永遇乐》：“四十三年，望中犹记，烽火扬州路。”

七律·狼窝知何去？血泪祭茶庵

茶庵河北一窝狼，掳掠奸淫肆虐狂。
犬吠鸡嚎惊扫荡，投弹纵火逞『三光』。①
奴颜妾貌汉奸剧，卖国求荣汪伪帮。②
正义一朝摧腐恶，猢狲树倒哭天皇。

甲申荷夏于镇江

泰东河南岸时堰段偏西朝北的轮渡码头口，其石宫高处有古庙茶庵巍然屹立。大河北岸正面对茶庵处有“开源花栈”老屋。日寇侵占时堰，曾在此处扎营盘踞，驻有一个小队，十几个鬼子。抗战胜利鬼子投降，狼窝被毁，而在“文革”期间，茶庵又遭破坏，变成一片瓦砾，现在连它的遗迹也荡然无存矣！

记得儿时随父母来渡口候船外出，路过茶庵。少时也曾偕小朋友来此玩耍。青年时期负笈离井，只能听到一些有关茶庵的传说。

茶庵，永远是血和泪的见证！她像一位音容宛在的慈母，她交给世界一副饱经忧患的面影，留给人们以历史的思考！

如今来此问古，触景伤怀，沧桑之感顿生，如惊昨夜的噩梦，怎不令人冷汗淋漓，喟然为之兴叹：狼窝知何去？血泪祭茶庵！

抗战胜利六十周年纪念日于茶庵遗址

注释：

①投弹纵火逞“三光”：投弹，指时堰安旅堂遭日机轰炸。纵火，指塘坝村庄被日寇放火烧毁一百零八家。“三光”，指日寇扫荡清乡肆行“烧光”“杀光”“抢光”的三光政策。

②奴颜妾貌汉奸剧，卖国求荣汪伪帮：汉奸，指当时的“维持会会长”陈痂子。汪伪，指当时打着所谓“反共和平建国”旗号的汉奸头子汪精卫的伪“国民政府”。

七律·忠云赠我『杜甫草堂留影』赋感

茅屋三重何处寻？但闻西郭起歌声。
秋风难破黎元梦，老泪吟来广厦城。
忆昔寒窗崇至圣，于今兰苑悼诗魂。
咏怀五百情犹在，十载长安仰爱神。

一九九八年春

辛巳孟冬，忠云贤表外甥（现任盐城市广电局党委书记兼局长）从成都开会返任后惠赠我杜甫草堂留影照片一张。沉郁怀古，神韵肃然。睹景生情，感同身受，乃兴发赋此，聊寄谢忱，望风怀想，不尽依依……

咏史怀古

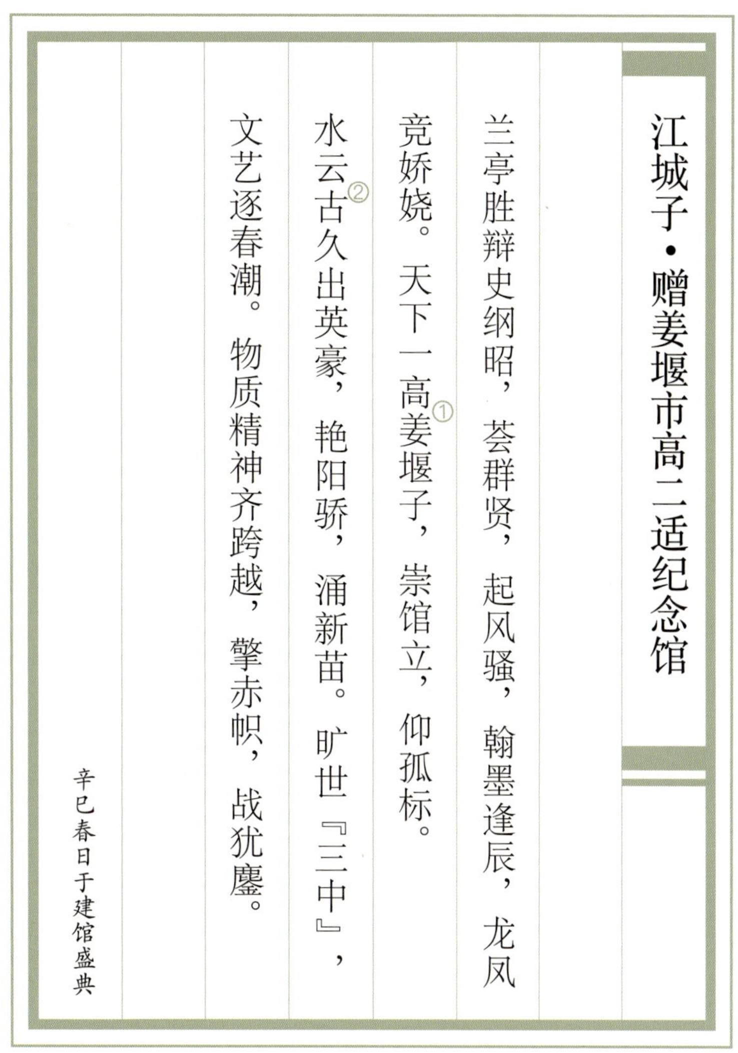

江城子·赠姜堰市高二适纪念馆

兰亭胜辩史纲昭，荟群贤，起风骚，翰墨逢辰，龙凤竞娇娆。天下一高①姜堰子，崇馆立，仰孤标。

水云②古久出英豪，艳阳骄，涌新苗。旷世『三中』，文艺逐春潮。物质精神齐跨越，擎赤帜，战犹鏖。

辛巳春日于建馆盛典

注释：

①天下一高：章士钊诗酬二适有云"天下一高吾许汝"，"唯望书家噪一高"。

②水云：溱湖之滨，有庙曰寿圣寺，寺有藏经楼，楼有匾曰"水云楼"。此楼历史悠久，寺建于宋，楼成于明，登楼则坐拥湖光，俯视则清明雅静。"水云"二字，遂成溱湖之雅称矣！

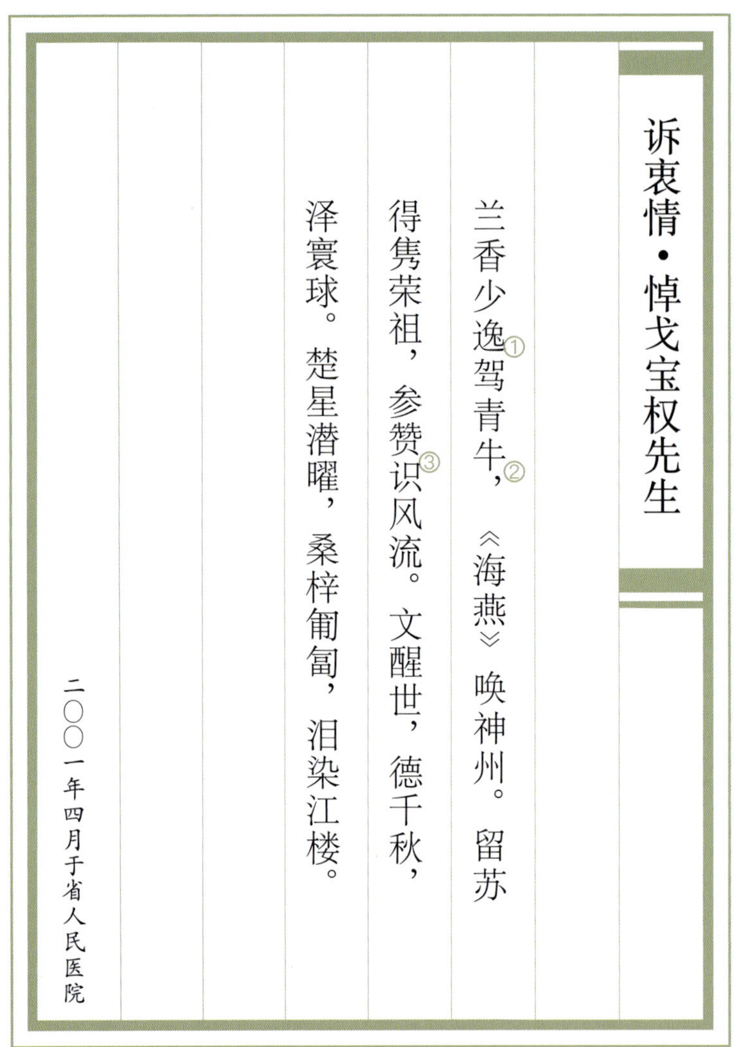

诉衷情·悼戈宝权先生

兰香少逸①驾青牛，②《海燕》唤神州。留苏得隽荣祖，参赞③识风流。文醒世，德千秋，泽寰球。楚星潜曜，桑梓匍匐，泪染江楼。

二〇〇一年四月于省人民医院

注释：

①少逸：刘少逸，北宋人，年十一文辞精美，其师潘阆携见王元之、罗思纯二公，因与联句试之，赞其才美，乃报告朝廷，赐进士及第。此处借喻宝权先生年少多才。

②驾青牛：典出《龙文鞭影》“李耳青”。李耳，名聃，字伯阳，一生下来就是满头白发，故称老子。他曾骑青牛出函谷关，留下《道德经》五千余言。此处借喻戈宝权先生睿智博学、著书立说。

③参赞：宝权先生曾任中国驻苏联大使馆文化参赞。是苏联文学翻译家，《海燕》一诗是他的著名译作。

东台市为“文化和友谊的使者”，著名文学家、翻译家戈宝权先生逝世一周年举行纪念盛典。时余正病住省人民医院治疗，未遂遵邀赴会，谨赋此阕，聊寄悼忱。

故乡明月

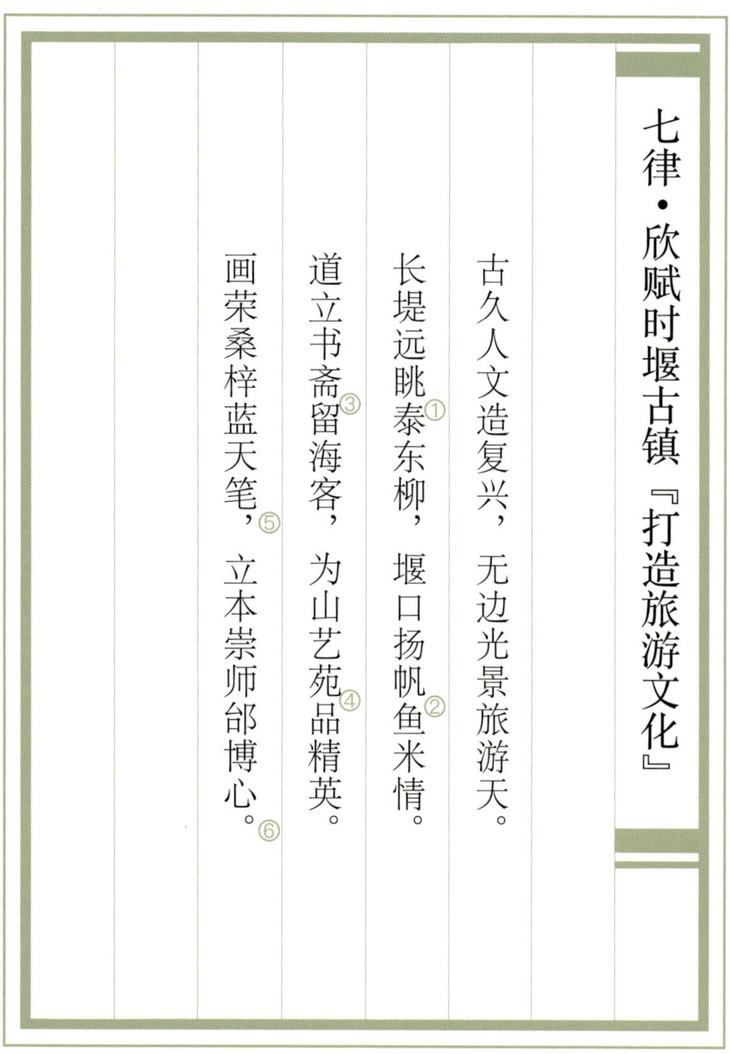

七律·欣赋时堰古镇『打造旅游文化』

古久人文造复兴，无边光景旅游天。
长堤远眺①泰东柳，堰口扬帆②鱼米情。
道立书斋③留海客，为山艺苑④品精英。
画荣桑梓蓝天笔，⑤立本崇师郃博心。⑥

注释：

①长堤远眺：时堰古镇十大“人文景观”之一，泰东大桥横贯长堤两岸，绿柳成行，人流如梭。

②堰口扬帆：时堰古镇十大“人文景观”之二，泰东大河水远云低，征帆片片。

③道立书斋：指代史称“江淮大禹”的清代水利学家冯道立故居，地处时堰镇道立路西侧。

④为山艺苑：指代“东方文化使者”、著名雕塑家吴为山教授为家乡所创建的雕塑艺术苑，地处为山桥夹河西岸南端的野趣湾河畔。

⑤画荣桑梓蓝天笔：称誉出生于时堰古镇的现代连环画家赵蓝天先生。

⑥立本崇师郃博心：称誉出生于时堰古镇的现代著名教育家郃爽秋博士（中国教师节的首倡者）。

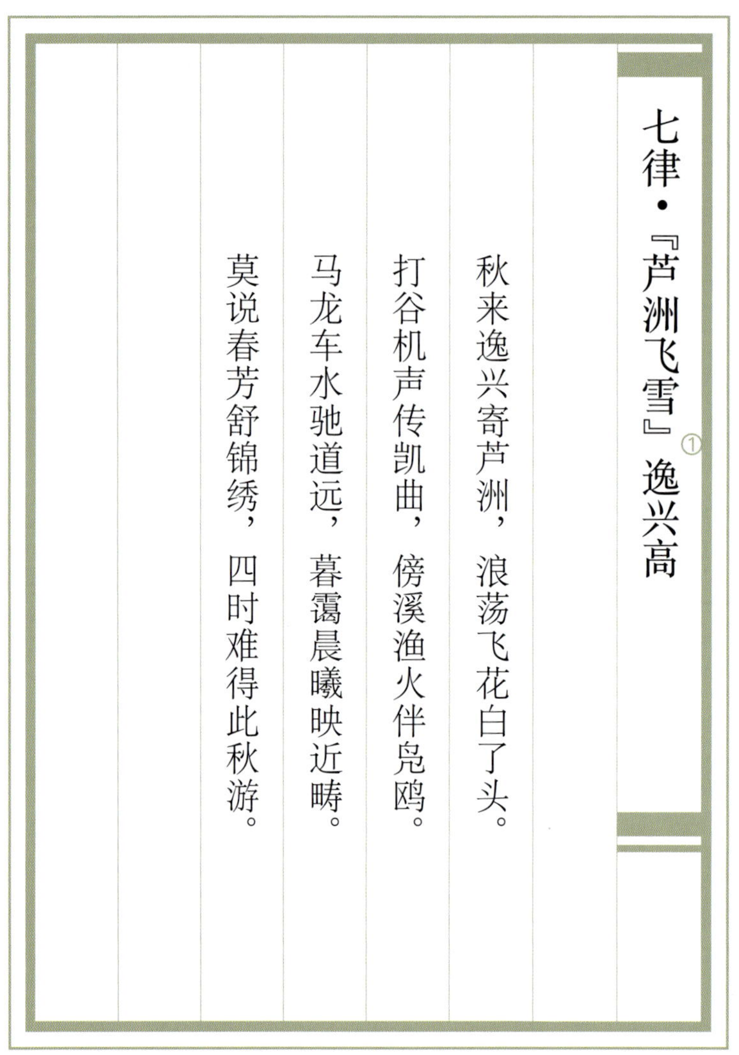

七律·『芦洲飞雪』[1] 逸兴高

秋来逸兴寄芦洲，浪荡飞花白了头。
打谷机声传凯曲，傍溪渔火伴凫鸥。
马龙车水驰道远，暮霭晨曦映近畴。
莫说春芳舒锦绣，四时难得此秋游。

注释：

①芦洲飞雪：时堰古镇十大人文景观之三，地处时堰南郊。这里芦苇浪荡，飞花似雪，古称“荒田横子”。渔民在芦边取鱼，农夫到芦荡砍柴，绿女在船边采菱，雁行在芦洲翔空，近处农场打谷，远方车马争途。暮霭晨曦，金风送爽，田野如画，芦洲入仙，好一幅水乡彩墨，令人遐目骋怀，逸兴遄飞……

七绝·八字桥头一瞥

八字成形两座桥，
衢通四路碧流交。
渔舟农棹轻波动，
柳岸街坊乐岁饶。

乙酉荷夏，时堰古镇西夹河上架起八字双桥（一曰“虹桥”，横跨夹河南北；二曰“新桥”，横跨夹河东西）。两桥呈“八”字形，水陆两路四通，车马船龙，柳袂举川，暮霭晨旭，人流入画，好一派水乡风韵，此所谓“八字桥”是也。

七言古风·缅怀道立先贤

江淮大禹何处寻？治乱兴衰论死生。博学睿智率天性，
经世济民贵修身。克绳祖武书卷业，燕翼贻谋感父恩。
德望尊隆淡名利，造福梓桑荐赤诚。舟行风口战狂浪，
海港迷津子在陈。三载未归倚门泪，保圩杀水难顾身。
奋笔疾书《禁烟》论，研医防疫寄情深。安旅义栖遭炸毁，
『孝廉方正』入儒坑。南北水池知何去？务本旧骸幸犹存。
盘古当今春作伴，堰口虹桥话锦程。《淮扬》皇著昭日月，
观象台前鉴乾坤。文章千古吐白凤，黄卷书香沁北辰。
古镇文明创新宇，道立故居喜有根。跨越时空齐勠力，
率先铸就太阳城。

瘦箫吴耀先　丙戌荷夏于范公堤西堰口古镇崖居

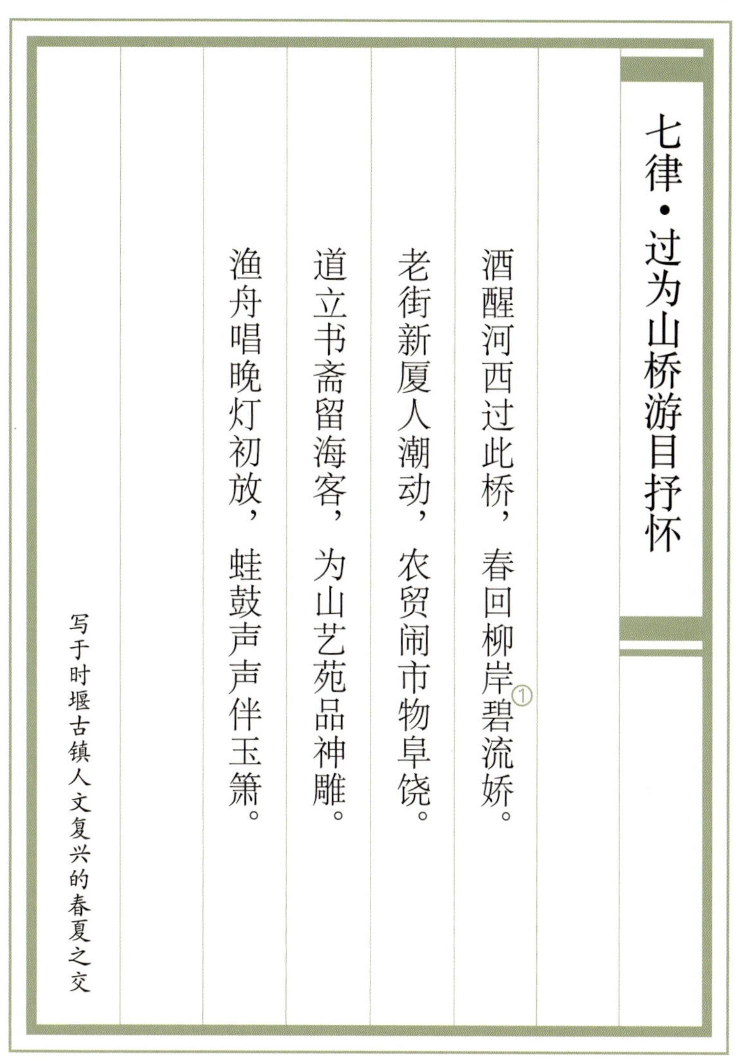

七律·过为山桥游目抒怀

酒醒河西过此桥，春回柳岸①碧流娇。
老街新厦人潮动，农贸闹市物阜饶。
道立书斋留海客，为山艺苑品神雕。
渔舟唱晚灯初放，蛙鼓声声伴玉箫。

写于时堰古镇人文复兴的春夏之交

注释：
①柳岸：柳永词：“今宵酒醒何处？杨柳岸晓风残月。”

七古·野趣湾即景抒怀

临村多野趣，秋来兴倍浓。小桥听流水，鹅戏轻波中。
柳荫茅檐小，低处一钓翁。谷登机声紧，渔歌醉晚红。
菱塘传笑语，芦荡惊断鸿。倦鸟归巢树，玉兔正从容。
流连对此景，今昔感楚衷。世乱遭飘荡，荣枯一梦同。
凝眸庭草翠，门阑日初东。书卷继世久，薪传涌杰雄。
风尘繁霜鬓，老病有劲松。陶令知何去，傍溪学太公。①
腹枵诗当饱，地僻画为盟。愚顽多睨俗，狷介识奸忠。
非无江海志，进退笑平庸。文章千古事，白屋有清风。
顾惟蝼蚁辈，②利令智朦胧。身陷囹圄日，灵魂葬臭铜。
寄语儿孙福，『仁』者乃吾宗。

甲申桂秋于峻崖居

我的家，原名“峻崖居”，坐落在范公堤西时堰古镇大河西南郊之端的吴家墩子。其东南面有一条波平如镜的碧水长流其间。登楼俯仰，野趣盎然，风光四时，秋兴倍浓，诚令人游目骋怀，足以极视听之娱，大有“不似春光，胜似春光”的水乡绝佳，故我名之曰“野趣湾”是也！

注释：

①太公：姜太公。

②顾惟蝼蚁辈：杜甫《自京赴奉先县咏怀五百字》：“顾惟蝼蚁辈，但自求其穴。”

故乡明月

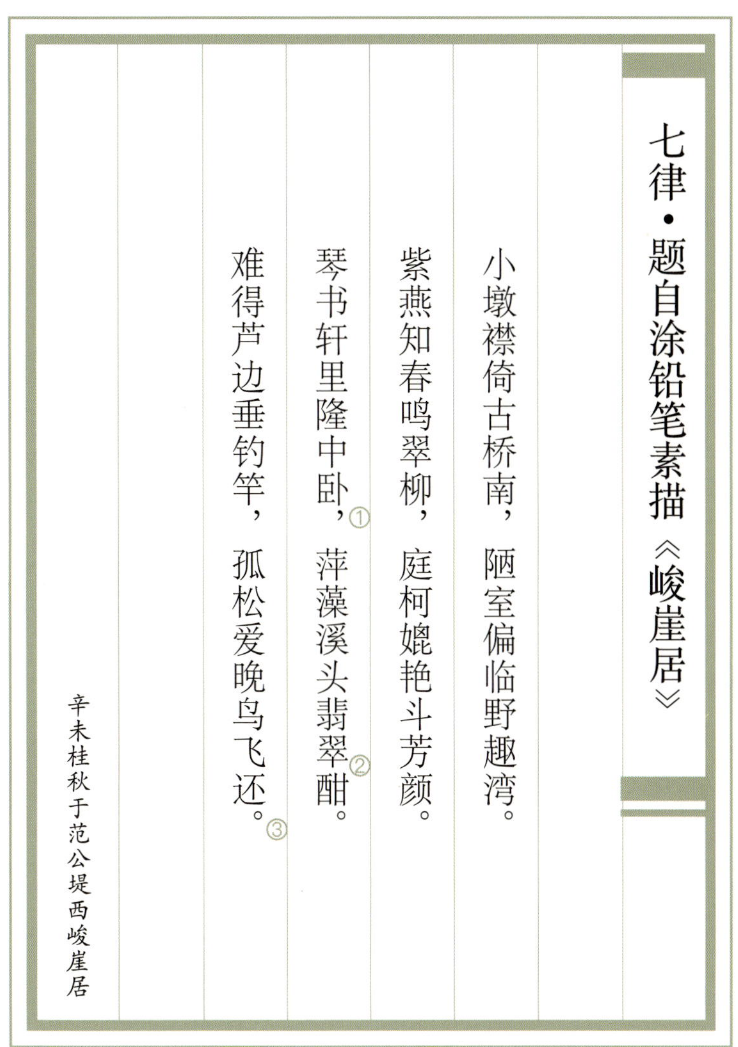

七律·题自涂铅笔素描《峻崖居》

小墩襟倚古桥南，陋室偏临野趣湾。
紫燕知春鸣翠柳，庭柯媲艳斗芳颜。
琴书轩里隆中卧，①萍藻溪头翡翠酣。②
难得芦边垂钓竿，孤松爱晚鸟飞还。③

辛未桂秋于范公堤西峻崖居

注释：

①隆中卧：诸葛亮很有才华，隐居隆中，徐庶称他为“卧龙先生”。

②翡翠：借喻水中游鱼。鱼儿在水里遨游，像是翡翠在河心流光溢彩。范仲淹《岳阳楼记》：“岸芷汀兰，锦鳞游泳。”

③孤松爱晚鸟飞还：陶渊明《归去来辞》：“抚孤松而盘桓”，“鸟倦飞而知还”。

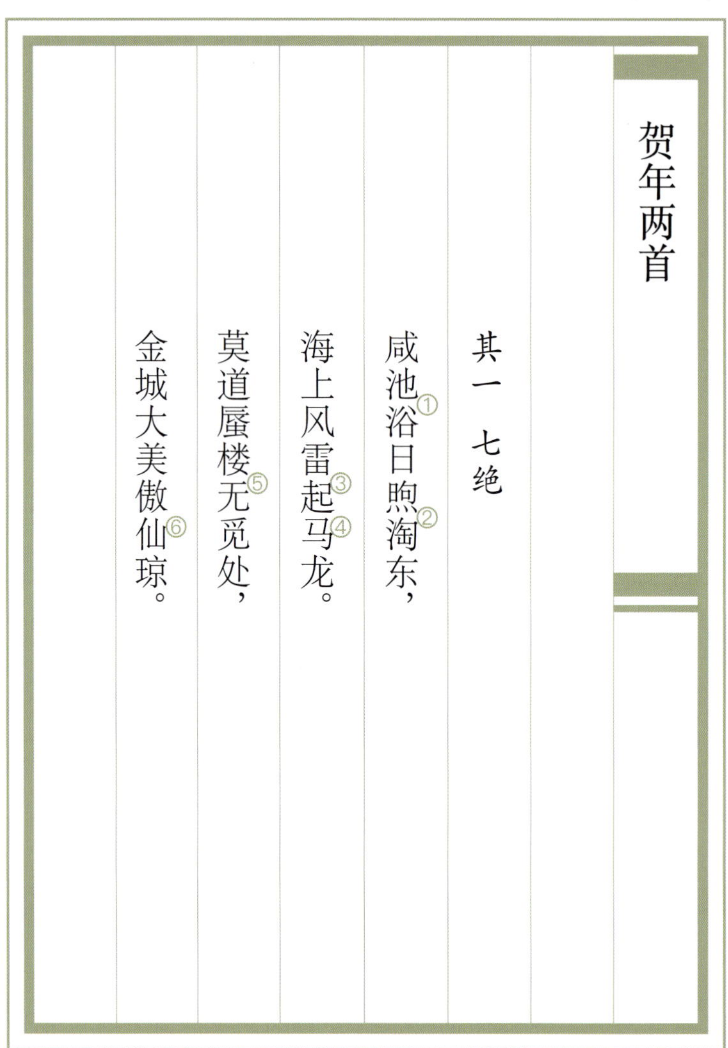

贺年两首

其一 七绝

咸池①浴日煦②淘东，
海上风雷③起④马龙。
莫道蜃楼⑤无觅处，
金城大美傲⑥仙琼。

注释：

①咸池：神话中给太阳洗澡的浴池。

②煦：温暖祥和。可做使动词用："使……光辉灿烂，安详和谐。"

③风雷："风雷激，天地转，光阴迫，万万年太久，只争朝夕。"

④起：一个"起"字，点出了猛虎下山和蛟龙出海的威武态势和磅礴气势。

⑤蜃楼：海市蜃楼，乃海上的一种幻境。

⑥傲：啸傲。

对联　吴家墩秋夜逸兴

皓月自吴家墩河底生辉，天高云淡，岸树倒影如墨，鸟宿知畅。

清风从峻崖居水上送香，地迥烟浓，庭菊芳心似玉，客睡贪欢。

七绝·为亚岷烙画《四美图》题诗（四竹）

西施浣沙·沉鱼

鱼翔浅底若耶清，西子浣沙柳色明。
一旦入宫吴王宠，捧心勾践玉壶情。

昭君出塞·落雁

日照荒沙南雁飞，和亲入塞有明妃。
满朝文武嗟无策，离恨琵琶叠叠悲。

貂蝉拜月·闭月

云淡星稀秋月明，貂婵秉烛诉衷情。
红颜忍抛锄奸佞，迭起风波在凤亭。

贵妃羞花·羞花

绝色天香妃自羞，倾城倾国数风流。
难忘七夕长生殿，别恨绵绵几度秋。

辛未桂秋于峻崖居琴书轩

七绝·石花诗社聘我顾问有感

芙蓉国里俏石花，
绝色天香沁海涯。
顾问我非唐宋客，
滥竽充数拜诗家。

一九八七年秋于峻崖居琴书轩

七绝·晚晴尤爱《满江红》

迎珠庆诞震寰中，
双喜献鸠咏彩虹。
心画一帧蒙入展，
晚晴尤爱《满江红》。

丁丑夏日于峻崖居琴书轩

“庆七一，迎回归”诗书画大展供稿入展。

艺海泛舟

浪淘沙·欣赋市老干部诗书画协第四届理事会诞生

换届值秋高，更上扶摇，遴贤稳舵竞风骚。把酒狂欢十五大，墨海旗飘。

逸兴逐春潮，《晚翠》多娇。辉煌五载谱新《韶》。继往开来讴特色，血荐虞尧。

一九九七年秋于换届选举会上

闻溱东诗书画研究会即将成立（两首）

七律

溱东湖水媲湘江，屈子乡思情愫长。
开放合资争大有，革新建镇创飞煌。
双文并茂人天乐，两点同心岁月昌。
墨客诗豪开艺苑，『江山半壁』入华章。

七绝·观锡剧《慈母泪》有感

辉娟婚变起风烟，
苗盼殊途系爱心。
悲喜交加慈母泪，
劝君方义负双肩。

丁丑初冬于时堰影剧院

七绝·瞻仰林散之纪念馆

出神入化醉三痴，
笔走龙蛇气韵宜。
江上文星来碧落，
千秋草圣继羲之。

一九九三年秋于江浦

一九九三年秋陪陈祖德、杨春渠两位同志来江浦瞻林，赋感志之。

艺海泛舟

七绝·读《茗雪诗声》铭感（两首）

一

群贤修楔秀奇葩，李杜重光咏晚霞。
秋月春风宜曲水，诗声袅袅到篱家。

二

春回茗雪醉芳茵，湖上花开动楚吟。
遥仰钱塘传统好，诗魂留梦上山阴。

戊寅秋日于峻崖居

树人转来《茗雪诗声》，蒙赐刊俚句。

七绝·赠艺友张勇先生（两首）

其一

丝连弦断两情依，一把胡琴咏苦思。
自古月圆常有缺，劝君畅达乐天颐。

其二

虹桥萍水喜逢君，弦管和衷骋艺魂。
流水高山情未晚，同工雅俗旷心神。

七绝·赠艺友刘殿珠先生

奇葩艺苑葛黄翁，
曲奏情弦雅俗通。
感腑余音留韵采，
山青水碧在其中。

一九九七年夏夜于峻崖居琴书轩

夏夜纳凉，偶遇葛黄庄张、刘二君，他们擅胡琴，唱民歌。我因素喜箫管，乃欣然与之伴奏。

相见欢·观时中创盐城市重点文艺晚会

山花染了隆冬，故园中，歌动霓裳龙凤驾长虹。诗兴激，豪情溢，爱心同，勇夺高标锣鼓庆旗红。

一九九七年于时中大会堂

七绝·读《高二适研究》一得

文星璀璨照东方，
翰墨昭彰国粹扬。
独领清风才古怪，
直行正道仰狷狂。

戊寅桂秋于琴书轩

题自涂水墨人物画《东方》一首

黄人捧日造东方，
伏虎驱妖国祚昌。
盘古三中开广宇，
江山代代赋《韶》章。

新中国五十华诞前夕于范公堤西

七绝·题书圣林散之水墨画《乌江退庐》

空蒙山雨润葱茏，
过眼风帆载笠翁。
世外茅庐江上客，
秋思浩渺唤鸥鸿。

一九八七年秋于金陵

七绝·奉酬冬红艺家惠玉问年

冬梅俏雪报春红，
风染峻崖抚劲松。
放眼芦边湖水好，
满园芳草在亭冬。

一九九九年春季于峻崖居

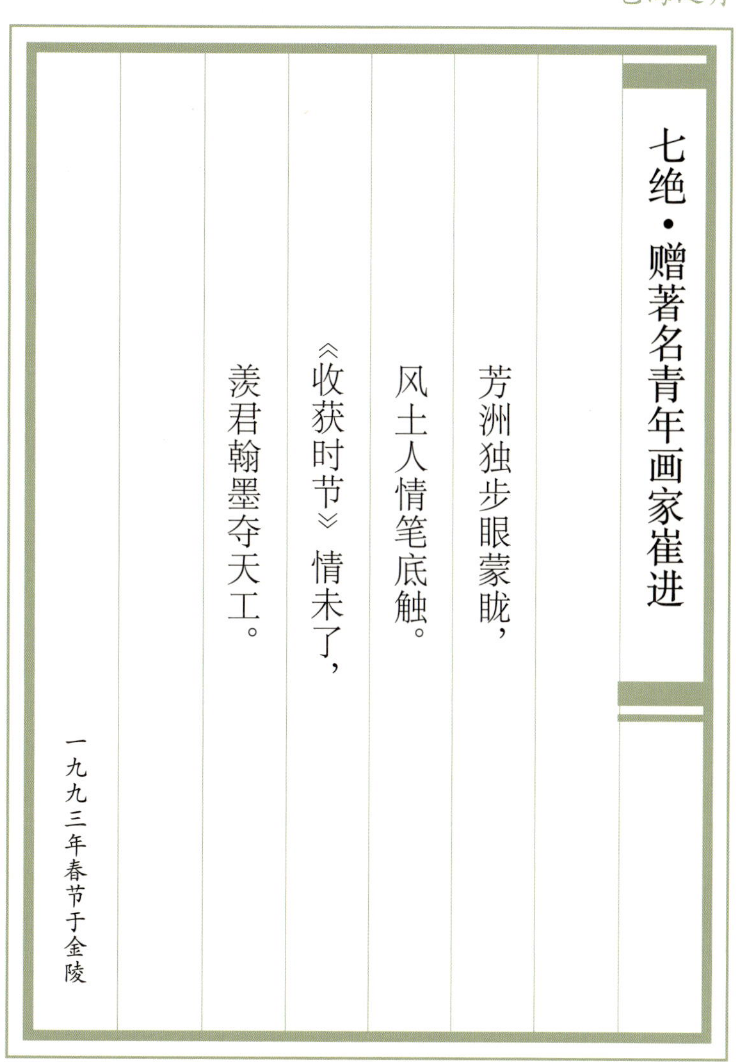

七绝·赠著名青年画家崔进

芳洲独步眼蒙眬，
风土人情笔底触。
《收获时节》情未了，
羡君翰墨夺天工。

一九九三年春节于金陵

《收获时节》：指崔进与吴为山合作的油画《收获时节》参加亚洲国际艺术博览。

题为山黄山水墨写生组画

九天仙境入人间，
奇美绝佳数黄山。
云海松涛惊变幻，
倩谁泼墨染青丹。

一九九九年十二月

浪淘沙·吴为山书画在无锡展出

大展正妖娆，艺海旗飘。蛟腾凤起弄新潮。荟萃群贤凝教雅，水远山高。时代造英豪，气宇凌霄。恭逢尧舜意尤鏖。文化复兴甘荐血，啸傲兰皋。

范公堤西一诗叟 丁卯暮春于堰口琴书轩

兰亭胜辩破天荒

兰亭胜辩破天荒，
书圣千秋正史纲。
桑梓同光传捷报，
钦君荐拙爱心长。

一九九九年十一月十九日

新中国五十华诞前夕，余草撰《“笔墨官司，有比无好”——毛主席亲自促成“兰亭论辩”》一稿，惠蒙中共东台市委宣传部荐引见报，赋此铭感。

寄怀袁老主任达人诗翁

请缨路上喜逢君，附骥驱驰识坦诚。
风雨十年思绪乱，惠而好我仰伊人。
东园育李正阳春，好梦难长忆达人。
咫尺天涯留噩梦，婵娟共赏咏逢辰。
洁身自好乐清贫，尽瘁桃林见血心。
泽披书山乔木秀，老翁犹爱晚晴吟。
桃丹李秀满园春，史志昭昭别有神。
心画帧帧龙凤起，诗魂激越树传人。

庚辰暮春于堰上

读卜超吟长惠玉赋感·调寄南乡子

『无复惜飘萍』，水外蒹葭得比邻。秋锁梧桐春自在，风情，独步新亭爱橘吟。海曲听鸡鸣，有幸从君啸晚晴。阴阳错位留笑柄，河清，把酒兰皋共抚琴。

庚辰初夏于堰上

南乡子·敬颂人类学家费孝通教授九十诞辰

人类大学家，济世经纶海宇夸。重辟丝绸南国道，调查，汨染瑶山路正遐。碑碣蔚春华，『半壁江山』绽百花。工业草根生饱暖，嘉嘉，九秩重阳寿举霞。

二〇〇〇年元月

浣溪沙·夏日忆钟陵教授

淮水蒹葭映月华，曲栏倚尽又荷夏。枯斋独卧烛光斜。一自西山聆教后。何时有路攀方家，声声蛙鼓动芦茄。

庚辰荷夏于琴书轩

论学请益

敬赠周老巍峙贤哲

山高水远仰文衡，
一曲《东方》①慰国魂。
忠孝归根荣故里，
巍巍华夏艳阳城。

吴耀先（瘦箫）丁卯暮春于堰口

原国家文化部部长，全国文联主席周巍峙老翁，寿高身康，精神矍铄。在其回台城探亲之际，又枉驾我苑赐教垂青，并挥毫凿下墨宝存念。感奋之际，赋此礼敬……

注释：
①《东方》：特指《东方红》。

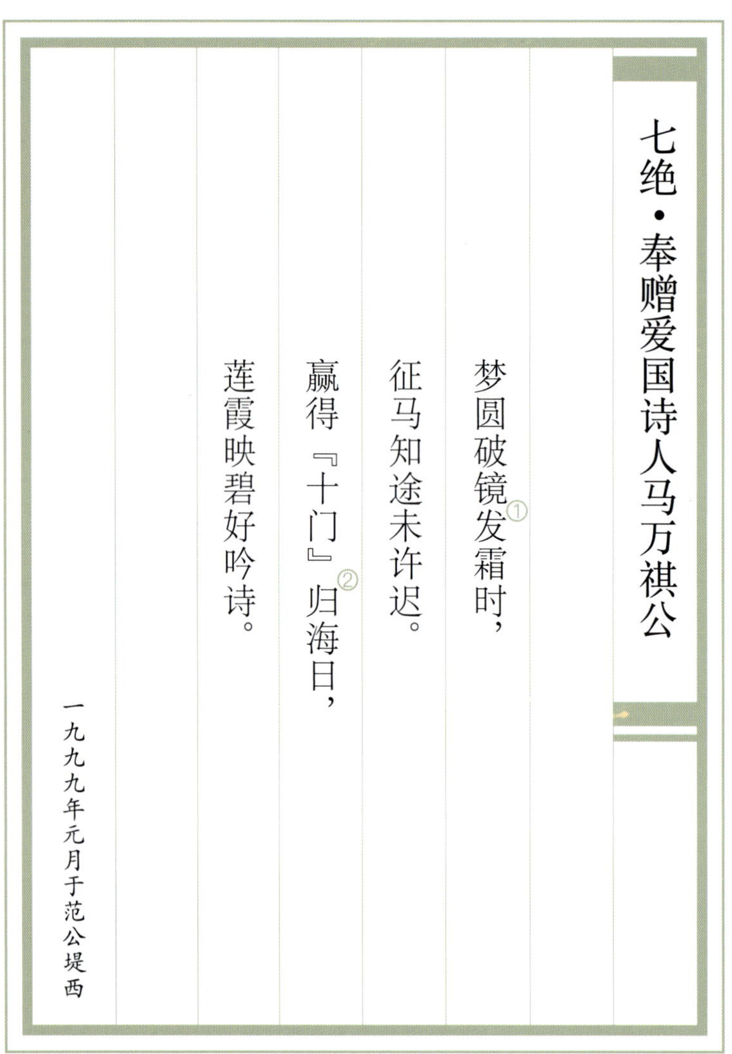

七绝·奉赠爱国诗人马万祺公

梦圆破镜①发霜时，
征马知途未许迟。
赢得『十门』②归海日，
莲霞映碧好吟诗。

一九九九年元月于范公堤西

注释：
①破镜：镜，指濠镜，借代澳门。破镜重圆，好梦成真。
②“十门”：指“十字门”。

论学请益

七绝·揖韩偶成①

瞻韩南苑几曾忘？
违教经年秋水长。
『十六』飞鸿留好梦，②
钦君进退一忠肠。

注释：

①二〇〇五年在省东中参加百年校庆，喜逢南京大学党委书记韩星臣教授正应邀光临。

②“十六”飞鸿：韩书记在参加党的十六大盛会期间，曾惠寄十六大信封给我以作纪念。

南乡子·赠丁芒大师

诗国仰晨星，『五四』风流辟洞天。忧患羁心擎铁笔，强音，旷世『三中』振墨盟。

韵语沁神灵，激浊扬清醉楚吟。万里花开甘露润，温馨，特色骚坛抚舜琴。

二〇〇〇年桂秋于范公堤西

论学请益

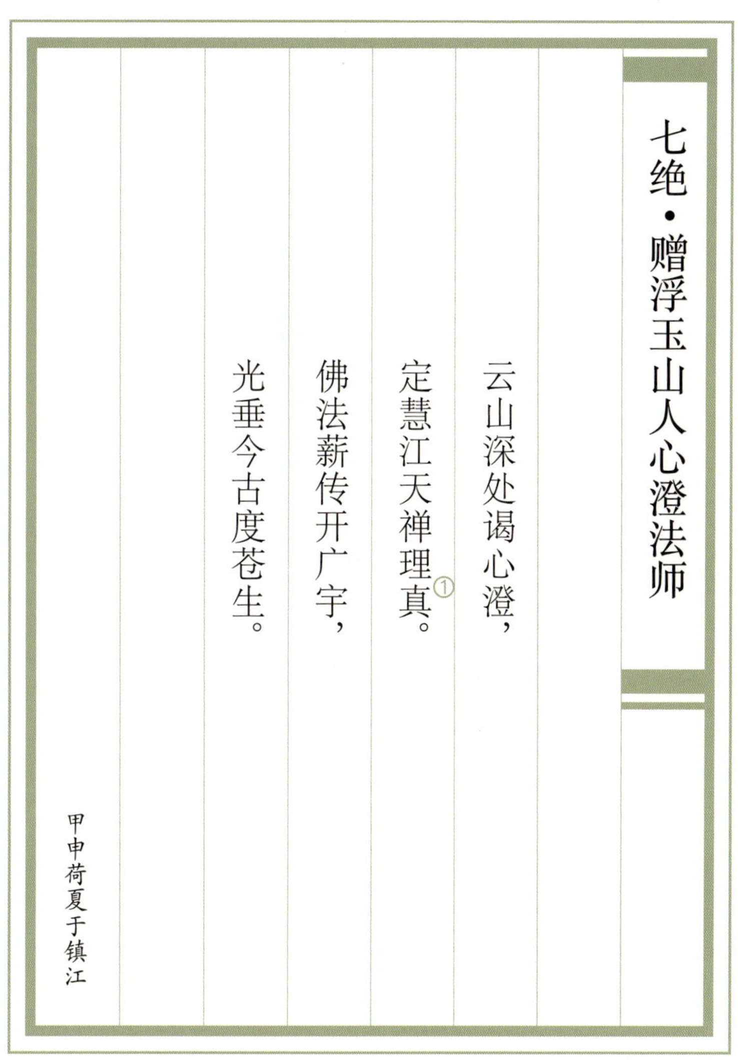

七绝·赠浮玉山人心澄法师

云山深处谒心澄，
定慧江天禅理①真。
佛法薪传开广宇，
光垂今古度苍生。

甲申荷夏于镇江

注释：

①理：禅理，指中国佛教禅宗的教义。

◎下篇

一 亲友情深

二 家教修齐

七绝·清明节哭悼双亲（两首）

其一

清明祭祖悼歌吟，乱世归天苦孝心。
抚育成人称尽瘁，晨昏难奉泪沾襟。

其二

儿孙绕膝倍思前，家业兴隆感祖先。
不是从小操育家，寒门哪得有今天。

一九八六年清明节于谢庄墓前

自度曲·赋生母高府余太夫人秀珍八十诞辰

残冬数尽雨鬓霜，寿八十，福星降。儿孙绕膝，四代迎朝阳。更喜普、兰兴家业，红梅俏，春花香。难得骨肉重聚首，悦情话，举壶觞，纵谈家园，许身慰高堂。最是重逢怕再别，今昔事，涌心上。

一九八三年元旦于溱潼小甸址

亲友情深

悼联　哭先母余秀珍老太

一生温顺，勤俭持家，委婉求全尽孝心。和邻睦里，誉满乡党，德比兰芝更可贵，千秋迎秀贤。

永世慈祥，艰辛立户，忍泪负重倾母爱。抚儿育女，泽披门楣，品似孟光尤难得，万古留珍馨。

甲戌深秋哭书于先母满孝前夜

七律·悼伯父高二适（一）

西哭泉台望楚天，大江滚滚涌心田。
峨眉恨别倭祸急，古巷忧时帮患煎。
早岁忘家思稷契，晚晴遣性醉狂癫。
欣留翰墨垂青史，且教风骚庆海平。

一九八二年九月于堰上峻崖居琴书轩

亲友情深

七绝·悼伯父高二适（二）

泪逐雨花月正清[1]，
松涛鸣翠悼英灵。
一高炳蔚[2]荣书史，
海邑同光颂楚星。

一九九二年清明节于堰上

注释：

①泪逐雨花：先伯父高二适树碑立墓于南京雨花台，当代书圣林散之先生为其墓碑题字："江南诗人高二适之墓。"

②一高炳蔚：章士钊诗曰"天下一高吾许汝"，"唯望书家噪一高"。

江城子·纪念伯父高二适诞辰九十五周年

兰亭驳议破天荒，伪真彰，气弘扬，书史填白，十裁定新章。①天下一高磨铁道，②诗子美，墨癫狂。③

诞辰九五梦星光，甸南庄，满庭芳，夜雨巴山，水远书声长。④独步风流千古业，文曲颂，沁东方。

一九九八年春于范公堤西

注释：

①十裁定新章：二适大师伏案十年，著有《新定急就章》，填补了中国书法史的一段空白。

②磨铁道：二适先生自称"磨铁道人"。

③诗子美，墨癫狂：诗子美，即诗圣杜甫。墨癫狂，其书法试与怀素、张旭媲美。

④水远书声长：抗战期间，二适先生寓重庆独石桥，常挑灯夜读。

秋日忆泽迥贤弟夫妇（两首）

七绝

梦园白下喜难忘，蛾蕊留香蜀水长。
思绪浮沉婵娟里，天高地迥正花黄。

长相思

蜀水流，楚地秋，楚蜀相思何日休。堰口离恨稠。
儿时游，惊白头，坎坷兴衰春替秋。月明人倚楼。

戊寅桂秋于堰上峻崖居

杂古·忆陆芹 话沧桑

卅载参商，子期难觅，肝胆相见。冷雨十年，桃飘李谢、更朔风凄紧。东亭狼嚎，西堰豺突，犹记举家颠沛。想当年同窗饮恨，抗日救亡志坚。断鸿落日，几曾颙望，误识天边帆影。五十周星、国事坎坷，嗟镜中衰鬓。哪堪回首，奸邪跋扈，忍看万家墨面。怕惊问，青衫尘暗，枯斋老病。

一九八二年秋日于范公堤西

亲友情深

点绛唇·秋日怀人

望断秦淮，秋风撩起愁多少？天涯芳草，别梦芸窗绕。古巷书香，钦尔薪传好。高亭道，诗魂难老，五世文昌照。燕北雁南，离恨恰如春草；物换星移，别绪罄竹难书。遥怜古巷书香，望尘今之班马，蒹葭浩渺，道阻且长，望风怀想，乃成此阕。

谨奉 树人妹倩 可可贤妹 伉俪 留念存正

亲友情深

挽承泽大哥遽归道山　长歌当哭

溯当年风雨如晦，寒窗愁对秋空。杜鹃无语乱离中。颓垣荒径，莺燕寂无踪。待到残阳犹有脚，晚晴乍暖『牛棚』。余生釜底伴孤松。雁行折翼，何处泣悲鸿？

癸未荷夏哭悼于溱湖芳甸

承泽大哥乃高府大房长子，先后毕业于黄埔军官大学和江苏师范学院。解放后历任文化站长和中学教师。“文革”后，受任姜堰市政协委员，在从事中学数学教育期间诲人不倦，高足济济，深受其学生和家长的称誉敬重，一生正道直行，素有书香儒风，癸未荷夏因病医治无效，与世长辞。

亲友情深

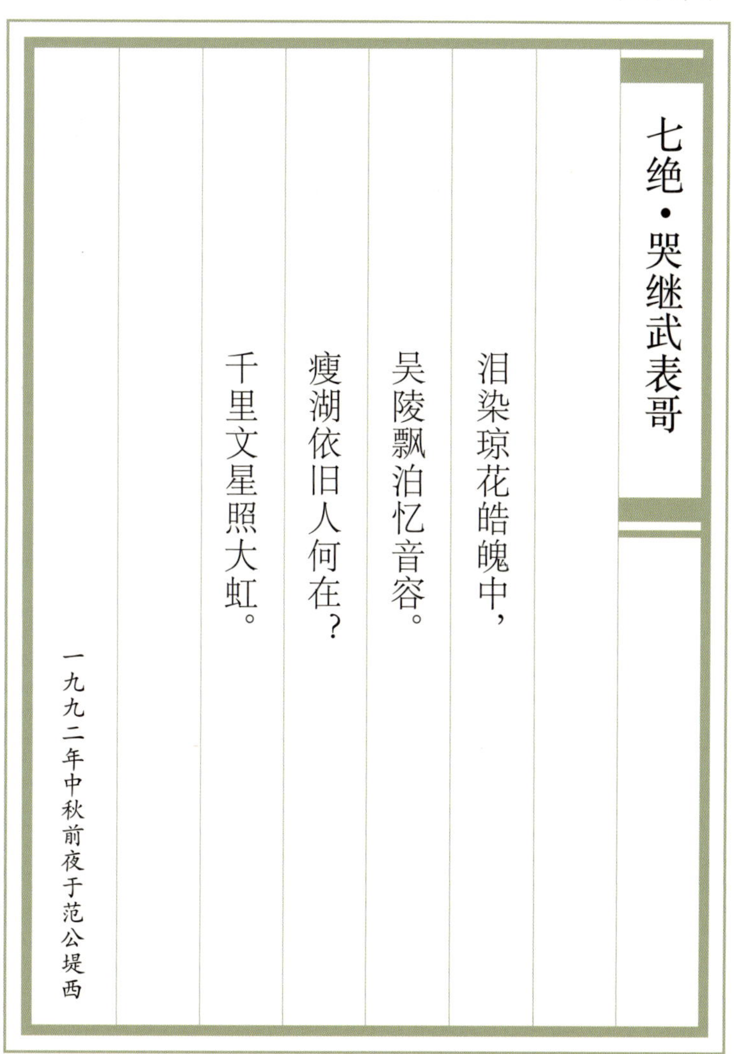

七绝·哭继武表哥

泪染琼花皓魄中，
吴陵飘泊忆音容。
瘦湖依旧人何在？
千里文星照大虹。

一九九二年中秋前夜于范公堤西

赵继武教授为苏北才子，曾任扬州师范学院中文系主任，十年动乱，文星蒙晦，昭雪不久，因病辞世，抚今追昔，感慨系之。因其生前宅居扬州古城大虹桥1号，又师院位于瘦西湖畔，故诗中以“瘦湖”和“大虹”遣兴，聊寄情思，借慰忠魂云耳！

挽淑贞表嫂

风雨忆扬州，文星蒙晦。夜难彻，更霜雪凄紧。等闲度，烈火丹心。傲当年，十载忧愤，有孟光同济共舟，千秋仰淑贤。

烟波惊瘦湖，虹桥隐曜。泪如注，忽鹤驾仙逝。噩耗急，归程断。感今生，半纪乱离，竟海天徒呼永诀，万里哭贞灵。

表哥赵继武，共产党员，教授，原任扬州师范学院中文系主任，在“文革”中受冲击被隔离审查。“烈火丹心”，终于昭雪。表嫂张淑贞乃清末举人张星槎之女儿。她曾拟在生前争取回东台故里探亲一趟，殊料忽鹤驾仙逝，夙愿未偿。时余住省人民医院治病。吊唁未遂遗憾终生。

亲友情深

自度曲·敬贺五婶喜见重孙

十年风雨铸坚强，耄霞举，福星降。儿女媳婿竞孝悌，芝兰玉树满庭芳。鹊报麒麟吐玉书，庆两府，双弄璋。明兰忙染状元蛋，绍英门左把弓张。峪哥堂前报喜讯，高勤生了小才郎。克绳祖武重孙见，燕翼贻谋五世昌。德品诗书传家久，仁义礼智忞贤良。雾暗南山松难老，劫后霜草喜逢阳。莺歌燕贺春不去，福禄寿直口焕星光。

甲申桂秋于范公堤西堰口古镇峻崖居

七绝·忆妹倩尹树人夫妇

南望云山盼再逢，
鱼音久滞闷离衷。
遥怜古巷琴书好，
千里翘思皓魄中。

一九九二年春日于堰上

亲友情深

自度曲·感赋树人夫妇徙居秦淮

十里秦淮访新家，桃叶渡口，有献之趣话，书境绝佳，曲栏倚尽情无涯。三条古巷忆诗家，风流独步，咏舒凫骚雅，翰墨官司，驳议兰亭慰百花。

一九九三年夏于树人新居

七绝·喜庆外甥孙袁小松十周岁生日

两岸湖光映小松，
幼苗茁壮跃葱笼。
春和景秀花千里，
喜看鹤童抚劲松。

一九九二年于堰上峻崖居

喜庆玉兰贤妹七十诞辰（三首）

七律

含辛茹苦事夫君，抚女育儿福满门。风急浪高舟未破，霜凌雪压柏犹神。一肩担尽荣枯业，两脚踏翻冷暖尘。寿献蟠桃欣有日，福如东海晚逢辰。

七绝

湖西秋月映华堂，酒满玉盅庆寿康。冬去春来松更茂，其昌五世沁兰芳。

七绝

梦留湖畔探亲时，风雨如磐断藕丝。劫后逢辰来祝寿，喜圆骨肉厌佳期。

戊寅桂秋于湖西玉兰妹家

赠尹树人先生

燕矶炳竹煦桃林，
民主同盟佐政经。
学养潘江濡墨海，
高亭遗韵有山阴。

乙卯桂秋于峻崖居琴书轩

七绝·慰勉山儿赴锡求艺

求医失路笑难关，
从艺有期莫等闲。
坐井观天终是小，
大江放眼快扬帆。

一九八七年夏于堰上峻崖居琴书轩

七律·送山儿赴锡求艺

湖光山色映秋霞，江左送儿求艺家。
车马疾驰讴壮志，楼船强渡赋心花。
鼋头渚上惊天画，寄畅园中品桂茶。
千古风流多少事，敢攀绝巘撷春华。

一九八七年桂秋于锡惠寄畅园

七律·山儿同时荣录南艺、南师两院

卧薪尝胆战滩礁，坎坷正途识俊豪。
面壁东亭求理义，潜心锡惠练泥雕。
雀惊岂解鸿鹄意，儒腐偏羞蒙正窑。
问舍缘知纨绔梦，云帆济海路方超。

一九八一年夏于峻崖居

七绝·赞山儿（两首）

骨气

兰桂争妍朵朵芳，秋风肃杀菊尤香。
天生气质凌霜雪，赢得满庭沐艳阳。

苦练素描

南来北去半支铅，绘出芳容数百般。
全注神情描性格，欲为艺海染青山。

一九八二年十一月于峻崖居

家教修齐

七绝·欣赋山儿荣录中央工艺美术学院

塞翁失马焉非福，
行拂乱为①志不摧。
胶鬲②夷吾③终应举，
天公降任识良材。

一九八三年夏于峻崖居

注释：

①行拂乱为："行拂乱其所为"，意思是说，天公将要把重大任务落到个人身上的时候，一定要"苦其心志，劳其筋骨，饿其体肤，空乏其身"。

②胶鬲：指"胶鬲举于鱼盐之中"。胶鬲，曾贩卖过鱼和盐，周文王把他举荐于纣，后来又辅佐周武王。

③夷吾：指管夷吾举于士"。管仲原是齐公子纠之臣，齐桓公和公子纠争夺君位，公子纠失败，管仲被押到齐国，桓公知道他有才，即用他为相。

七绝·送山儿赴北京大学研修心理学

研修心理艺方灵，
学海弄潮苦在精。
此去燕京求造诣，
花明柳暗未名①情。

一九九一年春于峻崖居

注释：
①未名：指北大未名湖。

七绝·感赋市关工委光临寒舍了解家教

蓬门生辉始今开，
鹊报关工送暖来。
家教义方父有责，
青春家国党安排。

一九九五年二月二十一日于峻崖居

七古·读《光明日报·吴为山应邀为荷兰女王塑像》

《光明》飞报震三江，
展骥红泥过重洋。
中荷友好增彩页，
炎黄后艺塑女王。

一九九六年十二月十七日

闻为山应邀赴港澳艺展

港澳巡展庆佳期，
正是荆莲吐艳时。
同蒂连枝圆艺梦，
芙蓉国里绽葩奇。

新中国五十华诞于堰上

七绝·山儿为我画柳

韶华易逝笑平庸，
晚伴琴书唤翠红。
冷月清秋箫管里，
谁家柳袂醉春风。

甲戌深秋于峻崖居琴书轩

甲戌秋，喜得为山水墨写意一帧，题为《箫声随柳乘风归》。余清赏之余，不禁气宇轩昂，恰似徒生双翼，欲与纤纤细柳乘风归去，让箫声飘过秋风萧瑟的芦边，越过断鸿落日的黄昏，穿过冷月清光的寒夜，随风乘柳，飞向那朦胧的晨雾，溶进那空明澄澈的湖水，而箫声融进了我的心中，化为一个春天的早晨……

七绝·欣赋外孙女尚莲霞录东南大学

十载寒毡关隘攻，
志存高远不邪从。
一朝风起东南阁，
展翅鹏程胜虎龙。

一九九三年秋于金陵

七绝·喜外孙尚荣录取南京师范大学美术系

诗家野趣胜春华，
兰桂飘香沁峻崖。
鹊报荣名题雁塔，
满庭芳草斗翠芽。

一九九六年桂秋于峻崖居

浪淘沙·丽娜十周岁宴会抒情

喜诞庆十朝，寿献红桃，袅娜歌动情弦操。爆竹声中腾鹤舞，诗酒通宵。

怎不令人骄，茁壮新苗，童心似玉志高超。报国多存艺术梦，且看明朝。

一九九二年五月一日于东亭

七绝·喜庆外孙女鲁阳十周岁生日

朝阳拂煦映绮窗，
有凤来仪沁桂香。
艺术苗头殊可造，
品学兼秀写春光。

一九九七年畅月于利民酒楼

七绝·喜庆孙女吴霜十周岁生日（两首）

其一

盐淮水土染潇湘，堰口天鸡咏晓霜。
江左楼头飞《羽》曲，琴书轩里沐霞光。

其二

晓霜绣锦胜春光，福到诗家咏凤凰。
唯喜童心多艺梦，读书拔秀报炎黄。

一九九七年畅月于金陵苏州路贰拾玖号楼

七绝·吴麟荣获『三好生』奖状回家

手持奖状试公公，
心有神灵不露容。
看你膝前何寄语，
诗书后裔胜虬龙。

一九九六年夏于堰上峻崖居琴书轩

七古·义方路上应加鞭

柏庐家训堪取经，
崇尚关工感党心。
希望工程驽不逮，
义方路上应加鞭。

一九九五年年底于时堰政府大楼会议室

一九九五年年底，市、镇授予我关心下一代工作先进个人荣誉证书，赋此自勉。

画堂春·读报载《著名雕塑家吴为山教授获英国皇家大奖》

英伦参展获殊荣，① 《睡童》神起寰中。② 女王品塑忆推崇，③ 名著西东。『南博』精英立馆，④ 人文教化融融。云程负重⑤情正浓，再创恢宏。

注释：

①获殊荣：为山的铜塑作品《睡童》，二〇〇三年五月在伦敦参展中获英国皇家雕塑大奖。这是亚洲艺术家首次获得这一国际雕塑界的重要奖项"攀格林奖"。同时，吴为山还作为一名唯一的亚洲人被著名的英国皇家雕塑家协会和英国皇家肖像雕塑家协会这两个国际性艺术组织吸收为会员。中国驻英大使查培新在吴为山获奖后会见了他，并称吴为山真正是"文化的使者，其成就乃是中国的骄傲"。

②神起寰中：起，是兴起和启发的意思。他的作品塑造了一个酣睡的幼童，然其所表现出来的中国传统文化精神，却能通过一目了然的视觉语言，启发全世界的人都能看懂。西方雕塑家评论说，吴为山的作品有着高度的写意性，充满着东方人的智慧。

③忆推崇：一九九六年，吴为山应邀赴荷兰参加"中荷红白兰"研究计划。他的雕塑作品，以独特的东方人文精神和现代观念相结合，赢得欧洲艺术家的高度赞赏，并应聘为欧洲陶艺中心理事。同年，荷兰政府又曾特邀吴为山教授为荷兰女王塑过铜像，且经荷兰政府正式宣布，将吴为山塑的女王铜像永久陈列于荷兰国家艺术博物馆。一九九九年四月，荷兰女王贝亚特丽克丝访华期间，女王践约在江苏省季允石省长陪同下，专程到苏州苏绣博物馆会见了中国朋友吴为山。在一番寒暄之后，女王兴致勃勃地仔细看了吴为山为迎接女王而陈列的部分代表作品。在鉴赏过程中，她对吴为山的雕塑艺术做出高度评价："吴先生通过塑造儿童，发现升华了童性，体现了人类对童年的一种真实的感悟。""吴先生的作品与意大利雕塑家玛格丽特有着精神上的相通。在表现手法上都善于直接用手来塑造对象，十分真切。""看得出，吴先生所塑的老人是从五千年文化中走出来的。"会见后，吴先生将一个礼品盒呈了过去，女王当即打开一看，是自己的陶塑小像，大为兴奋，不禁抬起头来，摆着塑像上的姿势说："这不就是我吗！"随后又在吴为山新出雕塑作品集的女王塑像下，潇洒地签上自己的名字（注：荷兰女王贝亚特丽克丝有着极高的艺术修养，同时也是一位雕塑家。）

④"南博"精英立馆：吴为山教授以无比的热情为中外古今文化名人塑像，用艺术造像"成教化，助人伦"，弘扬精神文明，在国内外产生相当大的影响。南京博物馆专门成立了吴为山文化名人雕塑艺术馆，让人们能在参观文化名人塑像的同时，领略到文化巨匠的风神，从而受到潜移默化。其情融融，其韵优雅，而其意义则深且远矣！

⑤云程负重：吴为山这位天才的雕塑诗人，负重致远，为弘扬人类的精神文明而"腾云驾雾跨中西，飞天穿空越内外"。

七绝·得民儿来书有感

十年数九百花凋，
凄紧寒风袭破窑。
喜外阳春终有脚，
小园霜草翠虞尧。

丙子桂秋于峻崖居琴书轩

民儿敬业勤学，尽智竭忠，参加高等教育自学考试得隽认证，入党提干，欣慰之余，赋此志庆！

家教修齐

七绝三首

其一

做人立本在修身，尽智竭忠方有根。
闻讯我儿参政协，葵心向日靠真诚。

其二

牡丹沁艳绿枝扶，北斗凝星德不孤。
立党为公甘佐政，沟通民隐莫踟蹰。

其三

盘古新天参北斗，群星璀璨荐热光。
云程负重春为伴，葵藿有心永向阳。

二〇〇三年于范公堤西

欣闻我儿为人应举兼任市政协委员，乃赋此示之，以励其志云耳！

七律·登民儿夫妇惠华新楼

惠华楼上溢珠光，塔影含窗沐艳阳。
柳绿『二泉』①观翡翠，永谐琴瑟举壶觞。
马龙车水吴桥夜，晨旭夕烟盛岸庄。
改革新潮舒锦绣，星移物换赋沧桑。

一九九二年元旦于无锡惠华新村

注释：
①“二泉”：指锡惠公园之“二泉映月”。

家教修齐

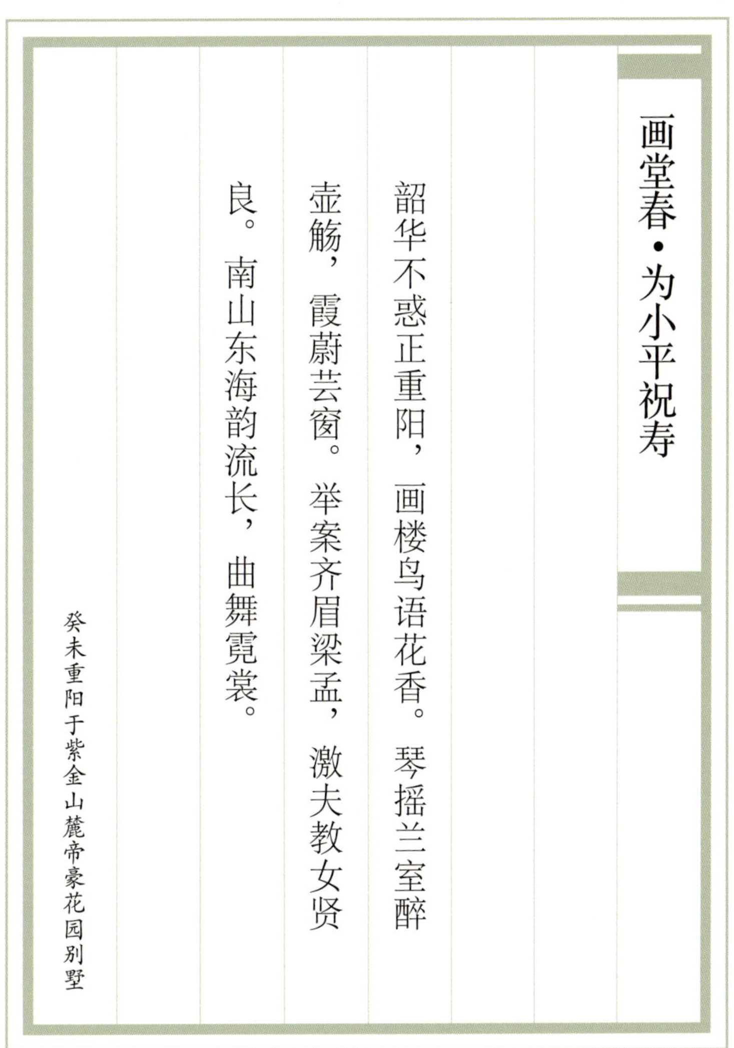

画堂春·为小平祝寿

韶华不惑正重阳，画楼鸟语花香。琴摇兰室醉壶觞，霞蔚芸窗。举案齐眉梁孟，激夫教女贤良。南山东海韵流长，曲舞霓裳。

癸未重阳于紫金山麓帝豪花园别墅

迎着新世纪二〇〇三年十月四日的第一道霞光，喜逢小平贤媳四十华诞，正是农历癸未之年的重阳佳节，同时其幸福之家又择此良辰吉日喜迁紫金山麓帝豪花园别墅，真乃门阑蔼瑞，美奂美轮，可谓千祥云集，鸿禧盈门，殊堪莺歌燕舞，天地同庆矣！

凝眸"东方之子"、云程负重，追忆糟糠儿媳，风雨共舟，创业同德，激夫教女，往事堪嘉！

更喜金凤小霜，乃你俩掌上明珠。知其素质纯洁，欣其少怀艺梦，观其学业有进，冀其品学兼优，信其有志者，事竟成。克绳祖武，荐血轩辕，庆尔薪传有继矣！

良辰美景，赏心乐事，欣慰之际，即兴赋此，资以励其继续发扬报国同心，齐家同德之优良风范，青春之爱女，青春之家园，青春之天地，为我们这个伟大的民族谱写着一曲曲更新、更美的青春之华章……

庆贺外孙女、婿贤伉俪新婚志喜

良缘夙缔，芸窗花好庆得隽。正鹏程比翼，喜迎桂秋新月圆。

仙配天成，洞房烛红抚瑶琴。创青春家国，浩歌『大江』美酒甜。

守广、莲霞外孙女婿、外孙女乃行列我的第三代人之长。值其硕研得隽，新婚宴尔之头一朝大喜大庆，同时又恭逢中秋佳节、国庆圣诞之际，余赏心椿萱正茂，喜看兰桂联芳，实乃家国同福，人天乐岁良辰美景也。瞻念庭院：埙篪并奏于前，而远响则嗣音于后。贤隽踵接，薪传有继，骎骎称盛者矣！展望族裔光前裕后，不尽遐想联翩，神思遄飞，遂欣然赋此，资以励其激流奋进云耳……

二〇〇三年国庆佳节于范公堤西峻崖居

颂情侣·调寄忆江南

人天好，南苑有芳草。桃李争春春窈窕，
高楼深院杏坛聊，司马卓文娇。
人天好，苏鲁咏秦晋，碧水青山流韵雅，
永谐琴瑟谱奇篇，锦绣更无遥。

右忆江南两阕书赠 尚荣修玲二君请赏之 范公堤西瘦箫诗丙戌春节于紫金湖畔

画堂春·欣赋贤孙女吴玥荣录苏州大学艺术学院

惠华楼上起金凰，贤书①辉我芸窗。②凝眸兰桂竞芳芬，③继世文昌。④十载破毡虑远，⑤也凭儒教多方。⑥云程发轫⑦话家常，一曲《大江》。⑧

癸未榴月于范公堤西堰口古镇峻崖居

长房儿吴为民、儿媳崔履平之爱女吴玥在高考中雁塔题名，荣录苏州大学艺术学院。鸿喜临门，欣慰无似！小玥登科，惠华起凤，兰桂竞芳，鹊噪红梅，文昌继世，晚清如旭，这是枯木逢春的绝佳！是人生最大的快慰！兴发感动赋此志庆！乃填此阙，聊寄情思，并书以勉之……

注释：
①贤书：古时指选贤之薄书，此处借喻录取通知书。
②芸窗：芸，香草。芸窗，书斋。“芸香能辟蠹，书室常贮之”，故名。此处之“芸窗”借指书香门第。
③兰桂竞芳芬：喻指我家的后裔都能“潜心书苑，贤隽踵接，秀气独钟，薪传有继”。
④继世文昌：我的第三代人的远祖高仕坊清朝进士，高祖高也东清末秀才，曾二祖父高二适学者、诗人、书法大师。吴氏曾祖父吴敬之正道直行，熟谙文史，尤重教子读书。
⑤破毡虑远：毡，保暖的毛毡子。古时的读书人在寒冷的冬夜常坐在上面读书。故有“坐破寒毡”之说。此处“破毡”一词，就是“十年苦读，坐破寒毡”之意。虑远，就是心忧天下、志存高远的意思。
⑥儒教多方：我们书香世家崇尚儒教，而儒教的核心是个“仁”字，即“爱人”的意思。孙中山先生的人生哲学就是“博爱”。
⑦云程发轫：《幼学琼林》：“贺入学曰云程发轫。”云程，即云路。轫，车闸。发轫，开始发车，即启程的意思。此处指小钥负笈姑苏，求艺报国。
⑧一曲《大江》：在小玥发车上路之际，壮志凌云，至亲好友，家族老幼，畅叙家常、殷切寄语，千言万语，千歌万曲，只凝成同一首浩歌，即周恩来东渡留学的一首诗：“大江歌罢掉头东，邃密群科济世穷。面壁十年图破壁，难酬蹈海亦英雄。”还有苏轼《水调歌头》一词中的首句“大江东去，浪淘尽，千古风流人物”。

为吴霜荣录南艺而唱调寄《人民山西好风光》

盐淮水土沁书香，①秦晋花好起金凰。②神鸾展翅日初出，③范堤荫柳路正长。④站在那高处望上一望，只听那艺宫的锣鼓啊，咚锵咚锵迎接你的辉煌！云程负重多壮烈！薪传有继沐霞光。⑤趋庭鲤对瞬九载，⑥孟母三迁几曾忘？⑦人有那志气永不懈，看她强者脚下有朝阳，为的是谱写博爱新乐章……⑧

甲申桂秋于紫金山麓帝豪花园

注释：

①盐淮水土沁书香：盐城和淮安两个地区，同是文史悠久，人杰地灵。沁，（香气、液体等）渗入或透出。

②秦晋花好起金凰：秦晋，典出《幼学琼林》："朱陈一村而结好，秦晋两国以联姻。"朱、陈两姓，世代通婚，秦晋两国，世代联姻。这里是借喻两吴同姓，相爱联姻。意思是说，同姓联姻，花好月圆，福照两府，天降吴霜。这朵素质洁丽的爱情之花，在父爱母教的精心培育下茁壮成长，日上日妍，尤令人无限欣慰的是其少怀艺梦，才美可造，不愧是为山夫妇之掌上明珠，实乃两家书香庭院的宝树，如今这个金色的凤凰彩翼初展就受到南艺的青睐，荣获金榜题名，怎不令人心旷神怡，遐想联篇，心中别是一番憧憬……

③神鸾展翅日初出：淮安地区乃周恩来总理诞生的圣地。周恩来小名大鸾，鸾是神鸟，"它一出现，天下太平"，照家谱，大鸾属"恩"字辈，故其学名叫恩来，字"翔宇"。"来者，未来也。"再者，古人还有一个说法："恩自日边来！"故曰："神鸾展翅日初出。"这一点既点出淮安地区人杰地灵，也象征着吴霜的出生，命途春风。

④范堤荫柳路正长：范堤，此处指的是范公堤。范仲淹三十四岁来东台溪任盐仓监，他看到海潮经常泛滥，百姓生产和生活连年遭受极大威胁，决心全面修筑唐代以来多次溃决失去御潮作用的海堤，几经周折，历经艰辛，呕心沥血，奋战数年，终于筑成长达一百多里的捍海堰。为了纪念范仲淹的功绩，后人将捍海堰称为范公堤。范仲淹自幼家庭贫寒，年轻读书时常常连粥都吃不饱，这使他能够了解和同情黎民百姓的疾苦，做官以后一直以民为本。范仲淹当官成为一代名相，打仗成为威震西夏的良将，而且知识渊博，才学出众，传颂千古的《岳阳楼记》是他的一篇代表名作，文中吐露的"先天下之忧而忧，后天下之乐而乐"的心声，不仅是他的人生哲学，更是他一生刻苦实践的光辉写照。所以说，这里的"范堤"二字实为爱国爱民精神风范的象征。写出了少怀艺梦的小吴霜终于从如牛负重而又志非所学、趣非所在的杂学困扰中减轻了背包，轻装捷进，迈上了"术业有专攻"的艺术报国的康庄大道。没有崎岖曲折，哪有坦途如夷！没有山穷水尽，哪有柳暗花明！"范堤荫柳路正长"，"吾将上下而求索"！

⑤云程负重多壮烈！薪传有继沐霞光：云程负重，即壮志凌云，负重致远的意思。薪传有继，即薪尽火传的意思。此处指的是书香门第德品传家，诗书继世。具体指的是作为一个"东方之子"的爱女必将继往开来，把其父的艺术报国的高洁情操继承下去，发扬光大，以之延长生命的光华和音响。

⑥趋庭鲤对瞬九载：趋庭，从庭中疾步走过。趋，是礼节，表示恭敬。鲤，孔子的儿子，字伯鱼。鲤对，指孔鲤在其父面前对答问话并接受教导。《论语·季氏》有一章记载，"鲤趋而过庭"，孔子问他学了"诗"和"礼"没有，他回答说没有。孔子告诉他要学"诗"和学"礼"的原因。后世就以"趋庭"作为承受父教的代称。"趋庭鲤对瞬九载"，说明吴霜从小学到初中读书期间，历时九年，一直在父母的谆谆教诲下从不懂事到懂事，从怕学到苦学逐渐成长起来的。瞬，一眨眼的功夫。

⑦孟母三迁几曾忘：此处这个典故，喻指吴霜从小学到初中的学习阶段里，其父母不仅在平时注重孩子的思想品德教育，辅导孩子的学业，而且注重学习的环境的好坏和利弊，为此曾不止一次地变动她的学习环境，特别是认真地在她的学习目的和学习志趣、课程主次和课业的负担等一系列具体问题上权衡轻重，剖析利弊，悟出了她在学习上最适宜最契合的专业，解脱了她的困惑，消除了她的苦恼，激励了她的志趣，从而审时度势，帮助她选定专业，扬长避短，因材施教，弘扬其长，以利奋战。这实在是吴霜人生求美的转折关头，给她架起了气贯长虹的烂漫云梯。"雄关漫道真如铁，而今迈进从头越"，从头越，艺山如海，红霞如血。

⑧人有那志气永不懈，看她强者脚下有朝阳，为的是谱写博爱的新乐章：古书有云："博爱之谓仁，行而宜之谓义。"仁者，何也？《论语》有云："仁者，爱人。"博爱，实质上就是爱国爱民爱人类，这是儒家思想的核心，是人本主义的精髓！今天吴霜作为书香世家的后裔，终于走上了艺术报国的求美之路，也是为了"爱"人嘛！

七古·燕贺新居[1]

墨客骚人赏心事，无限重阳在画楼。六朝风[2]月来飞阁，[3]
倚山傍湖曲径幽。琴摇兰室花影动，光照临川笔走虬。[4]
东篱把酒香盈袖，[5]南浦品茗点凫鸥。[6]枫林醉晚鸟[7]归林，
松峦耸翠[8]听溪流。芦花点头斜阳里，渔歌袅袅逸兴稠。
龙幡虎踞生瑞霭，两三星火映凫洲。蓬莱仙境何处是，
且让丹青染此秋。[9]人间天上情[10]难了，扬帆激水励索求。
东方神韵留美梦，十指连心意方遒。

癸未重阳于紫金山麓

癸未重阳，喜逢小平四十华诞，适为山一家正徙居紫金山麓，这里依山傍水，曲径通幽，飞阁流舟，层林耸翠，山溪淙淙，鸟语关关，湖光滟滟，沙鸥点点，朝晖夕烟，风光无限，令人叹为观止，不禁脱口成吟。

注释:

①燕贺：恭贺新居曰"燕贺"，意思是连燕雀都来庆贺。

②六朝：南京乃是六朝故都。

③飞阁：架空的阁道。《滕王阁序》："飞阁流丹，下临无地。"

④光照临川笔走虬：临川，借代王羲之的墨池。王勃文句："光照临川之笔。"虬，神话传说中一种腾云驾雾的独角飞龙。"光照临川笔走虬"一句，是"墨儒芳草，笔走龙蛇"的意思。

⑤香盈袖：李清照词句："东篱把酒黄昏后，有暗香盈袖。"盈，充满，菊花的清香充满了把酒赋诗的袖袂。

⑥点凫鸥：凫，野鸭。鸥，水鸟，常栖息在水边的沙洲上。这里的一个"点"字，形容在远视中其影点点，若隐若现。郑板桥《道情》："沙鸥点点轻波远"另一层意思是形容人在湖边品茗远眺中偶尔指点着凫鸥在水面或在沙洲上的动态。

⑦枫林醉晚：老舍《游记》："枫叶红了脸，芦花白了头。"此处形容晚秋季节经霜的枫林，像醉汉那样满脸通红。杜牧《山行》："停车坐爱枫林晚，霜叶红于二月花。"毛泽东《沁园春》："层林尽染。"

⑧松峦耸翠：青松茂密的重重山峦，耸起青翠欲滴的神姿，它俯瞰着山溪的淙淙细流，与之动静配合，含情脉脉，相映成趣。

⑨且让丹青染此秋：一个"秋"字，不仅指的是大自然的金秋景色，也是指我们这个时代社会经济蓬勃发展的盛世金秋。

⑩人间天上：这里指的是复兴中华，"两个率先"的发展大业，它将把人间变成天堂。一定的艺术应为一定的社会经济的发展服务，故曰此"情难了"。要为之"扬帆激水"，上下求索……

祝酒词

戚朋驾宴喜良宵，华灯照，传金报，凤起南苑月桂娇。大江奏凯，笙歌如潮。碧海春轩风光秀，家家庭柯正窈窕。一壶浊酒，几盘粗肴，弹冠相庆觥筹交。千秋希望，义方正道，立本树人，党恩昭昭。新纪璀璨国祚辉，继往开来靠家教。青春烂漫云帆急，风卷红旗路正遥。

一九九九年七月三十日于东亭

一九九九年，孙女吴丽娜荣录南京艺术学院，为人夫妇邀请亲友宴会东台一招，赋此祝酒。

家教修齐

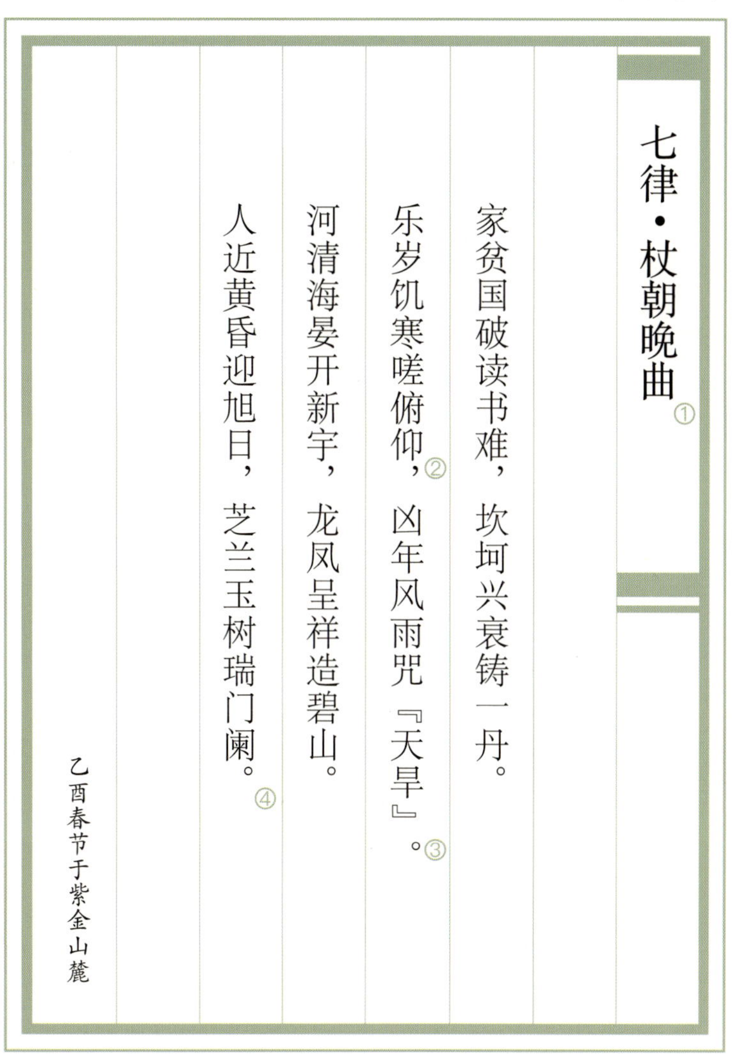

七律·杖朝晚曲①

家贫国破读书难，坎坷兴衰铸一丹。
乐岁饥寒嗟俯仰，②凶年风雨咒『天旱』。③
河清海晏开新宇，龙凤呈祥造碧山。
人近黄昏迎旭日，芝兰玉树瑞门阑。④

乙酉春节于紫金山麓

注释：

①乙酉春节，金鸡报晓，家人欢聚，举酒祝福，共享天伦，忆苦思甜，感慨系之。

②指老少多，又遇荒年，生活艰困。古书有云："仰不足以事父母，俯不足以畜妻子。乐岁终身苦，丰年不免于饥寒。"

③凶年风雨咒"天旱"：古书有云："齐妇含冤，三年不雨；邹衍下狱，六月飞霜。"此处喻指"文革"十年，饮恨"牛棚"。

④瑞门阑：阑，同"栏"，此处借"门阑"一词指代"门庭"。古书有云："门阑蔼瑞。"瑞，吉祥之气。

瘦簫詩館

SHOU XIAO POEMS CENTER

艺文集

COLLECTION OF ART WORKS
POETRY AND ARTICLES

［卷二］

箫声悠扬

天国当有回音壁

文 / 卢冬红

与时间长河相比，千百万年都不过只是短短一瞬，人生无声而掠。而当你所敬仰的视之为师长的忘年老友一旦仙逝，那些过去的永不再来的其言、其行、其事就会在时间的显影剂中慢慢出现，从轮廓，到细节，到经受过的丝丝缕缕的感动、感慨、感怀、感念，感叹，重新展现于眼前。

初识吴耀先老，很偶然。四十几年前的一天，他到开庄的连襟秦大队长家做客，我打门口经过，被热情的主人喊住。望着眼前瘦削而硬朗的身板和精神矍铄的笑容，我并不认识。吴老竟然说他知道我。知道我？看出我的疑惑，他告诉我，他听冯德寿老师提起过我，说我爱学习，还给溱东学校写过一部小戏《柳竹村头》，冯老师是这部戏的导演，小戏在盐城地区得了奖。趁着他不断地表扬我，我也就留在秦家撮了一顿。席间，他说："你的小戏虽然得了奖，但严格地说，不能称为戏，唱词像顺口溜，缺乏生活，不过也难怪，你从大城市下放到这儿时间不长，以后要注意从乡间俚语、地方风情甚至劳动号子中寻找灵感。另外，有着读书的年龄读不了书经历的年轻人，古代文学、古典诗词大多空白，你没有放弃读书是好事，要多读古典诗词，诗词读多了对你将来写唱词有益。"当时完全出于吴老的热情、出于礼貌，我做洗耳恭听状。吴老高兴了："送你十六字令：山，莫道高峰不可攀，只要肯，登攀就不难。"我记在了当天的日记里。

后来，我断断续续地拿些现在看来类似顺口溜的东西请教过吴老、冯老，每每都得到他们真诚耐心地指导。

一次，我写了一首《满江红》，找到吴老，嘴上说请赐教，实际上是想得到他的肯定、赞许。吴老看过后说咱们共同学习，"共同学习"的过程中，他不厌其烦地给我讲诗词格律、讲平仄，结果原《满江红》被改掉五分之四。我很沮丧，将前后两首《满江红》拿给陈竹珊老看，巧的是，陈老的诗友卞小芝、虞山老都在，他们对吴老平时诲人不倦的品德、对学生孜孜不倦的教风、心胸中厚实的古典文学底蕴及诗词探究的功力赞不绝口。

年轻时的感受对每个人都有所不同，不同的感受会让你悟觉出在一个年轻的生命里你还潜伏着某种特殊的感情，这感情便是你成长史里积淀下来的财富，他会永远地封存在你的生命之中。若干年后，我的剧本得了国家级奖，吴老特地写了几首诗词，以书法的形式寄给我，鼓励我，称赞我。捧着这些书法诗词，我想，我生命中的那些您赐给我的温暖的片段，就如同永不凋谢的花朵，开在我延伸着的创作小径，岁月中您朗朗的诵读、歌者般的吟唱，都是给养啊！师恩如茶，醇厚甘甜。

后来，吴老寄给我的书法诗词就是经常性的了。值得骄傲的是，历年来吴老赐给我的诗稿、贺卡，包括通信名片等我一直珍藏着。

当年，我收到吴老的第一本厚厚的油印的诗词集时，我感叹，这是一位将毕生精力和全部才华都献给了诗词艺术的探求、中国传统文化的传承与发扬的东方之子啊！吴老有一颗纯净的心，怀有这样一颗心的人，最适合做诗人。在《瘦箫诗稿》中，我看到吴老他爱蓝天，爱大地，爱蓝天大地间所有的磅礴与纤细、阳刚和阴柔，因为它们都是生命的展现。他不断寻觅，不断挖掘，一点一滴把对生命的理解和领悟融入他的词作中。

岁月的长河，不断漂下一段段难忘的往事。再后来，一次政协诗书画年会上，我对吴老说：“您以笔为锄，奉献出那么多精神财富，如今该安心颐养天年了。”老人连连摇头：“不，阅读作词，是我每天生活中不可缺少的重要内容，我这条瘦老牛还得产点奶啊！”一番话使我感受到永恒生命的昭示和激励。

再再后来，我陪省文联领导一起去时堰拜访吴老。啊！霜雪已浸满老人的头顶。望着八旬翁那银白的颀羽，我分明看到的，那是一团白炽火焰，燃烧在海天之间，那是碾涛蹈浪的白帆……

二〇一七年六月一日，老人魂灵飞升。敬爱的吴老，对社会，您任劳任怨敬业忠职；对您的学生，您付出的是太阳般的温暖、月亮般的柔情，您的光辉灿烂在您天南海北桃李的蓝天上。如今，您的音容笑貌永远闪耀在学生们记忆的屏幕上！

吴老，漫步天国，您当放心安详，你的亲人、友人、同人所能做的是捧出对您的缅怀和尊崇，告慰您在天之灵的企盼和瞩望。

一颗纯净的心，在天国里应该是安宁而满足的。而天国之所以是天国，因为有许多颗吴老那样的心。

天国当有回音壁，吴耀先老那江河一般不朽的诗词朗读声、谆谆教诲声，会不断地、持续地、永久地在人们心中萦回荡响。

‖追忆耀先兄‖

文 / 王泽虎

一颗流星在天空闪过，耀先兄驾鹤仙去！

我和耀先兄一九五七年相识在东台中学，那时他风华正茂，是个“老兵”，我却还是一个刚工作不久的毛头小伙子。我们都是教语文的，在同一个办公室。他每天都是第一个到班，最后一个下班，经常工作到深更半夜。他的办公桌上放着一大排工具书和一大堆作文本，除了上课就是备课改作文。二十世纪五十年代改作文都是用毛笔字，耀先兄的毛笔字写得又好又快，他批改的学生作文眉批尤多，最后还有一段长长的用红墨水写的毛笔字批语。我经常向他借过来作为学习的范本。

耀先兄备课极其认真，每节课的教案都写得很详尽，洋洋万言工工整整。他讲课很生动，绘声绘色，旁征博引，又能深入浅出抓住要点，不仅学生喜欢听他的课，我也喜欢抽空去听他的课，向他请教。给我印象最深的是，他上课真是使出了浑身解数，他对我的传、帮、带也是竭尽全力，毫无保留，使我教学上少走弯路，提高很快。

我们不仅是好同事，又是好邻居，为此耀先兄常说：“伙稼（‘计呀’连读，东台方言），缘分啦！”我们都住在一栋刚砌的小平房，号称“二十间”，南北各十间。每间不足九平方米，中间是过道。耀先兄是有家室的人，他放了一张双人床，上面放杂物，下床加了一块铺板，这就是为家人来看望准备的。耀先夫人能干又文静，是贤妻良母型的，对耀先关怀备至。尽管物质条件极其艰难，但大家还是一门心思扑在工作上，心中只有一个目标：教书育人，对学生负责。

我们这些单身汉每到周末假日，都喜欢跑电影院，那是最好的享受了。耀先兄除学校集体包场外，从来不去电影院，他要加班改作文，他有妻儿要关照，他肩上的担子重呀！不过，耀先兄也有他的业余爱好——吹箫。

每当一轮明月当空照的时候，耀先兄会带上一张板凳和一支箫来到校园内的小桥流水旁，也经常约我一道去聊天，上自天文地理，下至身边趣闻逸事，喜怒哀乐无所不谈。中途我会找个间隙逗他“老大哥，来一曲吧”。他心领神会，情不自禁，拿起箫。凉风习习，箫声阵阵，时而凄婉欲涕，时而和婉愉悦。我是洗耳恭听，浮想联翩。此时的耀先兄正襟危坐，双目微闭，出神入化，十分陶醉，我想这是他最轻松最享受的时刻。

斯人已逝矣，箫声犹在耳边回荡。真是“风萧声断明月中，举手谢时人欲去”。

一九五八年暑假开始不久，学校接到上级通知，要抽调两人参加县委排涝工作组下乡检查工作，承蒙组织上的信任，我和耀先兄被选中。下午接到通知，当晚就要赶往董贤乡所在地鹤落报到。由于连日暴雨，灾情严重，“军令如山”，我们两个热血青年，稍作安排，就到食堂提前吃了晚饭，匆匆上路。到了西十字街，天空乌云滚滚，雷声隆隆，电光闪闪，我俩跑步前进，此时雨已越下越大，赶快溜到前边东台镇政府走廊内躲雨。暴风骤雨持续了半个多小时渐止，我俩又抖擞精神向目的地进发。到了海道桥，我怔住了！风雨雷电再次袭击，四周一片漆黑，雷电闪闪，年久失修的海道桥，桥板稀疏，伤痕累累，不知脚往哪儿送！耀先兄似身经百战的老兵，一把抓住我的手喊：“加油，向前冲！”我俩硬着头皮上了桥，相互依扶，并肩前进，艰难地到达彼岸。穿过西溪直奔董永的故乡。报到时已是晚上十点多，农委的一位老刘连说：“两位老师辛苦了，先休息吧，明天我来喊你们。”他把我俩安排到不远处一间草房里，合睡在一张蒲席床上。吴老在他的《瘦箫诗稿》中有诗一首记载了这段难忘的往事：“风驰电掣雨倾盆，海道桥边欲断魂。霹雳千军浑不怕，胜天斗胆照行人。”

和耀先兄抵足而眠半个多月，敬佩之情更胜！他对党和人民的赤胆忠心，识大体顾大局，坚强而又乐观。

吴老把一段美好的青春时光献给了东中，但因家庭所困又不得不离开了东中。“挈妇将雏两鬓霜，天灾人祸袭愁肠。高堂老病思归养，尽瘁桃李爱梓桑。”这首诗反应了当时的窘境。一九六二年，吴老忍痛割爱，请调回到家乡的时堰中学。在他的《相见欢》词中写道“莺飞草长花红，岁月峥嵘常忆在东中，肝胆共，留香梦，几时重？揽镜惊霜，唯自笑平庸”，充分体现了他离开东中后的留恋之情。

吴老是个平易近人、很重情义的人。虽然我俩天各一方，但友谊地久天长。书信一直不断，相互时有来往。近日整理信札，面对珍藏着的吴老一叠叠“墨宝”，往事一幕幕在我眼前闪过，吴老的音容笑貌定格在我的脑海中。

一九九七年，我退居二线，专程去时堰拜望，他非常开心，见面就紧握住我的手，一声“伙稼，好久不见啦！”让我十分感动。我也紧握他的手回道：“老大哥，别激动，少讲话。”因他一直有哮喘病呀！他先带我在他的院子里转了一圈，又带我到楼上的峻崖居畅叙别后，领略窗前大河的水茫茫，远眺喧哗古镇的天蓝蓝。闲聊中他兴奋地向我介绍儿子吴为山的故事及其建树，送给我一张为山访谈录光盘及其制作的孔子铜像，我为他高兴和自豪。临别时他还赠诗一首：“蓬门一叙瞬秋冬，往事难忘美梦中。琴抚东园常苦短，箫饮陋室已成翁。感时怕写无前夜，恨别难书屈楚衷。盛世同歌还风日，天青海碧晚霞红。”

我迁居南京后，时在南大工作的为山也常将耀先兄接去南京东郊疗养，同时尽享与儿孙的天伦之乐。耀先兄在南京也曾到我的寒舍小聚。一次我在小区门口迎接，见面一个热情拥抱，心情特好。进门，正抱在我老伴怀里的小孙子对他喊了声“爷爷好”，耀先兄的脸上立即露出了灿烂的笑容，还戏说“公子王孙”的这一声童音真好听，象征着我们“接琴有继”啦。我俩谈话的中心也自然转移到下一代身上。我们的子女，都能实实在在干事，堂堂正正做人。谈及子女，兴致勃勃，相谈甚欢，子女孝顺，事业有成，积极向上，无比欣慰。一杯清茶，一谈半天。中午我欲盛情款待，耀先兄不允：“君子之交淡如水，人老了更要管住嘴，两个素菜一碗面条最好。”主随客便，他才欣然留下。想不到这也是我们的最后一面！

我和耀先兄相识相知相交整整六十年。他的爱岗敬业、无私奉献，他的言传身教、育人有方，他的执着淡定、安贫乐道，他的铮铮铁骨、坚韧不拔，体现了一个老知识分子的高尚情操和人格魅力！耀先兄永远是我们的学习榜样！

耀先兄把毕生的精力献给了教育事业，桃李满天下，小家出“大家”，是一位令人羡慕的老园丁！耀先耀先，光耀祖先，耀先兄心中的梦在默默地耕耘中得以实现！

耀先兄永远活在我们心中！

永远的崇敬与怀念

——遥祭恩师吴耀先先生

文 / 倪士干

六月九日晚上，夜已很深了，喧闹的台城也渐次平静了下来。我半躺在床上，按照每天的习惯查看有无未读信息。果然，一打开手机，一则短信展现在我的眼前："家父不幸于六月一日去世……"这一则迟到的讣告，是恩师之子吴为人发来的。顿时，觉得天地在转，为自己没能为恩师送行而感到遗憾！"恩师，您一路走好……"我默默地为恩师祈祷，恩师生前的一言一行在我的脑海中一幕一幕地回旋展现……

一九五六年夏天，我只身来到东台报考，有幸被东台县中学初中部录取。第二年秋天，初二学期开始了，那是一个晴朗的下午，上课铃响了，同学们端坐着等待老师的到来。不一会儿，一位个头不算高的老师走进了课堂，同学们起立欢迎。恩师带着浓重的水乡口音说："同学们！从现在开始，我就是你们的班主任，也是你们文学和汉语课的老师。"说到这里，恩师稍微停顿了一下，然后深情地说："也是你们的兄长啊！"的确，当时我们班上不少同学比恩师小不了几岁。恩师话音刚落，教室里立刻活跃起来，爆发出热烈的掌声，一下子拉近了师生的距离。接着，恩师做了自我介绍，宣布了班级干部和纪律制度，提出了要求。最后，恩师抬高嗓门说："祝同学们每天像今天的阳光一样灿烂，祝同学们在新的学期里，百尺竿头，更进一步！"恩师的一席话，好似精彩的演讲，第一次班会就给同学们留下了不可磨灭的印象。恩师自称"兄长"，其实爱生如子，更是慈父一般。初二的第二学期，我们几个要好的同学聚在一起，一位年龄较大的同学提议，以"海"字每人各取一个名字，好似"桃园结义"。不几天，班里传出了一个惊人的说法，"三戊班有一个海派集团"，我们都不知所措，特别是那位发起的同学慌了神似的。恩师知道后，立即了解情况，召开班会说明事情的原委经过。恩师说："我们不是要求大家团结友爱吗？这几位同学以'海'取名，大家来自各地，这不就是来自五湖四海呀！"然后话锋一转语重心长地说："不过，团结友爱不要搞小圈子，要搞'五湖四海'。一个班就是一个家，全班同学都像兄弟姐妹一样那该多好啊！"寥寥数语，使同学们茅塞顿开，一场风波就这样很快过去了。后来恩师向学校领导不仅做了说明，还承担了责任。恩师敢于担当的护犊精神，着实让人敬佩！如果不是这样处理，在那个年代，很容易与政治挂上钩，搞“扩大化”，将会影响一生，后果不堪设想！

恩师治学严谨，教学有方，深得同学们的赞誉，对我来说更是受益匪浅。恩师过继吴姓，本姓高，著名史学家高二适是恩施的堂叔。恩师常以笔名“高歌”写诗，在出版的诗集里还收录了写给我的诗。那时恩师常常在班上朗诵自己写的诗歌，并传授诗歌欣赏及创作的知识。在恩师的影响下，日后的工作之余我也喜欢阅读诗作。恩师教学古文和鲁迅文章，感情特别投入，声情并茂。朗诵《木兰辞》近乎唱曲，娓娓动听，课文很快背熟且不易忘记，这也是独创的教学法，到现在我还记得曲调。恩师因人施教，我的作文经常面批。那时大炼钢铁，我们义务劳动常常到现场敲矿石，火热的场面十分感人。我在作文中这样写道：“入夜，城北操场人声鼎沸，一字排开的小高炉火光冲天，映红了台城，直冲九霄云外。天庭太上老君正在炼丹，只见炼丹炉淹没在一片火光之中，慌忙低头眼望人间，再看看自己的炼丹炉，与之相比，连连惊呼：‘吾弗如也！吾弗如也！’”在面批时，这段文字打上红色浪线，并对我说：“文似看山不喜平！太浪漫了，想象力很丰富，文字就像猪肚子那样丰满！”这篇作文在同年级比赛中获第二名，奖状至今还保留在身边。还有一篇作文的开头我这样写道：“好消息！好消息！三戊班的农药厂开始出产品啦！”在面批时说：“开头像狮子头那样精彩，具有感染力和新闻性！”那时每年我都代表班级参加全校的演说竞赛，恩师就像教练一样，从讲稿、普通话正音到演说技巧，一遍又一遍地训练，每次都是冠军，有一次普通话比赛第二名，这一切都倾注了恩师大量的心血。在我几十年的工作中，特别是在新闻工作和地方史研究岗位上取得的成绩，无不得益于恩师的悉心指点与辛勤教诲！

恩师担任班主任和任课老师，只有短短的两年时间，与同学们却结下了深厚的师生之情，诸多往事历历在目。我在班上年纪最小，只是一个十四五岁的孩子，家又在外地，节假日不回家，恩师便组织同学每逢节假日将我带到他们家中，因此台城和郊区许多同学的家长我都认识。我意识到这是恩师的良苦用心。一是怕我孤单，二是节假日不放心，可谓“师爱无疆、爱生如子”啊！其实，我也是恩师家的常客。恩师家住茶城巷（东台宾馆东边的巷子），推开两扇黑漆大门，里面是一个院子，坐北朝南三开间的瓦房，古朴幽静。每年都要带我去好多次，春天吃春鱼，端午吃粽子，秋天吃老菱、螃蟹……师母热情有加，对我像自己的孩子一样，问长问短，无微不至。我像在自己的家里，一点拘束都没有。多年之后，师母还能一眼认出我并叫出名字，感人肺腑，难以忘怀！每次在恩师的家里，就是我最快乐的一天。恩师还会给我吹一段竹箫，不久我也跟着学会了吹箫。恩师的师德高尚，同学们莫不交口称赞。老班长刘志明是从我们班入伍的，转业到原种场担任副场长，他对恩师也是十分爱戴与尊敬。一九八九年的一天，我俩碰到一起商量给恩师做六十大寿，我到时堰中学与恩师联系。当我说明来意，恩师抱拳作揖表示感谢，并对我说："中国有句古语'君子之交淡如水'，就是说贤者之间的交情，平淡如水，不尚虚华。我们的师生之情，不同样是平淡如水，不尚虚华吗！同学们几十年来一直把我放在心中，这是我最大的欣慰……"我们的一片心意，恩师婉言谢绝了，我们无不为恩师的高尚风范所感动，他是我们学习的楷模和榜样！前年我主编《盼月圆书法集》，恩师与其子为人鼎力支持，次子为山欣然作序，孙女彦凝泼墨作画，毫厘不取，这何尝不是恩师美德与优良家风的传承与光大啊！

天地运转，斯人已逝。没有美酒敬献，谨以此文遥祭与缅怀恩师，并缀字成句，寄托哀思：

杏坛授业硕果丰，桃李芬芳且葱茏。
崇礼尚德永流芳，为人师表传高风！
暮鼓三声花失容，挥泪遥祭撞晨钟。
深情缅怀寄哀思，千鹤翩翩敬师翁！

二〇一七年六月十五日写于台城家中

有情怀自有担当

文／王劲松

曾经有学者发问，现代文明高速发展，为什么杰出的个体反而越来越少？联系著名的“钱学森之问”，我想，一个很重要的原因还是要反躬自省我们的教育情怀。

有人细读民国时期的启蒙教材，其中不乏叶圣陶、丰子恺等大家之作，发现字里行间有一种如父辈般亲切的语气，他们是把读者真正当作自己的孩子的，而非以权威自居。我以为，吴耀先老师就是这样一个有教育情怀的人。他把一生都献给了教育，把学生当成自己的子女，可想而知，学生自然会亲其师而信其道。贯穿他教育思想和实践的精髓是一个“爱”字，令人产生人文精神和家国情怀的共鸣。

有传承自有根基。他自幼受到传统文化的熏陶，屈子的离骚、李杜的光芒，涵养了诗意的情怀，也点染了济世的梦想。选择成为一名老师，传道，授业，解惑，金针度人，乐在其中。在东台中学，在时堰中学，他孜孜矻矻哺育学子，桃李不言下自成蹊。一些年岁稍长的同事仍然能记起那段岁月、那个辛勤耕耘的身影，更多动人的点点滴滴早已融入了学生们的记忆深处，影响着他们的行走方式——教育的价值于此得到传承和生发。真正的教育是盗火者的事业，需要的是“不失其赤子之心”。

有情怀自有担当。退休之后，他并没有离开教育，而是为寒门学子办起了腾飞补习社，圆了许多人的大学梦。他安贫乐道，深知道生之所存，师之所存；他拒绝功利，熟谙十年树木，百年树人；他深深地爱着这方土地，追求知识分子洞彻物我的豁达与宁静致远的智慧，一如月照千江无纤尘。教育现代性的重要表征，就是面对天下兴亡，必须从“匹夫有责”转向“人人有责”，唤起公民意识的觉醒，在群体意义上获得真正的“腾飞”。这种担当，可以追溯到“己欲立而立人，己欲达而达人”的文化源头。

有境界自成高格。他笔耕不辍，创作了大量诗词作品。我在东台日报社工作期间，他曾寄来几页用毛笔誊写的十多首诗词，笔墨淋漓见精神，抑扬顿挫感赤诚，细细品读，有杜诗之沉郁顿挫，有《黍离》之寄兴幽微，起承转合间体现了“诗歌合为事而作”的风格主张。加之我也曾在教育系统工作，不时能从他的诗中读到会心之言，思之意味隽永。

有生活自有诗意。北宋三相在东台任过盐官，煮海烧盐是底层生活的日常，这方濒海的土地自古辛劳，以致有人感叹淮剧中亦有悲腔，二胡中亦有呜咽。生于斯长于斯，心怀悲悯、有感而发，生命才能真实地贴近大地。对待生活的态度因人而异，所谓人是一根有思想的芦苇，从困厄中汲取养料，在逆境中不怨不尤，用“笑天寒”的超然与豁达去面对，此中真意自然成诗。

传统与现代正处于一个交汇点，二者需要彼此关切。现代文明无论走多远，都应从传统中汲取价值理性，特别是对那些终极关怀的自觉体认，从而不忘初心、不致迷途。教育者的良知和情怀弥足珍贵，因为它让每一个自我都成为大写的人。

吴耀先就是一个有情怀、有思想、有诗意的大写的教育人。

◇◇

怀念老校长

——吴耀先先生

文/周友盛

吴老离开我们快两个月了，这些日子，他老人家的音容笑貌，他的感人事迹，一直在我的脑际萦回，久久不能忘怀……

爱党爱国　追求真理

解放初期，我们塘坝办起了第一所公办小学，吴老担任校长。在一次历史课上，他给我们讲起了他在解放前的求学经历，对旧社会人压迫人、人剥削人的现象恨之入骨。当时教我们唱了一首歌（歌名记不得了），歌词是这样的：“星光暗淡，独自披衣起呀，悄悄向远方，望了又望，眼前只是一片渺茫和辽阔，什么时候才能看见故乡的山河，静静的夜，冷冷的风啊，明月向西落……”足见先生痛恨旧社会、追求真理的情怀。

爱生如子　诲人不倦

我在塘坝小学读书期间，亲见吴老对学生关怀备至。塘东村距离塘坝小学有三四里路，每天放学他都组织老师护送学生，让学生安全渡过险桥、土路。一到下雨天，风吹雨打，道路泥泞，学生草鞋破了，衣服湿了，他都想方设法帮助学生换上干衣、干鞋。对学生的教育，也是循循善诱，耐心指教。有一次我在作文中写道：“毛主席是全国人民的大恩人、大救星，也是我们的好指导。”他给我批改时指出，指导是动词，不能做宾语，应改为“好领导”或“好领袖”，使我终生难忘。

殷殷期盼　助我成长

吴老是我的启蒙老师，也是我的终生良师。我在塘坝小学读书时，他做校长；我到东中读书时，他在东台教高中语文；我参加工作后，他在时中做老师。看到他的学生也做了教师，他心情异常激动，鼓励我好好工作。这期间，他在时中，我在农中，业务上的联系多了，从怎样备课，怎样组织教学，到怎样批改作业，都一一对我指正。至今想来，真是获益匪浅。特别是退休以后，我们联系更多。我常到他家雅趣轩小坐，该轩依岸傍水，杨柳依依，翠竹影摇，日出观轻舟扬帆，日落听渔歌唱晚，似入仙境。特别是吴老亲自拟定的一副楹联，更是引人注目：“傍湾多野趣，对月有新诗。”诗情画意，津津有味。由此，我对诗词产生了兴趣。我虚心向吴老请教，他从中华诗词的历史演变，一直到唐诗、宋词的格律、平仄、对仗、押韵等方面详细地讲解，指导我学习写作诗词。可以说，我能懂一点诗词知识，与吴老的精心指导是分不开的。

有子为山　足以耀先

吴老夫妇育有四男三女七个子女，聪明伶俐，博学多才，在他们夫妇的教育培养下，个个成为社会贤哲、国家栋梁。特别是吴为山教授，成了世界闻名的雕塑艺术家、中国美术馆馆长、全国政协委员、中国美协副主席，同时身兼数职，日理万机，为国争了光，为家添了彩。正如当代诗人、作家、文艺评论家和书法家丁芒先生所言："有子为山，足以耀先！"吴老，你安息吧！

一联一诗悼恩师

挽联

潜心桃李　传孔孟之道

倾力诗词　弘李杜文风

"六七"怀吴老

一别人间已六周，阴阳两隔泪常流。
水乡诗韵透铮骨，堰上风骚染白头。
学社腾飞益骄子，瘦箫诗稿颂神州。
小诗拟出难成韵，风度梦中把师求。

二〇一七年七月二十七日

附：在吴老指导下习作的两首诗词

雅趣轩小憩

偕友访名苑，雅轩景致奇。
花章蝴蝶舞，枝上柳莺啼。
棹影朝阳远，渔歌向晚齐，
傍湾多野趣，对月有新诗。

二〇一四年六月

清丽双臻，访吴为山雕塑艺术苑。
堰口归帆处，水乡景致令人迷。
棹影随波趋大海，渔歌向晚集长堤。
塑苑傍晴川，名人佳作奇。
观塑像，展雄姿。
形态自如情自在，容颜栩栩见神思。
技绝艺坛心地广，出神入化一梦痴。

二〇一八年七月

仁者爱人　德高为范

——忆吴耀先先生

文／嵇亚林

一

时堰古镇在苏北里下河地区虽僻处一隅，却有着“小桥流水人家”的江南意境，这里流淌着水乡的清秀、古镇的恬静、雨巷的幽深、乡贤的灵慧。

镇上有一条小河贯穿南北，北段与太东河连接，河面较宽，越往南河面越窄。吴耀先先生的家就坐落在古镇小河之西的南端。

吴老先生是时堰远近闻名的中学国文教师，惊才风逸，满腹经纶，尤喜诗词箫笛。他教学严谨，谈吐风趣，桃李满枝，深受人们的爱戴。遗憾的是我未能受教于先生，然却有缘相识。恢复高考时我考取盐城师范学校学习美术专业，也因这样的背景，一九八四年我从教育岗位调到时堰镇文化站工作。当时时堰街头画有不少宣传壁画，高大中站长指着镇东头靠牛桥口的一幅画对我说：“这是吴为山的作品，他可是我们时堰走出去的青年才俊，画画得非常好，街头上有不少壁画都是请他画的，他的父亲是时堰中学吴耀先老师。”吴家父子的名字就这样进入我的脑海。

不久，我和高站长一起上班，在镇前街的供销社门口，遇见吴老先生，老站长立即向我介绍起先生，言谈中我看出两位老人是同道好友。先生上下打量着我这个后生，询问起我的家庭、学业情况，话语中充满了至诚的关爱。先生个头不高，儒雅恭谦，衣着整洁，清瘦的脸庞总是带着微笑，我想这不就是中国传统文化中的君子形象吗？

从此再见到吴老先生我们也就成老熟人了，或驻足寒暄或畅谈百姓文化之需，其实聆听先生的暖声细语，你会被他深厚的文化学养而感染。

二

教育源于爱，源于师者的责任，虽然其过程是艰苦的，但最终的结果是甜蜜而幸福的。常言道君子有三乐：一乐家庭平安，二乐心地坦然，三乐教书育人。吴老先生就是这样的君子，一生把“得天下英才而教育之”作为毕生最大的快乐。

一九八三年吴老先生从时堰中学离休，此时“尊重知识，尊重人才”的春风正席卷中国大地。先生急国家、社会、家庭之需求，毅然联合几名退休骨干教师，利用时南村村部闲置的会堂，创办腾飞补习学社。偌大的房子里课桌一直排到门口，足足容纳上百号的学生。正是这所简陋的“草堂”，让多少有志青年走进自己理想的圣殿之门，既改变了个人的命运，也为国家输送了大批栋梁之材。

高考放榜是吴老先生最为开心的时候，一份份录取通知书，犹如献给他的一束束鲜花，让他兴奋不已：“堰口虹桥，春光烂霄。巍巍腾飞，兴学施教……喜见人才之丰蔚兮，如雨后之春潮。宏开学社，乐育群髦，中华腾飞，端赖吾曹。”是啊，又有谁能感受到先生内心的那份激动呢。

我相信所有从这里走进大学的青年学子，腾飞补习学社一定是他们青春时期充满激情的难忘记忆。

三

父母德高，子女必受良教，作为父亲，最为感慨和骄傲的就在于其有生之年，能够以自己的德行影响和启发自己的子女。

令郎吴为山天资聪颖，有着过人的艺术才能和顽强的意志。一九九八年，为山君从南京师范大学调任南京大学创建了雕塑艺术研究所，随后又成立了南京大学美术研究院。与此同时，他的写意雕塑在“为时代造像”的呐喊中，唱响全国、走向世界。

记得新世纪之初，南京博物院确定在新建的艺术馆内，为刚满三十八岁的吴为山设立文化名人雕塑馆，这在当时可谓惊天动地的大事。按惯例要在这样一所全国知名博物院内设个人专馆，只有傅抱石、陈子佛等已故艺术大家，才能有资格享有此誉。时任院长徐湖平先生慧眼识珠，力排众议，促使吴为山文化名人雕塑馆在南博正式设立。

布展期间，作为乡友我专程去现场拜望为山君，只见他和夫人吴小平女士，正在做最后的布局调整，虽然满脸疲惫，目光中却闪烁着坚定和自信，我的内心充满敬意。此情此景让我忽然想起他父亲那充满激情和刚毅的神情，猜想为山君如此年轻就在江苏这片文化高地上脱颖而出，既缘于他的艺术天赋、立足高远的志向和勤奋不懈的攀登，也一定与吴老先生的遗传基因、家学熏陶，以及从小对他严格训导和言传身教分不开。

父爱如山，深沉而含蓄，严厉、威严中饱含温暖，鞭策、鼓励中赋予坚忍。难怪曾有许多年，我们几位在宁乡友每逢春节，彼此总要见个面，互致问候，为山君常乐于参加。大家在分享这位赢得国际声誉的大艺术家的辉煌成就时，为山君会情不自禁地讲述父亲为自己“种下”的童年故事：看望弥留之中的“和尚爹爹”、带着耄耋老人“下放谢庄”“帐内说作文”“二适伯祖逛时堰”……这大概就是子女对父亲那种厚重的爱，以及其独特教育方式的深深眷恋吧！

四

一个有梦想、有抱负、有家国情怀的人，一定会用他全部人生来奉献，哪怕进入垂暮之年也不言退。二〇〇八年吴老先生将自己的庭院住宅改建成吴为山雕塑艺术苑，无偿向社会公众开放。在社会各界的关心下，艺术苑不仅成为东台的旅游点，还成为当地的爱国主义教育基地。

二〇〇九年，我从南京回来省亲，老站长高大中欣然带我前往吴为山雕塑艺术苑参观。几年不见吴老先生仍然神清气爽，身板硬朗，他声情并茂地把建苑的前前后后仔细向我介绍，自始至终洋溢着浓浓的亲情和对中国优秀传统文化的热爱，俨然就是一位恪尽职守的老艺术馆长形象。

时隔两年，我带着刚结婚不久的女儿女婿再次回到故乡，为了让他们感受古镇深厚的文化底蕴，先参观了清代水利学家冯道立故居、老镇石板街，再来到雕塑艺术苑。吴老先生笑脸相迎，虽身体有些羸弱，步态迟缓，但思维清晰，介绍时仍旧娓娓道来，临别还邀我们一起拍照留影，让小的们好生感动。

最后一次见吴老先生是二〇一五年。那年春节，我和我爱人回到时堰，并借此机会去看望他老人家，一进大院便见吴老先生正蜷缩在展厅门前的轮椅上晒太阳，显然老人家的精神状态大不如前。见我来访欲起身招呼，我赶紧上前一步，让他坐好，并祝先生新年吉祥安康。老人家让家人泡上茶水，交谈中我把刚刚出版的个人画集拿出来，请吴老先生指点。他翻开画册，看到为山君为我题写的“境若清泉，画为心音”，非常开心。我说这是在南大读书之后创作的部分作品，结集出版既是向老师汇报，也是对前一阶段的总结吧！谈到书画艺术老人家的精神好像振奋了许多，神情也舒朗起来，为了不太打扰先生，我稍坐片刻并起身告辞。

走出院门，我的脚步有些踌躇。蓦然回首，小河在阳光的照射下，泛着粼粼波光，小院内弥漫着生生不息的文化气息，仿佛正升腾着、散发着，静静的你会听到吴老先生吟哦诗稿的声音在上空回荡……

二〇一七年七月六日于南京

杏坛先行　吾辈楷模

——深切缅怀吴耀先先生

文／邹施凯

黑纱白幔安魂曲，黄花红泪断肠人。

灵堂中央，大幅遗照上的耀先先生眉目清朗，面容慈祥，一如往昔。只是前来吊唁的党政领导、社会贤达、亲友学生络绎不绝，或献花，或鞠躬，或庄严肃穆，或悲戚哀恸。一切都在提醒着我们，这位老人，这位东台教育老前辈，这位东中教育的老先生已经永久地离开了我们，离开了临水轩，离开他深爱的这片土地……

还记得：先生投考省职中，辗转三里泽，从师治古文。

还记得：先生春赴下关看江，夏往张甸征粮，秋来台城主编，冬至故园座谈。

还记得：先生昼吊史公祠，夜访枫桥泊，早岁曾题《四美图》，晚晴尤爱《满江红》……

自不必说，先生为美术界贡献了一位具有国际影响力的雕塑大师吴为山，自不必说，为音乐界贡献了两位蜚声中华歌坛的民歌精灵吴彦凝、鲁阳阳，单就一部《瘦箫诗稿》，就足以让先生永垂不朽了！这里本人囿于学养不足，不敢妄评其诗词造诣之超迈古人，但可断言其精神追求定可光照后人！

俗谓“文如其人，人如其名”，依我看来，先生自名“瘦箫”，先生之精神全在“瘦”“箫”二字。

何者为“箫”？一者“雅”也。

箫音古雅。《吕氏春秋》载“黄帝命伶伐昆仑之竹以作管”，由此可见箫管之古；韩湘子之箫声振乎龙宫，子瞻客之箫回响于赤壁，由此可知箫管之雅。“陌上桃红迎晓日，池边柳绿咏黄莺。琴棋书画饶佳趣，诗酒茶牌沁性灵”（《七律·猴年阳春诸老荟萃活动室》），“箫笛韵秀，翠竹新荷，芦边鸥起，谁家歌手？群贤少长，丹青翰墨，看龙蛇走”（《水龙吟》），先生“箫瘦诗山，琴伴沙鸥”，雅好自娱，实则是心性之修养、情操之陶冶，飘飘然有古隐士之风！

何者为“箫”？二者“爱”也。

箫以抒咏情怀。

抒咏家园桑梓之爱：“红楼绿树清溪，断桥船泊茅篱，倦鸟关关返里，夕阳垂地，捣衣声泛涟漪”（《天净沙·题自涂水墨写意临村野趣》），先生笔下的泰州、东亭、时堰，溱湖，如诗如画，如痴如醉。

抒咏至亲骨肉之爱:“高堂老病思归养,尽瘁桃林爱梓桑”(《七绝两首·从东台城要求调回时堰》)乌鸦反哺之情感天动地。“坐井观天终是小,大江放眼快扬帆”(《七绝·慰勉山儿赴锡求艺》);“千古风流多少事,敢攀绝巘撷献春华”(《七律·送山儿赴锡求艺》),正值当年吴为山高考失意,人生最为低落暗淡之际,劝慰勉励,用心良苦,感人肺腑。其为诸后生晚辈亦多有题赠,芝兰生于门庭之望殷殷切切,吴为山后来敬题“诗教”,殊为中肯。

抒咏同窗好友之爱:“扶白飞觞酬知己,何来鸡唱好梦惊”(《七古·好梦怀旧》),与同窗故友聚少离多,此类唱和酬答颇多,而情意日笃。

先生之爱,非独个人之爱;先生之爱,非徒口舌笔墨之爱!其遗嘱有二:一、将珍藏的名家书画悉数赠予东台市博物馆,二、离休工资结余捐献时堰中学设立助学基金。其行一以贯之,至死不渝。恢恢乎有古仁人之风!

“先生”之谓不足称其德,可谓“先贤”!

何者为“瘦”?一者“忧”也。

先贤历现代中国之大动荡、之大变局,其忧之深之切,难以言表。“倭平已痛内祸剧,虎衄尤惊帮患汹。远望云山空怅惘,深忧国难愧才穷”《七律·忆陆芹》),抗战、内战、“文革”,颇多坎坷,尤以“文革”为甚!“狂风暴雨袭寒窗,虎啸狼嚎夜正茫。秋楚重重谁与共,声声凄厉泣‘巨霜’”(《七绝·狂风暴雨袭寒窗雨》)。深陷“牛棚”遭隔离审查,再后来四十寿辰,却横遭批斗,无辜受刑,“浩劫临头人鬼倒,‘牛棚’饮恨啸‘天旱’”(《七绝·“牛棚”饮恨》),心忧如焚,焉能不瘦?

“拨乱反正”之后,本当驱驰效力,奈何羸躯婴病,“病卧室斋枉自嗟,心余力拙负英才。夜阑乍听春风去,桃李芳菲入梦来”(《七律·病中》),忧心忡忡,情深致幻,焉能不瘦?

何者为“瘦”?二者“勤”也。“白手耕耘兰蕙秀,长征何惜马蹄痕”(《七绝·调长稔小整改旧容》),“报命何辞勤往返,鞭加唯恐我平庸”(《七绝·调任区辅导员》)。早年革命加拼命,辛勤如此,何以不瘦?

“继承传统竞风流,邃密群科战未休”(《七绝·赋锦旗巨龙腾飞》),“继晷焚膏图破壁,春风化雨暖寒毡”(《自度曲·赋首届录取高校、中专校友联欢》),退而不休,夜以继日,老而弥坚,为国培育栋梁,如此焉能不瘦?

先贤于二十世纪五十年代末期在东中执编《东中园地》,虽三载而他调,而其嘉言懿行,流韵至今。我于二〇一五年夏奉命回调东中,执掌牛耳,时值学校搬迁校区,人心不稳,百业待举。上任之初,即以“做有文化的东中人”为学校的育人目标,主张“让东中文化特质成为东中人贯穿一生的修炼”,将东中文化特质定义为五大要义——“修养”“自觉”“自由”“善良”“担当”,勒石为铭,大声鼓呼。今日观之，先贤一生以文化己，以文化人，恂恂然有古儒者之风！

先贤之“雅”“爱”“忧”“勤”无不体现“植根于内心的修养”“为他人着想的善良”“无须提醒的自觉”“肩负民族复兴的担当”。此与本人之倡导异曲同工，而先贤业已行之有年！《史记》有云：“桃李不言，下自成蹊。”“先贤”一词不足表达吾之敬慕，故谓之“先行”！

吊唁归来，心潮难平，夜不能寐，恭著小文，一慰往者，二警自己，三勖来人！

箫管无声鹤归去，弦歌不绝吾与谁？

二〇一七年六月一日，农历五月初七

一生的“早读课”

——追忆挚友吴耀先先生

文／王尧

惊悉耀先先生于六月一日跨鹤仙游，我心情无比沉痛。他一生教学、治学的许多往事，不禁浮现在眼前。于是，我提笔写下挽词：

师表传授解，迎来桃李芬芳。

文骨诗词赋，步入李杜门庭。

耀先先生的终生职业是教师，而为人师表则是他特有的“早读课”。他的“早读课”不仅叫人称奇，更多的是令人佩服，令人赞叹！二十世纪五十年代早期，吴先生在我们老家的小学担任校长。老家的不少学生说，吴校长不仅要求学生上早读课，自己也带头上好早读课。不管是高温酷暑，还是飞雪寒冬，他都是早早起身，开始他的早读课。他的早读往往是一人诵读，直至嘴角泛起两堆口沫。他说，诵读方能体会意境，加深理解。多次诵读，方能牢记于心，融汇贯通。读进去自己在书中，跳出来书上变成自己的。“读书破万卷，下笔如有神”是有道理的。久而久之，早读课成了他的一种习惯、一种精神，也带来成果。耀先先生爱书画，擅诗词。闲暇时，他邀约文友数人，吟诗作对，相互切磋，集稿成集，于是他的诗集——《瘦箫诗稿》诞生了。诗稿是耀先先生个人经历的实录，是家国变化的写照，也是一位正直的中国知识分子心声的吐露，其情真，其韵雅，其词工，其意深远。

耀先先生的教育围绕“爱”：爱国、爱民、爱事业……核心是爱国。二十世纪八十年代中期，一些高考未中，想继续冲刺的学生渴望复习，其时全县都没有这种复习班。耀先先生虽已离休，但早读课的精神一直萦绕心头，他感到要为这些孩子做点什么。他组织老师，办起了全县第一个高考复习班——腾飞补习学社。在举办腾飞补习学社的那些日子里，他是“三更灯火五更鸡”，既管教学，又抓后勤，有些课程还要外出请名师讲课。他忙得很高兴，他说，用早读课的精神来帮学生圆大学梦，值得！学生也从本地扩展到外地，就连范公堤两侧、黄海之滨的学生也慕名前来。在他的领导下，腾飞补习学社真的腾飞了，不少学生从这里走向了高校的大门。堰口虹桥，留下了一首兴学施教的《腾飞学社之歌》：“喜看人才之丰蔚兮，如雨后之春潮。……”

书香门第，代代相传。家庭的文化渊源显示出应有的自信，传承了特有的优势。吴家五代学人：祖父高也东为清末秀才，叔父高二适是著名学者、诗人、书法家。耀先虽过嗣改姓，仍秉承家门学风，一生钻研国学，擅长诗词。爱子为山更是声名远扬，成为世界著名雕塑家，担任中国美术馆馆长、中国美术家协会副主席等要职。孙女霜霜才情皆俱，已为职业书画家。耀先先生早年秉承家学，曾问学于清末举人张星槎，诵吟诗词，兼习书画，并擅弄箫笛。对子女的教育培养，他更是倾注心血，用早读课精神督促他们从小读书背诗，并自制小本子，抄录经典诗词、警句供他们背诵。应该说，为山后来创作中国历史文化名人系列雕像，客观上与耀先先生的影响是有内在联系的。此后，为山走向世界，家乡建立了吴为山雕塑艺术苑，展示其成长历程和取得的丰硕成果，东台市政府将其列为爱国主义教育基地。有时，耀先先生还亲自站上讲台为学生讲授，让早读课精神广泛传播。晚年，他有时在为山北京家中住上一段时间。这期间，他几乎每天都等着为山下班回家，为他讲解古诗，有时直至深夜。在京城的夜幕下，父子夜读，令人感动！

吴耀先先生的影响力完全建筑在文化力量与人格魅力之上，大智大慧，人生极致。高山流水，知音难觅！耀先先生，一路走好！

◇◇

尊前谈笑人依旧

文 / 陈祖德

六月一日午后，我儿子小鸣从南大打来电话告诉我，老吴老师（我家习惯称吴老为老吴老师，为山为吴老师，为山夫人为小吴老师）情况不大好，已从省人民医院接回时堰老家了。过了没久，又打来电话，用一种悲伤的语调告诉我老吴老师不幸走了。噩耗传来，心情十分沉重。第二天一早，我与夫人一起驱车直奔时堰镇小河西南侧吴宅，沉痛悼念交往了近六十年的老友耀先先生。一步跨到灵堂前，首先映入眼帘的是吴老的一幅油画：大背头、炯炯有神的小眼睛，常常欢喜舞手的姿态，慈祥的脸庞上带着永远的微笑，栩栩如生，一个活脱脱的吴老站在我们面前，似乎还如往常一样老朋友又相见了。可是躺在灵柩中的遗体告诉我：八十八年前他在自己的哭声中来到这个世界，现在又在亲人们的哭声中离开了这个世界，老熟人、老同事、老朋友，吴老去天堂研究他的古诗词、吹他的箫笛、练他的书法去了……

我与吴老相遇、相识于一九六一年东台教师进修学校，我是小学行政干部轮训班教员，他是学员班的语文教师，我们是平淡普通的陌生人，我认识他完全充满了戏剧性。那个时代国家很困难，群众难饱肚，各单位办有食堂，一天午饭时，看到一支排着还算整齐的小队伍向食堂走来，走在前面的是一位三十来岁的清瘦的父亲，殿后的是一位安祥的母亲，中间三个孩子。他们每人手拿一个钵子、一双筷，边走边敲边笑，在奇特的目光里有人轻轻地说，儿童团长来了。我才知道“团长”姓吴，名耀先，一家人穿着陈旧，但整洁而不邋遢，这肯定是家庭主妇的功劳。对人戏称他是“儿童团团长”，他毫不在意，一点也没有委屈不好意思，没有受到讥笑的自卑感，那样的坦然。事实上大家也绝无嘲弄轻蔑的意思，而是在艰难的生活中寻找一点生活的浪花、一点生活的乐趣而已，这个画面永远定格在我脑海中。

一九六三年我干训班工作结束，调到时堰中学任教。初来乍到，举目无亲，陌生的环境、陌生的人、陌生的教学内容，很是无奈，大大出乎意料的是在这里竟遇到了老吴老师，真有他乡遇故知之感。又是握手，又是问候，他主动向我介绍了学校的一些基本情况，问及我的住宿安排，使我很受感动。我担任初一到高三九个班级的全部政治课教学任务，他是初三毕业班的语文教师。他的书法和古诗词有相当的造诣，有时路过他的教室时，看到他朗读课文时那种投入劲，完全是一副老夫子唱诗的架子，读着、摇着、舞着，如入无人之境。他批改学生的作文，不是一般的认真，用红墨水画上佳句，每位学生的作文都会认认真真、工工整整地用小楷写上评语，一个班五十多位学生都这样，工作量是很大的，没有高度的责任感是难以做到的。真是一次两次、一篇两篇这样并不难，难的是常年坚持。我的一位亲戚曾受教于他，每每谈到这事很为感动，口口声声称老吴老师为“恩师”。

老吴老师为人谦卑、平和，是一位很讲礼仪的人，每天早上上班碰面都点点头、笑一笑，道声好，问个早，所以他的人缘很好，同事之间相处和睦，很少有文人相轻的酸味。那时，时堰地区地势低洼，一遇大雨农田就会被淹，为了接受贫下中农再教育，我们这些知识分子会被安排去陶庄村排涝，男女老少均无例外，大家赤着脚，深入水区筑圩堤，用盆、桶之类工具排水。休息时几位年轻的老师会用青草编成清代官吏戴的帽子样，趁吴老不注意时捉住他戴到他头上，大家轰啊、乐啊！拍着手，笑弯腰，他也同大家一样互相推着、搡着，弄得满身泥水，这也算是苦中作乐，消除了疲劳，激发了劳动热情，也增进了大家的感情。

吴老对我一家可谓关怀备至。我的儿子陈小鸣能有今天得益于老吴老师、吴老师的关切关怀、鼎力相帮和教育，我们从内心深深感激，铭刻在心。可是每次与吴老谈及这事时，他总是告慰我，不要放在心上。我不知他从哪里得知我一九八九年一场大病差点失去生命，很是关心，每次通电话或书信往来都要关照我注意身体，重视保养，常常会问：“近来工作忙吗？”“贵体如何？”还会常常问及儿子小鸣、女儿小娅的身体工作学习情况。有次在信中还特意写：“为山赴欧学习约需三个月，待他春节返台时，我们能畅叙离衷……”一九九一年秋，我应邀拜访吴老，他赠七律《秋日忆陈君祖德》一首：“蓬门久僻候君开，老菊吟秋盼客来。落日楼头思管子，清风泽畔忆英才。古来板荡知高洁，今日海平蔫玉怀。难得故人垂朽钝，何当剪烛话诗牌。”真是情切切，意浓浓。一九九二年吴老得知我女小娅被盐城师范录取，吴老又写七绝一首表示庆贺：“歌飘乐动媲霞裳，才美拔群惊试场。自幼多存管弦志，祥云凤起绣春江。”他曾以“峻崖”“瘦箫”为名赠我诗一首：“江浦瞻林花正香，东亭对酒怎能忘。离愁怕诉渐笔挫，引绪悠悠逐月光。”现在再现这一桩桩、一件件，让我老泪纵横，不能自拔。

其实吴老是关心他人比关心自己还重的人，他自己是一位知足常乐者。他在给我的信中称：“我现在身体和精神均托庇粗安。整天里不是写诗练习、吹吹箫笛，就是做些家务轻活，无论在精神和物质生活上都比较舒坦平实……”多么好的心态啊，真是“春有百花秋有月，夏有凉风冬有雪。若无闲事在心头，便是人间好时节”。他在省人民医院住院治疗期间，我们夫妇携同儿子、媳妇专门去探望他，可惜他深睡不醒，而未能说上一句话，只能与小吴老师和吴老女儿漫叙一番，也成了永久的遗憾。

现在吴老走了，所幸的他夫人很健康，他的子女很有出息，他一辈子奋斗的心血会在他的后代身上得以传承，发扬广大。吴老你一路走好！

◇◇

忆恩师

文／高向东

惊悉恩师吴耀先驾鹤西去，内心充满哀伤，思绪万千，往事像电影一样在脑海中一幕幕播放，唤醒久远的记忆。

吴、高两家是世交，恩师婚礼的主婚人是我爷爷，而“压床”的童男子则是我时年十来岁的家父。恩师家学渊源，自幼好学，博古通今，是当地有名的才子，而家父少时贪玩，学业欠佳，能考上初中也得益于恩师的辅导。小时候，我与恩师的次子吴为人一起学二胡，与其三子吴为山同窗，位于古镇老街小河西岸的吴家自然是我们的游乐园，那里夏季牵牛花红透了东墙，恩师树下读书吟诗，花香与书香飘满庭院。每次看到我，他总是老远地喊“乖乖肉，乖乖肉”，我心里感觉亲切，嘴上却很笨拙，纠结着是喊他“爷爷”还是喊他“伯伯”。

一九七七年我上高中，恰逢高考制度改革，学校狠抓教学质量，高一下学期举行分班考试，我有幸进入尖子班。那时学生普遍重理轻文，“学好数理化，走遍天下都不怕”，语文课在我们眼里是微不足道的副科，逃课做数学题是常事。刚分班不久我和戈宝纯又逃语文课，一回到班级就有同学告诉我：“语文老师换了，是吴老师，班主任也是他。他进门就拿着花名册提问,第一个叫的就是你啊。”吴老师？！没事儿，熟悉着呢，不怕！心中窃喜：吴老师一来就关注我！

我不惧怕吴老师，甚至想过语文课全用来学数理化，但很快被他的魅力深深吸引了。他热情地说：“同学们，科学的春天来了,你们的春天来了,祖国正需要你们，只要好好学习，你们可以上北大，可以上南大。高向东，你向往的无锡轻工学院，大门正为你开着。不积跬步，无以致千里，同学们，快马扬鞭吧！”此时他是一位和蔼可亲的长辈,更是一位热情洋溢的老师，我被他所鼓舞。

恩师授课时必是激情澎湃，抑扬顿挫，引经据典，激动之时眉飞色舞，手舞足蹈，瘦小身躯矫健地从前排跃到后排，再从后排跃到讲台，指点江山，激扬文字，恰学生青春年少，心随他动，感受“金戈铁马，气吞万里如虎”之气势，体味“羽扇纶巾，雄姿英发”之豪情，想象“日出江花红胜火，春来江水绿如蓝”之美景！优美的史诗书画在我们脑海中层层展现。

课间休息时，同学们尽情地嬉戏打闹，恩师却静静地板书，工整的字迹像字帖印在黑板上，苍劲有力，让人赏心悦目。在文学和艺术的熏陶中，我们学会了字词句和语法规律，学会了理解和分析文章，学会了用文字表达自己的思想，更重要的是我们学会了欣赏诗词歌赋，领悟中华文化之博大精深，成语典故、精妙词句、名人风骨、世间义理在内心沉甸甸地留存，让我们终身受益。

紧张的学习中，恩师以爱润我心，以言导我行，激励学生勇攀知识的高峰。同学们的成绩突飞猛进，各科竞赛捷报频传，最后全班五十多名同学中有三十三人金榜题名。谢师宴上，恩师开怀畅饮，大醉而归。同学们为自己拼下美好的前程，也把恩师推向事业的巅峰。后来他培养了一批又一批学生，不断为大学输送人才，甚至在退休后还继续发挥余热，举办腾飞补习学社，免费辅导学生学习。

一九九七年前后，我在老家小镇的澡堂里碰到了恩师，谈及当年高考，恩师得意之情溢于言表：“特殊的年代差点把你们耽误了，那时你们就像嗷嗷待哺的婴儿，华夏文化的奶汁得及时补上。你们班同学很争气，录取率远超全国平均水平，甚至超过了东台中学尖子班。”我很自然地为他付了两角钱的澡资，他却非常过意不去，一再感谢：“不好意思，不好意思，哪能让你付钱？”

后来，我断断续续从家人那里听得恩师的消息。有一次家母来南京小住，兴奋地说：“这几天小镇都震动了，吴为山做雕塑出了名，政府敲锣打鼓，又开晚会，又建雕塑苑，吴老师父以子荣，走路都精神抖擞，哪里像七八十岁的人？”家母又说：“时堰镇上有两家是诗书传家，一个是后面戈家，另一个就是河西吴家，你们也要努力，不能懈怠。”之后，我每次回老家都要去吴为山雕塑艺术苑，期盼与恩师叙叙旧，但每次都是大门紧锁，终未如愿。

最后一次见到恩师是去年国庆后，我去江苏省人民医院探望他。当时恩师躺在监护病房，被病痛折磨得非常消瘦，鼻子里插着氧气管，昏昏沉睡，家人在他耳边轻轻说：“向东看你来了。”我那曾经神采飞扬、滔滔不绝的恩师，此刻寂静无语，无力地转动了一下眼睛。他定是知道我来了，定是想知道当年的时中一九一九届同学们的近况。虽说人之生死是天行，此情此景仍让我顿生凄凉之感，唯念天地之悠悠，怆然泪下。

恩师身虽驾鹤去，光华满乾坤。吴公桃李满天下，何用堂前更种花！山高水长有时尽，唯我师恩日月长。

吟唱的诗篇

文 / 赵培龙

这是一九七六年十二月底一个风和日丽的正午，苏北里下河古镇时堰的小巷子里满是温暖和煦的阳光，我走在小镇东南的一座小木桥上，丝丝凉风徐徐吹过，传来小河上游洗衣女人的欢声和笑语。

我的心情特别好，昨天下午全社中小学文艺调演的情景依然令我陶醉，我的笛子独奏《牧民新歌》引起阵阵掌声，被组委会确定为元旦会演节目之一。要知道，这是粉碎“四人帮”后首次文艺调演，十个节目是公社文化站的领导和专家从五十多个节目通过打分精心筛选出来的。今天上午课间休息，隔壁班的语文老师吴耀先老师笑吟吟地找到我，让我晚上抽空去他家一趟，说有事拜托。因我是编外高中班——“三时工读班”的另类学生，“拜托”二字听起来让我心潮起伏、受宠若惊。吴老师只简单告诉了他家住在镇东南小桥过去不远的吴家墩，究竟住在哪里我并不清楚，为了晚上少走弯路，利用中午休息时间，我想提前探个路子。

走过小桥，步入小巷，只走了一会儿工夫，经过询问，我便轻易地找到了吴家小院。三间正屋青砖小瓦房坐北朝南，西山墙临着东西走向的小土路。小院子被不算太高的砖坯墙围着，门头同样简陋。小院子的门没有关，透过小门可以看到不大的天井，天井里有几个盆栽，内有枯萎的花秆。再望前看，便是流淌的小河和小河对岸枯荣的杂树。小院子非常清爽安静，几只土鸡有的趴地上打盹，有的悠闲地走动。我没有打搅吴老师，而是静静地退回，等待晚上正式拜访。

我本来是早出晚归的走读生，由于参加文艺节目排练，加上时堰镇到我家有七八里地，在父亲的老朋友孙光焘老师的帮助下，我十分荣幸地住到了学校最后一排的老师宿舍的一间小平房里，这是孙老师个人的书房兼午间休息室，虽然不到十平方米，而且低矮潮湿，但有电灯、小床和桌椅，对我来说简直就是天堂。因为那个时候我们村庄普通人家还没有电灯这个奢侈的现代照明设备。

吃过晚饭，我稍事修整边幅，直奔吴家小院。天虽然很黑，但我心中亮堂、脚下有数，所以很快到达院前。在院外，我隐隐约约听到屋内传出的琴声和吟唱的声音，只是那首《粉碎“四人帮”人民喜洋洋》的歌曲被拉得有点走调。我轻轻敲门，一会儿，一个跟我差不多身高的黑瘦男孩，前来开门，他手拿画笔，疑惑地问我：“你是……”

我连忙回答：“我是赵培龙，应……”

没等我答完，吴老师笑声爽朗地走上前来，十分亲切地说：“培龙贤侄来了，贵客，快，快请，请进，欢迎你。”

我被引进灯火明亮的主屋。屋内人不少，抬尖儿几个孩子，有男有女，见我进来，纷纷走进卧室。见我有点窘，吴老师连忙把我介绍给正在缝纫机上做衣物的师母，说：“这是赵文俊老校长的儿子，你的老本家，笛子吹得特好。”师母说，她跟我爸妈都很熟悉。然后，吴老师拉着我的手，高兴地将我介绍给正在拉琴的个子稍高一点的男孩：“这就是我吃饭时跟你提及的培龙贤侄。”他指着男孩继续介绍：“他叫为人，喜欢音乐，从今天开始，拜你为师，学习乐理知识。”我一听，心头咯噔一下，心想，吴老师开什么玩笑，怎么没弄清我肚有多少货色，就弄出这样的笑话来。我脸一红，连忙摆手：“这可不行，我的水平说不定还不如他（为人）呢。”吴老师见我推辞，连忙解释：“我从戚老师（专职音乐老师）、汪老师（演出队负责人）、王老师（乐队手风琴手）处打听了，你的乐理知识基础扎实，还会谱曲呢！你在县文化馆刊物上发表的作品我看到了，很有水平的。”

我不好意思了，说：“那是跟我四叔一起搞的，他的乐理知识才叫扎实，我只知道一点皮毛。不过，如果为人哥哥不嫌我水平低，以后我们经常在一起学习交流好了。”

吴老师就等我这句话，听后十分高兴，他将正在画画、就是刚才开门的男孩叫过来：“他叫为山，爱好美术，跟你同年级。这是培龙，笛子吹得好极了。”

为山不怎么吭声，只笑了笑，说：“刚才天黑没看出来，原来是你呀。这两天你可是校园里同学们谈论最多的人，你现在是学校名人，怪我有眼不识泰山了。”

我听了很不自在，只好笑着说：“那是弄着玩的，吹个笛子没什么，汪老师抬举我，每次演出都让我上，把我弄得洋相百出，压力挺大的。”

“这多好啊，我做梦都想有个出彩的机会，只可惜画画儿没人欣赏。”说罢，为山做个鬼脸，继续进去画他的画儿了。

第一天晚上我和为人没有谈什么乐理，只是谈了一些个人的经历，以及工读班没有课桌、板凳和教材以及同学的事。回到宿舍，已是十点多。孙老师的小屋十分温暖。我简单洗漱，然后坐到床上，将我四叔的一本旧得没了封皮的《简明音乐教程》拿出来，认真阅读起来，因为我知道既然要做“先生”，没有“学问”哪成？所以，为了不出洋相，这次看得尤其仔细认真。

之后的日子我便成了吴老师家的常客，

只要晚上有空我便过来与为人交流乐理知识。时间稍久，对这个家庭也渐渐熟悉起来。原来，吴老师不姓吴，本姓高，名冉泽，出生在溱湖之滨的小甸址高氏书香世家，自小过继给姨家，他的二伯就是著名学者、诗人、书法大师高二适先生。吴老师少年时启蒙于私塾，后入新式学堂，曾在省立如皋师范和江苏教育学院就读，学识渊博，闲暇爱好书画，擅长箫笛，对古诗文情有独钟，兴致所起填格律体，大事小事均以诗文记之，因体形偏瘦，因取笔名“瘦箫”。

兴许是高考制度恢复的缘故，第二年三月的一天，我们工读班十几名同学，取得正式学籍，被分成四组，分别插入时堰中学正规班次学习。我刚好被分到了吴老师班上，他虽然不是班主任，却是我们唯一的语文老师，虽然身形瘦小，但声音厚实洪亮。我们插班进来的同学没有课本，吴老师让我们自己借同学的书本抄写。印象中他给我们上的第一节课是鲁迅先生的《为了忘却的记念——纪念刘和珍君》，他在前边讲得头头是道，而下面的同学莫名其妙，我更是听不下去。倒是后来他讲杜牧的《山行》，虽是古诗文，我倒听起了兴趣，不为别的，只为老师念诗的奇特，严格意义上来说，他不是念，而是唱，一句连着一句唱：“远上寒山石径斜（他唱xiá），白云深处有人家。停车坐爱枫林晚，霜叶红于二月花。”初听起来有点怪怪的，但品评一番回味一下，又有一股说不出的韵味。有的调皮的学生听完干脆笑了起来。吴老师不高兴了，愤愤然：“诗言志，好诗是用来谱曲吟唱的，只读，体会不了其中的韵味。”多少年之后我才知道，吟唱诗篇，是吴越文化之世界文化遗产、百戏之祖昆曲的滥觞，吟唱诗词是一门极高的语言艺术。与为人交流音乐知识之余，我与为山弟兄们同样玩到一起。后来，吴老师为我们讲了许多《古文观止》上的篇目，我们听不太懂，但他让我们背诵，他说：“现在不懂，不等于将来不懂；幼学如漆，多少年之后，你们就知道背诵是多么的重要了。”老师所言极是，其实这是很高的治学境界。

有一年，我回家休假，专程去时堰看望吴老师，那天吴老师特别开心，可能是刚刚吹过箫的缘故，那等眉飞色舞的情致溢满两颊。我们师生谈了许多，他专门捧出为山为他六十六岁生日塑的像，因谈得投机忘情，居然忘却了时间，中午留我小酌。到南京后，我与为山多有交往。吴老师与我亦有书信往来，二〇一一年年初，为山亲自登门，赠《瘦箫诗稿》（《江苏教育学院》吴耀先著）一册和贺年卡及吴老师书信一封，并在书页上留言纪念。

“三时工读班”是个由另类孩子组成的群体，因为吴老师的欣赏和倚重，使我在那个特定年代早已荡然无存的自尊得已重新找回，这样说来，老师的礼遇和尊严与所教知识相比，应是更大的恩泽，这种浩大无边的恩泽对我以后重塑人格、再造自我，从容走向美好明天，真正是醍醐灌顶、弥足珍贵!

多少年之后，每当听到昆曲或者参加诸如诗歌朗诵会之类的活动，我便想起恩师吴老师，想起他那信任的眼神、谆谆的教诲以及那抑扬顿挫的吟唱和凝重飘逸的箫音，一句话，音容笑貌便会萦绕于我的耳际、浮现在我的面前。

◇◇

抚今拾夕忆师恩

——深切缅怀吴耀先老师

文 / 吴晓峰

六月二日上午，我乘飞机赶往武汉开会，中午抵达天河机场。下了飞机，打开手机，翻看微信，突然心头一惊，似乎不敢相信，定神仔细再看，同学群中发的一幅幅敬献给吴耀先老先生的花圈、挽联的图片以及同学们缅怀恩师、为老师祈祷等诗文，真真切切。瞬间悲从心起，恩师真的走了吗？二〇一三年春节相聚，真的成了我们最后的永诀了吗？我们好几个您的学生相约准备去探望您的，您怎么没等等就静静地走了呢？泪水模糊了我的视线，我都不知自己是怎么走出机场的，眼前一直浮现着我与恩师近四十年交往的点点滴滴。

恩师是一九七八年担任我们时堰中学高二 (2) 班语文老师兼班主任的。在学校，我与他相处相熟虽然仅一年时间，但是，关键时刻他对我的教导和引领，毕业后对我的教诲和期盼，影响了我的人生。如果说今天小有成就，要归功于恩师对我的鼓励和鞭策。

恩师家住时堰镇大河西，我家住时堰西南边陶庄村。他刚任我们班主任时我们有几个乡下同学还在走读，所以，上学放学有一段与恩师同路。清晨，天刚蒙蒙亮，在镇上的小街上，常常碰到去学校主持早读的恩师。一路上，他总是嘘寒问暖，从学习聊到生活，从个人聊到家庭，渐渐地老师对我多了几份了解。

一个下雨的早晨，我披了一块塑料布，夹着书包，一路小跑赶往学校。当我刚跨过镇西头的石桥时，看见恩师撑着一把油布伞，一边往前走，一边往后瞧。我紧追几步，没等我来到恩师身边，他便说："下雨，路不好走，我担心你们不能来上课，可又担心你们来上课路上被雨浇。"看到我被雨水打湿了裤子、泥巴沾满了鞋袜，恩师眼里泛起了关切慈爱的泪花，他扶着我的肩把我往他的伞下搂了搂，轻声说道："你们是时中的尖子生，现在是父母的宝贝，将来是国家的栋梁，我这个班主任责任大啊！"没过几天，几个走读的同学都在学校安排了宿舍。那天，他把我叫到办公室，认真地说："你们的住宿问题解决了，以后要把更多的精力用在学习上。你小学、初中和高一都是班干部，学习刻苦，做人诚实，有责任心，想让你当副班长。主要负责班上点名，主持早晚自习，管理住宿生、维持就寝秩序。”恩师又叮咛道：“打铁还需自身硬，要胜任这个副班长，你首先要更加刻苦，提高学习成绩；要带头遵守纪律，多为班级及同学们服务，要和同学搞好团结。在学习、守纪、管理上做好同学们的表率。”给走读的学生安排住宿，看似一件普通的事情，体现的是恩师对寒门学子的爱惜；找我谈话寥寥数语，句句都是做人之道，流露的是恩师对我的关切、信任和期望。近四十年来，每念及此，一直对我是莫大的鞭策。

一九七九年高考我落榜了，而且成绩十分不好，压抑的心情一直挥之不去，十多天没出家门。恩师得知我的情况后，顶着酷夏炎炎烈日，步行六里多路到我家。一进门就查问我身体状况，见我没大碍，他松了口气，然后开导我，说：“你在时中从开始分班便一直在尖子生班，基础不差，不要因一次失误就自暴自弃。有志者立长志，无志者常立志，只要认真分析考试失常的原因，查漏补缺，制订好补习计划，多下功夫，多做练习，相信你就一定能实现心中的目标。”恩师的鼓励和开导，犹如大海里的航塔，在我低沉、迷茫的时刻，为我指明了人生航向，帮我锁定了奋斗目标，重新点燃了我发奋读书的激情。一九八〇年高考虽然再次落榜，但成绩离录取分数线仅差八分，距大学的大门仅有一步之遥，看到了希望，想想恩师上年的教诲，向目标迈进的劲头更足了。

一九八〇年十一月，我年满十八周岁，经政审、体检符合条件应征入伍，成为一名解放军战士。去部队前到恩师家辞行，恩师知我要去部队后感慨激昂。当时南方自卫反击战的炮火还在继续，他首先肯定我、勉励我：“好男儿志在四方，特别是当国家和民族需要的时候，血性男儿就应该响应号召，投身到保卫祖国、捍卫边疆的神圣使命中去。”“位卑未敢忘忧国”，恩师渐入诗境，吟诵起了文天祥的《正气歌》《过零丁洋》、辛弃疾的《京口北固亭怀古》和岳飞的《满江红》。几篇诗文迸涌而出，开始时是坐着的，不一会儿恩师起身边踱步边吟诵，边吟诵边讲解，抑扬顿挫，声情并茂，倾刻把我引入爱国将士戎马铁戈、冲锋陷阵、奋勇杀敌、建功立业、报效国家的情境中，令我身临其境、血流潮涌。当时非常钦佩恩师古文及国学知识的厚重，感谢他用英雄人物、爱国诗篇教育、激励自己做勇于担当、威武不屈的爱国爱民的革命军人。后来通过拜读恩师的诗集，回顾与他交往的点点滴滴，尤其是他退休后在经济并不优厚的条件下，创办腾飞补习学社，零利润为寒门学子补习等义举，才真切领悟到，恩师崇敬英雄、爱吟爱国诗词歌赋，甚至烂熟于心，是恩师已将爱国之情、爱民之心、济贫济学等中国优秀传统文化镌刻于骨、融入魂魄的真情流露和写照。入伍前辞行还有两件事至今难忘。一是恩师当时要求我，扛起枪杆子不要丢了笔杆子，正好当年他的一个学生在部队参加军校招生考试已经录取了，让我也要争取考取军校，更好地服务部队。二是入伍时我的名字“奇阳”改称“晓峰”，当我告诉恩师时，他略为沉思，喃喃道：“拂晓，巍巍群山，翠绿叠嶂，薄雾缭绕，紫霞映照，好画好景。”然后提高声调对我说，“你要做最壮美最挺拔的那座峰。”这些，都是恩师对我寄予的厚望。

一九八二年，我参加了军校招生考试，取得了优异的成绩。其中，化学加附加题一百二十分我考了一百一十七分，原先对口填报的是空军南京气象学院大专班，后被空军后勤学院第一个本科专业择优录取，圆了我的大学梦。一九八三年暑假，是我军校的第一个假期，回到家乡，正当我急切要去拜访恩师时，他恰好到陶庄走亲戚。我们在庄子的小巷里巧遇，师生二人欣喜若狂，听我简单汇报学习工作的情况后，恩师更是乐得像个孩子，一句“我就看你行”连说了三遍。分手时刻，恩师再三嘱咐：“要珍惜这来之不易的成果。学习是一辈子的事，在学校要学，将来走上工作岗位也要学，而且要加倍努力，任何时候都不要懈怠，这样才不会落伍。多掌握知识和本领，才能为国家、为部队多做贡献。”在这三十多年的时光里，无论我在什么岗位，不管身处是顺境还是遇到挫折，每当忆起恩师吟诵的诗、赞颂的英雄，一股股热流便会涌遍全身。他一直激励我把爱党、爱国、爱民、爱军作为自己一生的信念和行为准则，敬业敬岗，努为工作，多做贡献。

二〇一二年夏天，恩师患胆囊炎到解放军301医院治疗。得知后，我赶去探望，见到我，他很高兴，忍着病痛想要坐起身，说躺着见人不合礼数。我忙上前，握紧他的手，说道：“您是我的恩师，是长辈，又是在生病，您要起来倒是让我不安。”当年老人家已是八十五岁高龄，原本就单薄的身体被病魔折磨得更加瘦弱，即便是在这样的情形下，对一个晚辈仍温文有礼，着实让人敬重。恩师手术前后的一周时间，我每天去探望，师母和他们的儿子儿媳、姑娘女婿以及孙辈们一直坚守在医院，为恩师做可口的饭菜，按摩护理、端屎倒尿等都是家人亲力亲为，照顾非常精心。恩师一大家妻贤子孝、相敬相亲、和睦温馨；与外人相处彬彬有礼、和蔼可亲。且不论为山兄和彦凝侄女等事业上的成就，仅看一家人的相处及待人之道，就透视出书香门第传统的家教家风，感受到恩师礼书治家、言传身教的魅力。

二〇一三年的春节，恩师和我都回到时堰过节。我去给老人家拜年，见恩师经半年多调养康复得非常好甚为高兴。回顾起一九七九年恩师带我们班的那段日子，他异常激动，虽然时光已过去三十五年，但他能说出班里大多数学生的名字和学习情况，有的连性格喜好都记得很清晰，可见当年恩师为这个班倾注的心血之多、感情之深，学生在他心里难以磨灭。他还欣喜地如数家珍地给我介绍了一些学生的近况，作为老师看到桃李满天下，难抑欣慰和自豪之情。

与恩师分别的时候，我还说会常去拜望他的，这些年也与为人兄联系过多次，与几个同学约过几次，虽皆有因未能成行，但根本原因还是自己不够至诚。今日，惊闻恩师驾鹤西去，已成永诀，垂涕悲怆。拾掇与恩师相处的一些片段，追思恩师对自己的教诲和培养，泣撰成稿，以此缅怀我的恩师吴耀先老先生！

师长风范甥舅情

——痛悼恩师吴耀先

文/冯忠宁

六月一日，惊悉恩师吴耀先先生仙逝，心生痛楚，泪眼迷蒙。

先生与家父同庚，感情甚笃，幼时共读郃仲襄私塾，深得郃先生厚爱。家父曾笑言，诵读之余郃老先生常夸他俩聪颖过人，卓尔不群。后同往溱潼钟南求学，再入泰州扬子江学校。抗战期间学校解散，二人携手回归故里，后皆入职教坛，诲人不倦，直至终老。

余幼时常随父母去往水乡古镇大河西张家墩子拜访吴家，先生亦常率子女回访，彼此交往，终年不断。家母与先生系姑表兄妹，尔等姐弟每每遇见，均以表舅敬称，先生必驻足颔首，热情应答，嘘寒问暖，爱抚有加，而今忆及甚为感念。及至入读时中，先生教授国文兼任本班主任，我等便以恩师相称，长此以往，甥舅之亲情、师生之浓情弥久愈坚。

先生国学底蕴深厚，四书五经、诗词歌赋，学问修养贯穿一生。先生担纲时中一九七九届高二（2）班国文课业及班主任之际，“学好数理化，走遍天下都不怕”的重理轻文之风萦绕课堂内外，先生不愠不怒，笃信“物有本末，事有终始”，信步三尺讲坛，书生意气挥斥方遒，激扬文字指点江山，令全班同学“博学之，审问之，慎思之，明辨之，笃行之”，文理兼顾，相得益彰，终获高考之佳绩。全班五十余生，金榜题名三十三人，远超东中尖子班，领教坛之风骚，创时中之辉煌！

传道授业解惑，先生毕生之所求。从教数十载，桃李满天下。及至功成名就退而休养，先生仍心有不甘，居家创办腾飞补习学社，释疑解惑，不取分文，秉红烛之光，辉耀桑梓，独树小镇老有所为之标杆。余每每返乡，必登门拜望，先生必攀谈至深，谆谆教诲，润物无声。耄耋之年先生著《瘦箫诗稿》，瘦管飞声精骛八极，箫琴史笔心游万仞，彰显大家风范。如今捧读，如沐师恩。

家父病故，先生痛失挚友，难抑悲悯之情，数日陪伴我等料理家父后事，电嘱无暇回乡悼唁者为山吾兄发来唁电，并书挽联一副以致哀思。先生于六日内撰写悼唁辞赋二首，“湖边饮恨忆同窗，共衷肠，虑山江，国祚重光，热血荐炎黄”“瑶池仙驾太匆忙，桂兰堂，正春芳，弦断丝连，何处哭忠良”，情深意切，令家母及我等五姐弟感激涕零。

遥记当年为山吾兄雕塑艺术苑揭幕之日，我等前往道贺，先生老当益壮，全程陪伴，逐一推介，如数家珍。小坐于厅，促膝长谈，先生长问短嘘，无微不至。大家胸怀，长者风范，吾辈望其项背而不及。

六月三日晨，余等满含悲痛送别先生，泪湿衣襟。先生音容笑貌今犹在，我等思绪剪难断。

笔墨书香写春秋，教泽绵长惊日月。修身育人扬美名，桃李芬芳铸辉煌。

师生情，甥舅谊，今世难了，唯愿来世再续。

几多山水　几多风清

——追忆吴耀先先生

文／汪治中　汪治华

先生，是母亲对他的尊称，二十世纪五十年代，他是母亲在县城读初中的语文老师。

先生，也是相隔二十多年后，我们兄弟俩私下对他特有的雅称。在水乡小镇，他是我们兄弟俩高中毕业班的班主任，相较于一众说白话的老师，几乎出口便可之乎者也，像极了超凡脱俗的夫子。

先生姓吴，名耀先。我母亲说，先生最突出的性格特征是亲和，最鲜明的人文气质是渊博。母亲也是老师，大概受先生影响，评语亦不同凡响。

先生个子不高，朗目疏眉，颧骨突出，头发蓬松、自然地舒展，规整、妥帖。瘦削、古朴的脸庞，乍一看像儿时印象中的私塾先生。但先生并无老学究的古板和冷漠，教室、讲台、黑板，成了他纵情的舞台。他仿佛拧足的发条，在课桌行间不停地来回穿梭。讲到兴致处，他会双手撑着讲台，直面学生，不时踮起脚尖，用几乎夸张的肢体语言，一遍遍猛力上蹭，仿佛登高疾呼的统领，催发得学生心潮澎湃。

先生不善用普通话，却喜用方言朗读课文，抑扬顿挫、声情并茂，不仅自己全身心投入，还努力把学生带入他领悟的语境之中。读到喜好的句子，更是前倾后仰，拉长声调，荡气回肠。有回在读《望庐山瀑布》诗句时，先是张开双臂做拥抱状，既而抖动双手，模拟瀑布奔泻的姿势，眉飞色舞地说："啊，这浪漫的色彩、豪放的气势、壮观的景象，吾等岂可无视？岂能'坐怀不乱'？"教室里顿时生发出朗朗笑声。还有一次，先生领读杜甫的《春望》，当读到"白头搔更短，浑欲不胜簪"时，竟双手插过苍白的头发，搔首踌躇，噙泪顿足，把诗人的无奈感慨和绵绵愁绪表现得淋漓尽致。

我们兄弟俩相差一岁多，从小学到中学一直同级，到高中毕业前，被同时选录到尖子班，这在水乡小镇算得上绝无仅有。老大治中是班上的学习委员，比起一般的农家子弟，因少了跳"农门"的焦虑和压力，学习上花的功夫算不上足，但数理化样样拿得出手，而语文却是不小的短板。先生一边不厌其烦地传授、讲解、辅导，一边不停息地启发、鼓励、打气。在讲到"山不在高，有仙则名；水不在深，有龙则灵”的当口，先生指着治中，急切高亢地呼唤：你，就是里下河的一条龙，一条即将腾飞的龙。老二治华个子小坐第一排，虽身在尖子班，整天想的还是耍闹，上语文课，常常和同桌存小想着法子钻到最后一排，趁先生不注意，溜出教室后门，溜过学校广场，登上护校的土围墙，看刚刚通车、如彩带般的乡村公路，看汽车驶过后、蓝天白云下的尘土飞扬。面对这些个淘气包，先生并不严厉责骂，也不刻薄尖酸，而是宽容、护佑，心像浩瀚平静的大海。不过先生绝不放弃各种鞭策的机会，那次在讲古谚语“天高任鸟飞，海阔凭鱼跃”时，就俯下身子，正对着治华和存小，瞪着双眼殷殷念叨：“你，还有你，未尝不是阔跃的鱼、高飞的鸟呀。”在先生一次一次的拱捧下，尖子班学生个个摩拳擦掌，“我能”“我行”！

先生备课、板书、讲课必是讲究，把每个环节都当作精雕细刻的艺术品对待。在我俩眼里，先生古朴中透着灵气，雅致中不乏忘情，能把每句话都诵成诗文，把每堂课都讲成经典。先生书里书外皆诗情画意，课上课下总文才练达。我俩揣测，在那贫瘠的岁月里，先生是如何做到怀揣富庶，放逐美、歌颂美的呢！

学校坐落在水乡小镇的东首，去学校必经一座叫牛桥的拱形小桥，桥面不宽，且又高又陡，好似古战场易守难攻的战略要冲。里下河水乡的雨天，湿漉漉、黏乎乎的一片，地上的泥土稠成一锅粥，几乎一出脚，泥浆就会漫过鞋帮灌进球鞋或雨靴中。走在陡峭的坡面上，稍不留神，便会摔成“泥狗子”。每每临近桥头，我们这些胆小的就心生恐惧，像猫爪抓心忐忑迟疑。如果碰上先生，先生会亮开嗓子，用“向前向前向前，我们的队伍向太阳，我们是一支不可战胜的力量……”的歌声，为大伙壮行。他还会一马当先，蹚过泥泞，登上桥之巅，伸出双手给艰难跋涉的学生搭把手。此时的先生，犹如凝固的一尊雕塑，既刚劲满满，又柔情切切。

许多年以来，我俩一直在寻思，假如没有先生满腹经纶、诗意盎然的濡染，没有与先生一般的教学俊才出神入化、点石成金的扛鼎，可会有一九七九年时堰中学傲视群雄的勃发英姿，更可会有先生三子吴为山大师立地顶天的恢宏静美哪？

经年过往，在这个春夏之交，先生悄然仙逝，由于出差在外，我俩未能送先生最后一程。然而，正是这份歉疚和缺失，催使我俩拾掇撒落一地的时空花瓣，一片一片、一掬一掬，浅煮一壶记忆。

几多山水，几多回眸。这山这水，充盈着先生太多太多——对艺术的人生积攒和对人生的艺术诠释。

几多山水，几多遥望。那山那水，期许先生的天堂之旅，依然云淡风轻，别致诗意、别样风情。

怀念敬爱的班主任

——吴耀先老师

文/贲坤杰

六月一日吴耀先老师病逝，噩耗传来，心中久久不能平静。三十八年前，吴老师是我们时中一九七九届高二（2）班的语文老师兼班主任。六月二日去时堰吊唁，作为班长，我代表全班敬献了花圈。三叩首后，拾级而上，瞻仰了老师的遗容，他睡得那样的安详、那样的从容……

教室书声响七九，一七先生鹤西走。

目凝师翁安详容，魂断欲还空无有。

时中一九七九届高二（2）班，是当年毕业班级的尖子班。尖子班在高一下学期就形成了，是由三个班通过考试选拔出来的。并班前我是高一(3)班的班长、团支书，并班后原有“官衔”也一并移到了尖子班。吴老师做我们的老师，是“插班”过来的。所谓插班，是说在学期中，而不是在高二的开学初。高二一开始谁是我们的班主任，现在已经想不大起来了。我依稀记得，进入尖子班后，教过我们语文的老师有三位，吴老师插班后，一直教到我们毕业。

第一次跟老师见面，是在教室的走廊上。上午的课间操后，同学们一下操场，跳绳的、踢毽子的、打骂逗笑的、说悄悄话的、独自无语凭栏远眺的……我站在教室的走廊上，看同学玩耍，脑子里若有所思地回忆着老师刚刚讲课的内容。当有同学介绍说“这是贲坤杰”时，老师已经快步来到了我的跟前。老师个子不高，头发有些花白，脸庞清瘦，眼神矍铄。师生俩的第一句话是“你是贲坤杰？”“是的”“我是吴耀先……”老师自我介绍，我才知道他是我们的班主任，教我们语文。谈论的内容是如何把班级带好、把成绩搞上去。老师说：“学校让我做你们的班主任，我们要端班风，正学风，苦钻研，出成绩，超上年……”当时正值秋高气爽，阳光明媚，老师给我的第一感觉，穿着整洁，言语干练，思维敏捷。整个交谈，我几乎没什么说话，都是在默默地听。上课铃响时，老师跟我们道别，那道别给我的感觉很特别：不是结束，而是一个新的阶段从此开始了！现在想来，此情此景，仍历历在目。老师当时可谓雄姿英发，羽扇纶巾，何等的雄心壮志啊！

理科强文科弱，是我们那个年代所有学生的通病，尖子班也不例外，语文更是尖子生弱项中的弱项。到现在，老师语文课上的音容笑貌，仍让我记忆犹新。老师讲的第一篇课文是白居易的《忆江南》，词中有千古名句“日出江花红胜火，春来江水绿如蓝”。老师声情并茂的朗诵，使我们仿佛寄身江南，凝视春日，远眺春江，感受江花红似火、江水绿如蓝的美景。以前也学过古诗，但多半是死记硬背，囫囵吞枣，一知半解，从来不曾有过如此的激情和身临其境的感受。是老师引领我们，进入文学的殿堂，领略文化的情怀。讲课中，老师时而抑扬顿挫，时而手舞足蹈，时而走下讲台跑到教室中间的走道中，总是那么激情四射，让人感同身受，对我来说，精神上的感染远远大于文字中的教诲。老师深厚的国学功底、精湛的教学艺术，极大地调动了我们学习语文的积极性，全班语文成绩大幅提升。

老师的家离学校有数里之遥，老师不会骑车，身为班主任，每天总是走着到学校检查学生起床、早读。寄宿的同学晚上挑灯夜战，早上总是睡不够，但一听到老师独特的嗓音，都一骨碌跳下床。早读，课间操，晚自习，伴随同学们的，是老师那张温和的脸、锐利的眼。课堂外，办公室内，老师时常与成绩好的同学谈心，告诫他们不骄傲，再接再厉；更多的是找思想波动大的同学交心，帮助他们找出存在的问题，提出改进的办法。老师经常跟我讨论如何搞好班风、学风，叮嘱我说：“坤杰呀，你是班长，肩上的担子可重啊！一定要帮我要带好头、示好范、掌好舵。”老师每次的交谈，总是那样的诚恳、务实、激荡，包括讲课，他那种爆发出来的工作热情，感染了我，感染了全班同学，班风端正了，同学们的学习热情被点燃了。

尖子班的学生并非都不调皮。那时学校的田地种着瓜果蔬菜，师生自给自足，学生的劳动课都浇水施肥。在我们教室门口的菜地上有一个陶瓷的化粪池，家乡话叫“茅坑”。临近毕业的时候，有几个同学往茅坑里扔东西，看谁扔得准，开始是碎砖瓦片之类，扔着扔着，忽然一个同学兴致来了，拿了一个大砖头掷在茅坑里，把里面的缸砸了一个洞。严重损坏公物，在那个年代是件大事，学校肯定要严肃处理。老师知道后很着急，快临近考试了，怎么还有心思做这些事？问我：“坤杰，你看这事怎么处理？”我说：“同学们也是一时心血来潮，并无恶意，都快毕业了，原谅他们，口头警告吧。”老师听了，约略思考了一会儿，平静了情绪，点头应许：“有道理！”后来这事被举报到学校里，老师再三坚持，学校才从轻发落了那个同学。

一九七九年高考，时堰中学大获全胜。那一年，我们班取得了全县所有学校（包括东台中学）班级的最好成绩，录取率、本科达线率全县双冠军。学生旗开得胜，家长扬眉吐气，老师喜笑颜开，学校名声大振。我作为学习标兵，获得了县“新长征突击手”的光荣称号，是“新长征突击手”

中唯一的一名学生代表。实践证明，老师没有辜负校领导的信任，学校当时让老师“插班”的决定是非常正确的。

三十八年，弹指一挥间。

吴老师，尊敬的班主任，如今您的学生已遍布全国各地，以至海外。他们有享誉全国的专家学者、务实廉洁的政府官员，精明能干的商界精英、保家卫国的革命军人，他们在各自的领域都做出了重要贡献。我代表时中一九七九届全体学子，再叫您一声，老师！再送您一程 ，老师，一路走好！

◇◇

吴老先生印象小记

文 / 江建臻

认识吴为山大师的父亲吴耀先先生，是缘于和吴为山在南师大的校友情谊。二十世纪八十年代初，我和为山同在南师大求学，他在美术系油画世界驰骋，我在数学系数海求真；我们同住在南师大随园的西山六舍，他五楼，我四楼。我对美术充满向往，业余时间常去美术系大楼他们的画室欣赏作画，节假日常常一同外出游览。因为又是老乡，所以更加结下了深厚情谊。在平时的交往、交谈中，我知道他有一位令人景仰的父亲！一九八五年暑假回乡，我去时堰镇的为山老家拜访，有幸和吴老谋面。在后来的三十多年中，我在家乡东台工作的不同岗位上，常去看望吴老，对他也有了更深的印象！

他是一名甘当人梯、愿做红烛的中学语文老师！二十世纪六七十年代，知识分子是“臭老九”，饱读诗书的吴耀先老师也受到不公正待遇，蹲牛棚、挨批斗。十年“文革”大批教师都含泪离开了三尺讲坛，恢复高考后，吴老方能重执教鞭，但已是“烈士暮年”！二十世纪八十年代初，吴老从时堰中学语文教师的岗位上离休。他总感壮志未酬，发出了“身虽病，心难老，范公志，何能丢？冀明天幸复，重游芳洲”的感慨，牵头创办腾飞补习学社，在当时师资力量严重缺乏、高考如挤独木桥的形势下，让众多在高考中名落孙山的学子重新求学有门。“腾飞”在连续几年高考中捷报频传，许多莘莘学子圆了大学梦！吴老如沐春风，深感欣慰，诗兴大发，自撰《腾飞补习学社之歌》：“堰口虹桥，春光烂霄。巍巍腾飞，兴学施教。……喜看人才之丰蔚兮，如雨后之春潮。宏开学社，乐育群髦，中华腾飞，端赖吾曹。”

他是一位勤学不辍、热爱生活的正直知识分子。吴老国学功底深厚，满腹经纶，但从未停止学习，即使在“知识越多越反动”的年代里也没有放弃！二十世纪七十年代中期，举国上下学张铁生交白卷，而他总是督促孩子们读书、读诗，并自制小本子，抄录经典诗词、警句供他们背诵。他自己早晨五点起床，点着煤油灯备课、吟诗，到七点上课堂前，嘴角上已是两堆口沫了。他喜读《离骚》，谈《红楼梦》，讲李、杜，慕王勃，咏东坡。他爱读诗，更爱写诗。为山常说："父亲并不能算得上诗人，但他的心中有诗意。他把对生活的理想、热情用诗表达出来了，而且十分真切！"他也写了大量的田园诗，讴歌东台城乡面貌的巨大变化，成为他精神自然、自在、自由的表露，也是其生活、心路轨迹的真实记录。

他是一位励志筑梦、托子成才的大爱之父。父爱如山，高大而巍峨；父爱如天，粗旷而深远；父爱如河，细长而源源。父爱如伞，为你遮风挡雨；父爱如雨，为你濯洗心灵；父爱如路，伴你漫漫人生……

吴为山弟兄姐妹七个，如今有工人、公务员、医生、大学教授，可以说个个成人、成才，他们都在各自的平凡岗位上为国家做贡献！这与其父吴老先生的言传身教、影响熏陶有很大关系。

曾听为山讲，上初中时一个夏天的晚上，父亲把他叫到蚊帐里，讲"关于细节描写"，对他灌输了一些文艺理论，他是充满理解、充满情感而讲的。他后来创作的《鲁迅铜像》，创作中国历史文化人系列雕像，客观上与父亲早期对他的影响是有内在联系的。他认为艺术的根本是关于人的学问，这种认知也源于他父亲所说的"文学即人学"。

吴为山在艺术的山路上不断攀登，从在南师大留校执教，到受聘主持南京大学雕塑艺术研究所工作，再到北京创立中国雕塑院，名声越来越大，但吴老先生从不满足，总是对儿子提出新的奋斗目标！现在，吴为山成为具有世界影响力的中国艺术名人、国际著名雕塑家，在国际上获得的各类艺术大奖举不胜数，各类荣誉称号头衔目不暇接。在这一道道光环的背后，不仅凝聚了吴为山教授多年来的艰辛奋斗，也包含了吴老先生的谆谆教诲、鼓励督促。

如今，吴耀先老先生已经离我们远去，但他留给我们的精神永存！

悼念恩师吴耀先先生

文 / 凌开宇

尊敬的吴耀先老师于六月一日下午两时三十八分因病逝世。随后吴老师二子吴为人三点多打来电话告诉了这个噩耗。我听后就丢下手头事，心情沉痛地前往老师家帮忙做一些有关治丧的事。

送走吴老师后，与老师交往的历历往事常萦绕脑中，挥之不去。

我家住溱东镇草舍村，兄弟姐妹六人，其中三人荣幸地做过吴老师的学生。二姐开兰受教于溱东中学，妹妹开萍受教于吴老师创办的腾飞补习学社；我受教于时堰中学高考补习班。我与吴老师三子吴为山是一九七八届时堰中学高中同班同学，后与为人曾是多年的同事加好友，家父也很早结识了吴老师，因此与吴老师就有过稍多一些的交集。这些交集是暖色的，带着人间温情，带着力量。

一九七七年，家父从后港镇政府（当时还叫先烈人民公社）调至时堰镇政府（时堰人民公社）任农业委员。父亲决定将我带在身边就读，于是我从溱东中学转学至时堰中学。当时就读于高二（1）班，吴老师没有任我们的语文老师。但因为跟为山同班，其他同学告诉我：那位个子不高，满头强发，面颊黝黑，两眼眸子总透出光和神，喜穿银灰或黑色中山装，冬天里围一条围巾，走路总是疾步如飞的老师就是为山的父亲。

老师对我的初识是为山带我去他家吃饭的那次。我当时住在公社父亲的宿舍里，那里离吴老师家并不远。印象中是中秋节那天，为山带我去他家吃晚饭。当时为山便把我介绍给吴老师，吴老师听过介绍后笑着道：“开宇，我记得了，你二姐开兰我教过，还做过她的班主任，你父亲我们也相识，欢迎来我家做客！”我一直是在农村里土生土长的小孩，只知用憨笑就算作答，看到老师这样的亲和，也就丢去怯生的心理，和着为山一起吃饭。那次师母做的藕肉夹子，是我第一次吃这种菜，内心无比欣喜。其间老师还夹了两块放我碗里，说“开宇多吃些”。那个年代物资还很不丰富，吃点肉是很有荣耀感和满足感的，因而至今未忘。后来我又跟为山去他家吃过两次，但我父亲知道后把我批评一通，父亲说吴老师家子女也多，也是一个大家子，生活本不富裕，怎能随便就跟人家去吃饭。此后做学生时便没有再去吴老师家吃过饭。

吴老师在我心中的第一印象是和蔼的，我留给老师的第一印象也许就是一个稚嫩的小孩，但老师并没有表现出任何的嫌弃。

家父到时堰工作的第一个年头，内心是不平衡的，不平衡心理带来的压力必须得以解除，这个解除过程让家父跟吴老师有了较深的友谊，也让我对老师有了进一步的认识。

我父亲调来时堰工作的那年刚好碰到一次政策性调资，按政策父亲应当能涨一级工资，可当时的结果就是没有给办。这情况父亲并没有跟我讲起。有一天，父亲手中拿着一封信，面露喜气地回到宿舍，高兴地讲："开宇，你听我说，我的问题终于解决了。"我问："什么问题？"他讲述了调来时堰受到了不公正的待遇，苦恼了一年多，后来找吴老师述说了他的这烦心事。吴老师听后斩钉截铁地大声说："该争的怎能不争？不争实则就是纵容啊！"并主动提出他帮写一份申诉信。这封信就是父亲手里拿的那封，信是写给组织部的，父亲讲组织部收到信后核实了情况，已调资到位。那个年代虽说一级工资也就五六元，可钱太值钱了。因之家父很佩服吴老师的正直和遣词造句的功力！是的，许多人总有忍让的品性，其实在原则问题上忍让并不是宽容和善良，这种忍让实则就是一种纵容。后来得知老师的这种斗争精神与他喜爱鲁迅的为人、为文有着很大的关联。

我家兄弟姐妹聚会之时，常谈及学生时代的老师们。无疑吴老师教学时给学生留下的印象是鲜明而深刻的。二姐讲吴老师讲课个性刚强、咬牙切齿、手舞足蹈；妹妹讲吴老师讲课抑扬顿挫，很有诗情画意。是的，与其说是在听老师讲课，不如说是在观看一场话剧。只是这话剧中的多个角色都是老师扮演的。这话剧是老师辛勤排练后的演出，是老师性情的最自然的表达，更是老师在引导着我们成长！人的感染力抑或说给别人的力量，绝不是以他的容颜和身材来决定的，而是他脑子里装进的知识和为人的品性。老师的身材并不高大，甚至略显矮小，但他是一位极具感染力的人。为山在《父亲和他的诗》一文题记中高度概括他的父亲——他不是诗人，心中却荡漾着诗意。是的，老师的性情无疑是感性的。有人感性而易于外露，激情澎湃；有人感性而不外流，但内流涌动。无疑老师属于前者。

老师还有一个跟个性有关的工作细节，可能作为他的学生都应当能看到，那就是老师擦黑板时总像秋风扫落叶一样，然后总是快捷地写上漂亮的板书，全然不顾粉笔灰的侵害。为山讲其父亲的肺气肿与吸烟有关，我想，除吸烟外可能与这一细节也有相关性。

后来，我成家立业后，有几年春节前带些小礼品去看望老师和师母，老师总是很高兴，但也严厉地指出不许带东西，常来玩玩就行了。后一次老师叫为江（老师的四子）硬塞给我一条好烟让我带回去抽，我就想以后真的还是不要带东西来的好。后来细想老师的要求是对的，师生之情不可以让物质给扭曲！师生之情与父子之情最大的区别大概在物质了，师生情承载的更多的是精神，父子情是精神和物质都要承载的。

每次听老师兴高采烈地向我介绍为山又做了哪些作品、取得了哪些成就时，说实话我并没有静静地听，因为我已由别的渠道一一知晓。但我分明 看到的是一位满头银发的长者在仔细地欣赏着自己的作品，在眷念着自己的孩子！其实，只要走进老师的《瘦箫诗稿》里，就会知道老师对每个子女都投下了深深的关爱，只是为山更让人有了些说头而已。

治丧期间，为山向我们介绍了老师在近几年病重期间表现出的对生的无限眷念之情，与病魔斗争令许多医生都叹服的顽强表现。是啊，老师有着足够的爱和眷念支撑着！一些人只知道生命力与生理有关，常常忽视了生命力还与心理有关。只有那些心理上的强者，专注自己喜欢的事情，才可表现出顽强的生命力。

老师临终前嘱托其子女，将其收藏的名人字画捐献给东台博物馆，并在时堰中学设立吴耀先贫困学生救助基金。善哉！为曾受教于富有大爱之心的老师门下而备感骄傲！

曾推敲能否用“交集”一词来表达师生的情谊？因为“交集”乃一中性词。后想用一下也无妨，但要在交集中装入敬仰和铭记，给它注入色彩，况且在我心中的交集中，老师永远是大的圆，学生永远是小的圆。

老师跟别人的交集有许多许多，这些交集已汇集成水乡之莲，铺展开来，年年葱绿！

吴老师一路走好，天堂安息！

二〇一七年六月十四日

伟大的平凡

——《瘦箫诗馆》读后

文 / 黄象明

就在几天前，得到吴为山先生的嘱托，抄写他父亲瘦箫老的部分诗稿。吴为山先生刚刚完成了他的马克思雕像，雕像呈现伟人马克思不凡的骨格与深邃的思索，得到了世界广泛赞誉，是吴为山先生的又一件精品之作。吴为山先生学贯中西，我们相识于南京，他的才华、立身表率一直令我敬佩并以弟子相执礼。十多年前我一直有一个疑问，他才华中的“西”得源于雕塑这个国际化的艺术载体，多年游学欧洲与世界顶级大师学习切磋，铸就他开创中国诗性雕塑的先河，成为世界雕塑界的一面旗帜。而他脱口成章的美学思想，甚至是七步成诗的“中”的底子来源于何方？多年前当我接触到瘦箫先生诗稿，我的脑海开始勾勒出为山先生不息创造力的来源——父亲。

相比大多数中国知识分子，瘦箫老一生经历坎坷。如果要用几个关键词来描述的话，我想是“义风可师”“儒风可敬”“仁风可怀”。

1. 义风可师

瘦箫老青年时期追求正义真理，一九四八年秋即投身革命事业，历经战火的考验。但在三年自然灾害、整风反右、“文化大革命”的过程中，屡受迫害。无论条件怎样险恶，他始终坚定拥护党的领导，把爱国爱家的赤子情怀，铭记在自己的诗歌中，如早期诗歌作品《七绝 · 负笈离井》：“饮仇咽泪怕悲伤，负笈图存意激昂。赢得寒窗同砥砺，有怀少保殪夷强。”体现少年时期保家卫国、不屈不饶的革命精神。作于一九四九年的诗作《七绝 · 请缨有路》；雄鸡报晓洗天清，四海欢腾庆太平。投袂桃林甘荐血，迎来古国艳阳明。表达为国家建设跃跃欲试的喜悦。从他大量的诗歌中可以发现围绕抒写家国情怀，期盼中华民族强盛贯穿于终生的殷切义愿。

2. 儒风可敬

明代大儒学家王艮，曾经在东台设立安丰道场，传学于诸子，至今影响深远。尊师重教在东台周边是自古以来的民风，瘦箫老以巨大的热爱，以三尺讲台为阵地，传道授业、报效祖国，培养了一代代学人，可谓桃李满天下。教育，是他一生的使命。吴为山先生回忆起父亲送他到无锡学习时，在渡船口临时将腕表摘下放到他手中，对他说了四个字：“珍惜时光。”船笛声急，江波拍岸，挥手相望，转身已远，这样一种解构的场景，令人想起朱自清先生的背影，为之深深感动。渡口的出发与归来，记录着雕塑家的一次次成长。瘦箫老送山儿赴锡求艺：“求医失路笑难关，从艺有期莫等闲。坐井观天终是小，大江放眼快扬帆。”七律：“湖光山色映秋霞，江左送儿求艺家。车马疾驰讴壮志，楼船强渡赋心花。鼋头渚上惊天画，寄畅园中品桂茶。千古风流多少事，敢攀绝巘撷春华。瘦箫老重视家教、家风的教育，每逢亲友相聚，时时敦促关心下一代的成长。在写给孙女吴霜十岁生日充满殷切期待：“晓霜绣锦胜春光，福到诗家咏凤凰。唯喜童心多艺梦，读书拔秀报炎黄。”孙女吴玥考取苏州大学艺术学院时，画堂春词书贺中不禁喜悦之情：“十载破毡虑远，也凭儒教多方。云程发轫话家常，一曲《大江》。”惜才爱才已经是他生命的全部，在退休以后还心系寒门学子，用个人积蓄创办腾飞补习学社，“宏开学社，乐育群髦。中华腾飞，端赖吾曹”。这都体现了教化天下的儒家情怀！

3. 仁风可亲

瘦箫老一生经历了太多的坎坷，但始终以乐观的精神去对待。“春蚕到死丝方尽”，燃烧自己，是他人生的真实写照。曾经他生活窘迫，他顾影自怜，他徘徊过、彷徨过，但当新的太阳升起时他又信心满满，投入了对生活的热爱。先生一生并未走遍天下，但心怀天下，他从古代先贤的爱国诗篇中，读透中国人的风骨精神，实践中国人的风骨精神。他为了教育学生，深研古典诗词，从诗中感受大江苍穹，把自己所感所想，无私地奉献给学生子弟。始终以一颗仁慈的心，对待万事万物。如其伯父书法大师高二适先生：“读书多节概，养气在吟哦。”这种家风的文脉，在他的诗词里触目可感。

瘦箫老精于乐器，他爱箫，箫声咽，似诉平生，悠远而低回。箫来自竹，高风亮节，箫与人生相伴，极具诗意。瘦箫老是真正的诗人，他具有真情童心，浩然正气。他举重若轻的经历接续于历史的纵深，并将其一一排列。这已成为历史的一部分，并焕发出新时代精神的光彩。

钱钟书先生曾写过《写在人生边上》。人生，是一个生命体的过程，时间是它的长度，而精神则是它的纵深。身处伟人与凡人的世界，我们往往忽略伟人的平凡与凡人的伟大。任何的伟大都是从平凡出发的，任何的平凡只要符合人类发展的需要，能够触动我们时代的精神指归，那么它就是我们这个时代伟大而宝贵的财富。

今天，当我们再读起瘦箫诗稿，先生

的音容笑貌霭然目前。

呈仁师为山先生 指教

戊戌芒种后二日夜 黄象明于东台

◇◇

吴老先生教我“诗教”

文 / 郝洪波

智者仙去，吾辈万千思量激荡于胸……

现回想二〇一二年初夏与吴老先生接触的点滴，历历在目，当时老先生来北京住在儿子吴为山（中国雕塑院院长）家里。我是雕塑院的工作人员，负责办公室的事务和院长出行。由于吴院长每天的工作排得太满，他一天的工作，别人恐怕三天都无法完成；所以老先生有什么需要，吴院长便会让我帮着去办。虽与吴老先生在一起的时间不长，出于工作原因见面还算频繁。有一次去家里正好是午饭时间，见到老先生时，他第一句话便问：“小郝，吃过饭没有？”我说：“还没吃。”我回答后，看到他稍稍皱了下眉说：“你等等。”老先生径直走到厨房，拿给我一袋洗好并切好了的水果，那种关怀溢于言表，我接过的是沉甸甸的慈爱！告辞时老先生一再叮嘱：“事情放一放，先把饭吃了。”我立正说：“好。”他脸上绽放出了笑容，笑得眼如弯月，透出的光芒是暖心的；岁月在他年过八十的脸上留下了道道痕迹，但此刻舒展的笑如春风化雨！和老先生道别，转身我的眼睛湿润了……

两天后的一个午后，老先生见面便问：“小郝，按时吃饭了没有？”我回答说：“吃了。”老先生说：“好，别仗着年轻，消耗身体。”我想，让老先生记挂了。接着他像家长关心孩子般地说：“今天天气热，坐下歇会儿吧。”当天工作上不是那么紧迫，我看时间充裕，便也没客气，在老先生对面坐下了。先生很是平易亲善，但我坐在一位格物致知的老教育家面前，心里还是惶惶不安。他当时已八十五岁高龄，身体瘦弱，背有些微驼，但精神矍铄；那种端坐的姿态，犹如高山之松。他笑得很可爱，含笑的眼睛时刻闪着光，我想这种光是智慧之光、是可照亮身边每个人的祥光！这时老先生看出了我的紧张，亲切地说：“小郝，在家里放松点。”我说：“好。”老先生打开了话匣子，他的谈吐举止，古韵风雅又质朴有趣，思维敏捷且用词优美，我觉得真是和年龄不符。先生问了我的家庭状况、收入和支出，我一一做了回答。在聊天过程中，老先生说：“小郝，会抽烟吗？”我答：“会，抽得少。”此时老先生起身去拿了盒烟让我抽，他脸上一直含着笑，我被老先生的风范深深吸引。老先生接着问道："小孩儿多大了？"我答："快一岁半了。"老先生说："谁带小孩，打算怎么教育？"因为孩子当时还小，我没有考虑过如何教育，导致回答迟缓。这时老先生言语里多了一种责任，继续说："小孩儿可以多背些古诗词。"我当时有些懵懂，不过牢牢记住了这话！老先生聊到教育时说得多，时间在老先生的妙语连珠中过得尤为显快，聊天快结束时老先生说："小郝，空闲了也多看看书。"我答："记下了，一定。"吴老先生以一个教育工作者的担当和惯性在课堂之外，给我上了宝贵的一课。老先生亲切的谆谆教示，让我愚钝的思想得到一次质的洗礼。我每每回想起那次聊天的场景，甚是清晰，受益匪浅，真正感受了老先生的克己修身、儒学养身、身行之善端！让我这样一个本没有什么机会跟如此一位德高望重、学富五车的老先生聊天的晚辈从心底升腾起无比的敬仰！

之后不久的一个深夜老先生胰腺炎犯了，当时吴院长出差在外，他焦急地联系医院，儿媳吴小平老师匆忙奔走于医院的各种窗口，凌晨三点多，我和小吴老师一起推着担架车走在送往病房的路上，老先生消瘦的脸颊显出丝丝病绞之痛。他是一位风清骨峻的学者，我从他那微闭的双眼中看到更多的是坚毅。但毕竟这么大年纪受如此之苦，此景让我很是心疼！我在心中祈祷：吉人天相，老先生一定会安然无恙。隔天手术很成功，老先生出院后在北京休养了一段时日，身体状况稳定了，他返回了江苏。此后每每听吴院长谈及老先生安好，我心里很是欢喜。

光阴飞转，二〇一二年至今已有五个年头，吾辈小儿渐渐长大，我秉承吴老先生当时的肺腑之言，也知知易行难。但在我的叮咛下，小儿泽宇现已能将近两百首诗词熟记于心，也背了《笠翁对韵》。他越来越喜好阅读传统文学，并可以在阅读后把主题思想摘要出来。现在我方才明白老先生当时的慷慨之传，让小孩多背诗的良苦用意。您是让后辈从中知圣贤之事，把中华博大的传统文化从小就渗进骨子里；这样便不会导致知识边缘、空学所文。小孩如此成长，我感甚慰！这都得益于吴老先生厚德上善的教化！

丁酉年初夏，晚辈得知吴老先生乘鹤西去，心中无比悲痛！您那宏大深远的思想如霞光照耀着我们，您知行合一的言传身教，让后辈明道理、懂知识；您是不知疲惫的文化使者，时刻传播着育人之道。现此天人相隔，吾辈唯立志、正身、修心，严于律己、自我雕琢，以慰吴老先生的在天之灵。

吴老先生——您虽年事有寿，但您的慈颜永存我们心中，您的精神是永远照亮我辈前行的灯塔！

吴老先生——您平凡而伟大！

二〇一七年七月

莫道溱湖多寂寞　风骚代代有传承

——怀念堂兄吴耀先

文／高小挺

听到吴耀先先生去世的消息，我十分的惋惜和悲痛。耀先是我的堂兄，也是我的良师益友。因健康原因，我不能亲往凭吊，只能着我的两个孩子前去参加了纪念耀先辞世的追悼仪式。

吴耀先出生于溱潼小甸址一世代书香之家。我们共同的祖父高也东老先生乃清末秀才，二伯父高二适先生是当代著名的诗人、学者、书法家。耀先兄成长创业于东台时堰。时堰范公堤西的峻崖居早已是远近闻名。耀先兄不仅诗文书法人所共仰，而且对子女的教育培养也堪称一流。六个子女及孙辈个个成才，尤为出色的是三子吴为山先生，他已成为当代全球著名的雕塑艺术家，冠盖华夏，闻名世界。他的雕塑作品多次在国内外巡展，在全世界范围内广受赞赏和瞩目，实乃东方之子、民族骄傲。

回忆幼年时，我曾得到耀先兄无微不至的关怀。记得一九四八年我七岁准备上学，就是耀先兄带着我到泰州东街小学去报名上学的。那年他是从东台到南京办事，路过我家，便在我家小憩了几天。那段时光，我就常跟着他读书玩耍。我小时就感到耀先兄是一位善良、热情、健谈、会照料人的好哥哥。我家的弟兄们都亲切地喊他“峻崖大哥”。

几十年来，我们虽然会面不多，但我时时想起他，脑海里常显现出他的音容笑貌。

二〇〇三年秋日，我曾骑自行车奔驰一百多里，去了耀先兄的峻崖居（因我有晕车之疾，不便乘汽车）。我们共叙兄弟之情、家族故事，谈古论今、问寒嘘暖，“悦亲戚之情话、乐琴书以消忧”。白天是形影不离，夜间则抵足而眠。我在时堰度过了两天快乐的时光。

这以后，我们仍有书信来往，耀先兄除了将他所著《瘦箫诗稿》惠赠予我，来信还常有赠诗。我也不揣粗陋，于二〇〇三年十月八日凑得几句，奉赠予他。现转录如次：

东台才子何处寻？
时堰阁上听箫声。
莫道溱湖多寂寞，
风骚代代有传承。

道德文章成一家，
二适之后有峻崖。
矢志追求家教笃，
为山雕艺誉中华。

一百里路风尘急，
五十多年梦魂牵。
当年进学凭君送，
历历情景在目前。

安息吧，亲爱的耀先兄！愿您永远含笑在天堂，因为当您回视人间时，将永远是“青松绿草齐争茂，满院春光福气多”！（耀先诗）

您的兄弟子孙后辈会永远怀念您的！

◇◇◇

博学有爱　悯天为仁

——忆大哥吴耀先先生

文/高岚

六月二日晚，我和朝英早早就上床休息了，整理好行李准备第二天跟阳儿坐火车去南京看望耀先大哥。上次与大哥见面还是二〇一六年春节，后来就听说他身体病重，在省人民医院住院治疗。心里总是念叨要早点去看大哥，一来晕车严重，上车就要吐，二来朝英身体不便，一直也不能成行，只能偶尔打电话跟大嫂联系说说话。其间阳儿去医院看望了几次，回来说到大哥精神不错，还很欣慰，盼着大哥早日出院，再去时堰家里坐坐。

可是真的没想到，刚躺下不久，安定的药效还没到，就听阳儿打来电话，耀先大哥仙逝了！我悲痛万分！手机滑落到地上都无法弯腰捡起！回想起大哥这么多年对我的教导，对我的关怀，对我母亲、爱人、子孙、哥哥们的牵挂，回想起他的音容笑貌，我不禁哽咽难已。

小时候，听我妈妈说，三伯父家的大儿子，原名高冉泽，因过继姨家，改名吴耀先，幼时曾经在我们家生活过一段时间，跟高仑做过伴。后来大哥到了上学的年龄，我祖父（清朝秀才）就将大哥接回东台上学（我们家是读书世家，行孝百善首，读书万事先），大哥冰雪聪明，勤勉好学，不管是启蒙在私塾，还是长大后受教于如皋师范和江苏教育学院，学习成绩都一直名列前茅。大哥一直以祖父高也东先生、养父吴敬之先生、二伯父高二适先生为榜样，自幼研学诗文，酷爱书法国画，擅于长箫短笛。新中国成立后他一直从事教育工作，离休后创办了腾飞补习学社。

大哥之于我们，好比一座灯塔，指引照耀着五房的兄弟姐妹们；又如一缕春风，时刻关心爱护着我们一大家子人；更似一座标杆，教导着我们做人、做事、做学问的道理。

在我，大哥给我留下的最深刻印象，就是不论遇到什么情况，都忘不了孝顺、侍奉长辈。他常常趁工作顺便或是专程到泰州来看望我母亲，时时刻刻惦念着五妈的健康。记得有一年，我三伯母（时年九十岁）到我家来，对耀先大哥赞不绝口，说每年她过生日，都是大哥为她张罗、为她祝寿，日常的孝道更是不胜枚举。

大哥每次亲至泰州或电话交流中，都

关照我要抓儿子的学习，赐过书、寄过语，亦凡小孙出生以后，大哥更是千叮咛万嘱咐，要教孩子用心学习，多读点古诗词，学校里的功课一门不能落。

大哥对我们的关怀发自肺腑。近几年，大哥身体欠佳，行动不便，不能亲自来看望我母亲，但每逢过年过节，他都打电话来问候，特别是我母亲摔伤之初只能卧床或坐轮椅，他更是隔三岔五打来电话问五妈的恢复、调养情况和健康状况，对我们兄妹照顾伺候母亲表示了肯定和慰问，都让我们很感动。

从大事到小事，大哥都关心我们，记得我阳儿工作以后，大哥就打电话问孩子在单位上工作怎么样，教导他政治上要追求进步，要早日加入中国共产党，做一名合格党员和真心实意为人民服务的公务员。阳儿结婚，耀先大哥特意叮嘱为山赐字留念。我看到写的是“诗境”二字，另有题款“高氏后裔，难得谋面，然诗书之族，自有神会”，很是契合我们高家的传承。亦凡孙儿长大后，耀先大哥听说他喜欢习练书画，甚是高兴，特意提出要我带孙儿去时堰家里见见。二〇一五年春节，亦凡见到了仰慕已久的瘦箫老人，大哥颇为开心，言亦凡“眼中有灵光”，是我高家好儿郎。那时耀先大哥已暂将轮椅作为休息、代步工具，但半天之内，仍兴奋地起身踱步多次……

我平时喜欢唠叨，心理素质不强，容易失眠，一有心事或者喜事，总是愿意打个电话给大哥，聊一聊，听一听，感觉就有了力量。去年，一百零三岁高寿的母亲大人离开了我们，我长时间极度伤心，也担心大哥悲伤，没敢及时相告，如今大哥也驾鹤西去，我就像失去了精神支柱，心里总是感到非常不踏实，甚至时常悲泣，也无法去怀念以前的一切旧往。

大哥一生，正合先哲所言：“博爱之谓仁。”耀先大哥，您放心吧，小妹一定牢记您的教导，不辜负您对我们的期望。

对大哥的思念，将伴随我终老。

高山仰止，诗风文采飨后人 吴君西去，箫声悠远漾台城

——沉痛哭念我的大舅舅吴耀先老先生

文/袁春和

二〇一七年六月一日，我最敬仰的大舅舅，驾鹤西去，永远离开了我们！惊悉噩耗，我即刻从北京飞回时堰悼念！

他老人家静静地静静地，拖着一生疲惫；沉沉地沉沉地，像是刚刚入睡。看着灵柩上一部蝇头小楷手抄的《金刚经》，这一次舅舅是深深地睡去了……

我久久地瞻仰着他的遗像，他那神采奕奕的教育家特有的眼神和那谦恭有余的真正知识分子的笑容……

还记得，最后一次去医院看望他时，老表告诉我，他已经不太能够认识人了。可当我握住他的手时，他轻轻地喊出了我的名字……

舅舅他少时勤学，饱读诗书，满腹经纶。加之，特定历史年代和特定生世的磨难与磨炼，使得他能够静心读书、以诗为快、深谋远虑、洞察时事。走上人民教育岗位后，更是把自己全部的知识和毕生的精力都倾注在教育莘莘学子的崇高伟业之中。听外婆讲，在那个特定的年代里，为了远走求学，家人把钱币缝在他的棉裤里，以免被抢……

舅舅他一生谦恭相容，仁义礼让，忠孝两全，用和蔼的笑容赢得了家人、至亲的尊崇。大舅舅一生简朴，听外婆讲，每次见面，他都要塞上一元两元让她老人家买烟（那时舅舅家子女多，我的表兄弟姐妹六七个，仅靠他一人几十元的工资和大舅妈做手工活挣点儿钱维持生活）。

舅舅他尊妻爱子，帮衬众亲，与邻为友，用真诚的爱慕和宽厚待人让大家难以忘怀。少时到舅舅家玩，他都要亲自吩咐大表姐买几条海鱼款待我们。在家中，大事小情都听大舅妈的。每当我们听到他亲切地直呼大舅妈名字时，总感到他是那样地爱着咱大舅妈。他特有的知识分子的儒雅风范，言传身教影响着大家。所以，大舅舅一家人都和气可亲。他任校长时，工作极其认真极其忙碌。可他对子女的教育一点都没有放松。所以，才有后来表弟们一个个的学有成就，才有三表弟为山那样的出类拔萃，成了世界著名的雕塑艺术家。

舅舅他一生忠于职守，在那个特别的年代里，拖儿带女全家下放到农村。可他没有忘记自己是一名人民教师，坚守三尺讲坛，坚持教书育人。几十年如一日，真

可谓是“桃李满天下”！舅舅作古后，前来吊唁的人络绎不绝，晚上十点多还有人从外地赶来。他的外甥，他的后人，他的学子，他的挚友，他的同事，他的街坊都十分痛惜！

缅怀悼念大舅舅：我们应该认真学习他严谨的治学精神，精进学识，诲人不倦。学习他谦逊的人生态度，信仰如一，信念不改。学习他爱人的仁爱胸怀。心中有爱，大爱不言。学习他律己的做人准则，一生修为。

舅舅他：

是一座高尚的丰碑，一座无须擦拭都铮铮发亮的丰碑；

是一座精神富矿，一座只要你肯去挖掘就可以随意获得宝藏的富矿；

是一面多棱的镜子，一面时常照一照就能克服孺弱让自己正直善良的镜子。

大舅舅千古！

◇◇◇

我心中的大舅

文/田振灿

幼时最快活的一件事莫过于去外婆家，每当妈妈说了明天要带我去兴泰甸址的外婆家，那高兴的劲儿简直无法言表：当晚会睡不着觉，留神“不犯嫌”，怕被取消去的资格，第二天老早起来换上最好的衣服，一蹦一跳地走在大圩岸上，十几里路也不说累，一到小甸址就去看小舅干农活，拉二胡，喂猪食。

“时堰大舅”只是在妈妈的言谈中提起，后来知道大舅比妈妈只大不足一岁，宗族谱名“冉泽”，从小过继给姨婆家，取名“吴继高”，表示要继承高、吴两家祖宗之基业，后又取名为“峻崖”“耀先”。

记忆中我与大舅的第一次真正接触是一九六七年端午节，那天我家来了稀客——大舅和大表哥。大舅不高，干瘦，古铜色的脸，一对颧骨微微隆起，头略上昂，说起话来滔滔不绝，停下来时就像在沉思冥想，透过金丝眼镜，一对微凹的眼睛里放射出智慧的光芒，穿藏青的中山装（那时可能叫干部装），左上口袋里佩戴着两支闪闪发光的钢笔，这就是我第一印象中的大舅。

舅舅不愧是一位授业传道的好手，很快就给我讲起了端午节的来历：两千多年前，我们的南方有一个叫楚国的地方，那里出了一个叫屈原的大诗人，他为国家做了好多好事，后来被坏人陷害，流浪在外，眼看着国家被坏人攻破却无法挽回，就在五月初五这天在汨罗江边投江死了，人们怕鱼吃他，就用箬叶包米做成粽子喂鱼，以保护他的尸体，渐渐地就形成了挂艾叶、吃粽子、划龙舟的习惯，来纪念这位伟大的爱国诗人。讲到最后，大舅的眼圈里似乎闪动着泪花，嘴角在微微颤抖。

大舅在解放战争期间投身革命，做文化宣传工作，解放后先当小学校长，后在东中、时中执教，擅长古诗词、文言文。课堂上慷慨激昂，出口成章；生活中不修边幅，随意随和；关注时事，热爱生活；敢犯颜直谏，执着而坚强。

那次回去以后几年又拖家带口下乡改造。在农村他虔诚地向贫下中农学干农活，挽起袖子裤筒，肩挑背扛，用咸涩的汗水洗刷自己的“资产阶级思想”。可想而知，以他那瘦弱矮小的身材是多么的困难难熬，与其说是改造思想不如说是改造身体，正是“浩劫临头人鬼倒，‘牛棚’饮恨啸‘天旱’”。那段时间舅舅写了许多诗篇，我读后深知那时生活的艰难和心灵的痛苦，以及舅舅对国家命运的忧虑和对人民的深深的爱戴，对我的人生观、价值观的形成起到了相当大的作用。

亲戚们都说我像大舅，其实是外像而内不足，文史哲差之甚远，诗词格律更无法比较，再者我性格上也少了一份坚强。舅舅求学的时候，日寇的铁蹄正践踏在苏北水网地带，学校不停地搬迁，师生整日躲藏，他的诗句“卢沟烽火蔓亭东，堰口倭狼肆虐凶。泽畔流离怀国恨，破毡虑远拯华中”反映了当时的学习经历，这样的日子练就了舅舅坚忍不拔的精神。

几十年来，舅舅的来信中总是要我“读书救国、报效桑梓，热爱祖国、服务人民”，这样的训导用今人的观点看未免迂腐，但这正是典型文人士大夫的爱国情怀，一颗滚烫的爱国报国拳拳之心跃然纸上，这样的训导支持着我默默无闻无怨无悔地工作，无论是最初的南通八年，还是在江苏电分析仪器厂的二十年。

大舅给我的一个显著的印象是积极向上，这可从他的书法字迹看得很明显，我是相信“字如其人”的说法的。例如，他写的横折竖笔画，从左到右逐渐上挑，然后转弯抱圆内弯向下，活脱脱地表现了他充满激情，跃跃欲试，又办事圆润，曲中求直的性格。

舅舅一直关心我的学业。我是一九七七年高中毕业的，正赶上当年恢复高考，然而我们这高中两年整天是“三机一泵”，开手扶拖拉机，学工学农学军，批判资产阶级，又有一段时间防震抗震，在地震棚上课，每天两节课，知识水平可想而知。到了八九月已临近初考，我的各科还严重缺乏做题训练，舅舅知道后心急如焚，帮我四处借书找资料。记得有一本数学习题集，是苏联的翻译本，题目很多很深，舅舅为借这本书走了半夜羊肠小道，鞋子裤脚沾满了河泥。我得到这本书如获至宝，昏灯夜静，攻读不息。可以说那本书让我的数学有了很大的提高，对我当年考中高校起了很大作用。

毕业几年后，我在实际工作中遇到一些问题，苦于“能不能展”，舅舅信中说“把吴钩看了栏杆拍遍，待杏花春雨燕子来时”，要求我沉着冷静，扎根基层，钻研业务，追求上进。

我虽然出身理工，但十分喜爱文学历史，也因为这一点大舅对我格外喜欢，可谓情投意合。记得有一次我与他又谈起古诗，意欲下功夫学一阵子，舅舅听后沉思了良久还是让我多钻研科技，在论文遣词造句上下功夫，到了五十后再去学习古文，可见他老人家对我辈事业的关心爱戴。不让学古诗，从某种程度上来说也是“忍痛割爱”吧！

往事如烟，历历在目，多情应笑我，早生华发……

大舅弥留之际，我赶到了他老人家的身旁，此时已“相顾无言，唯有泪千行”，我痛恨苍天无情，不遗一老，再无缘聆听教诲；我惭愧自己无能，辜负期望，曾几何羞于谋面；光阴定格在此时，终为憾事一桩！

敬爱的大舅，你如今身在天国，那儿是诗的海洋，你尽情地遨游徜徉！从今以后，当明月星稀的夜晚，你心爱的外甥定会倚窗凝神，遥望你翩翩起舞风雅吟哦的清影；当蛙鸣蝉噪的清晨，你心爱的外甥定会侧耳远听，追寻那穿林渡水的箫声！

二〇一七年六月二十日

◇◇

亲情之花永远绽放

——怀念姨父吴耀先

文 / 秦怀民

我目睹了姨父吴耀先瞑目离世的场景，心情十分沉痛。为教育事业无私奉献的优秀教师驾鹤仙逝，为造福社会操劳一生的水乡诗人与世长辞。姨父虽然离开了我们，但他那求知、勤奋、敬业的师表形象已成为人生的路标，依然在引导后人前行，他那宽容、坦荡、淳朴的高尚情怀永远铭记在我的脑海中……

风雨同舟

姨父为人仁义、厚道。他和我先父秦永寿两襟兄在几十年的生涯中胸襟相向，患难与共，任何时间都互相照应。一九五六年任塘坝小学校长的姨父和在时埝区合作科工作的父亲就成为好朋友，建立了深厚的感情，他们像一对“夫妻”，秤不离砣，公不离婆，有难互帮，遇乐共享。三年自然灾害期间，姨父上有年迈的养父母，下有七个儿女，仅靠他在时埝中学那点儿微薄工资和姨母缝鞋口挣得的零钱艰难地维持全家生活，在粒米如珠的“儿荒年”中还挤出钱来买些布料、零食带给我们；返乡任村支书的父亲也从很少的口粮中挤出部分米面杂粮送往时埝；到了年关，两家都互送有无，弥补短缺。表兄妹们都希望到小姨家吃个饱肚，节假日我总是躲在姨父家不想回来。一九六七年姨父全家下放到时埝谢庄务农，让握笔杆的姨父去挖地种田，其酸楚难以尽言。但他坚信党的英明，带领全家扎根农村，披星戴月，栉风沐雨，苦干实干。父亲去谢庄看望时，姨父风趣地说：“顺境可以栽培人，但逆境更能锻炼人；在城里长大的孩子到农村磨炼磨炼，知道幸福来之不易，更能刻苦学习。”并请父亲做农业技术的指导、示范。在改革开放后，家业兴旺的姨父仍不忘志同道合的连襟，常邀父亲来做客，畅谈共产党好、社会主义好，交流子女培养的成就经验。

他们生活上互相照应，工作上更是一对肝胆相照、荣辱与共的挚友。在“大鸣大放”及“大跃进”年代，两人在不同的岗位上反对“浮夸风”，坚持实事求是。一九六六年下半年父亲作为走资派被揪斗期间，姨父多次连夜步行至开庄劝说父亲：“误解是常事，但毕竟不是事实；你出身贫苦，早年入党，对党的事业忠心耿耿，为群众利益劳累奔波，共产党终究不会冤枉一个好人。”而后姨父也被关进了“牛棚”，全家下放到谢庄劳动。两个看似与剥削阶级界限不分的连襟一起饱尝了肉体上的摧残、精神上的迫害。“披肝沥胆二十年，尽瘁桃林未等闲，浩劫临头人鬼倒，牛棚饮恨啸‘天旱’。”（吴耀先诗）一九六九年年底，尝尽酸甜苦辣的姨父重新登上三尺讲台，父亲也恢复了职务。“欲知松高洁，待到雪化时。”两个忠于人民、忠于革命事业的连襟在最艰苦、最危险的时刻坚信真理所在，互相嘘寒问暖，互相鼓励，建立起患难亲情是多么的难能可贵。

莫道桑榆晚，夕阳更加红。年过花甲的姨父从教育战线上离休。此时儿女们都成家立业，学生桃李满天下，但他壮心不已，老有所能，投身于改革开放的滚滚浪潮，和其他退休教师一起自筹资金、校舍，接收落榜者考生进行辅导，为高等学府输送合格人选。父亲也北上中原，承包砖厂，为经济建设做贡献。二〇〇二年父亲病危，在时堰住院期间，姨父不顾自己年迈体弱，和姨母一起天天去医院探望护理。父亲过世时，姨父难以控制自己的悲痛，含着满眶泪水为父亲写下了挽诗：“苦海新生迎旭日，入党提干，血荐桑梓称清廉，功照史册永。春阳拂熙兴家业，腾蛟起凤，情系神州树忠孝，道归仙山寿。”表达了对与他风雨同舟、一生知己的先父无限思念。

姨父在教育战线上是人人尊敬爱戴的好教师，在家中是有血有肉的好孝子，不论多么的艰难困苦，他总是念念不忘父母的养育之恩，尽心尽力让父母吃饱穿暖，生活得愉快幸福。他与人相处诚实厚道，对高门的胞弟妹、失散多年的堂弟都是一视同仁，热情交往；与远在上海的舅父母、二姨，近在时堰的大姨、三姨都和睦来往，讲情重义，邻里关系非常融洽。和为家庭操劳一生的四姨母更是同心同德，互敬互爱。

恩惠后人

姨父教子有道，治家有方，在对子女的培养上倾吐了无限的爱心。他勤奋好学，要求子女做到的，自己必躬行实践。他鼓励子女努力提高文化素质，培养各种专长爱好。他教育子女，万贯家财都是假，只有努力读书，具有真才实学，才是用之不尽、取之不竭的真正财富。表哥吴为民不论是在时堰读书，还是就读于半耕半读的农中，始终珍惜时间，勤奋学习，在恢复高考制度后考取大学，成为国家的有用人才。姨父对每个子女都苦心培植，在他的正确引导下，儿女子孙们个个认真读书，拼搏向上，锐意进步，博学多识，在不同的岗位上为社会做贡献。

我作为姨侄在姨父的教育和熏陶下受益匪浅，享受了不是亲生如同亲生的恩惠。一九五七年我出生在时堰，当时全家就居住在姨父家院内，姨父对我十分宠爱，为我取名叫“怀民”，把怀念人民的信念永远烙在我心中。姨父教育孩子宽严有度，儿女们偶有过失，他没有疾言厉色，也不棒棍相对，采用了面壁思过写保证的方式，从正面教育、侧面启发，纠正他们的错误，训练他们的意志。我小时候在时堰犯了错误也一样面壁思过写保证，以致我学会了教育儿子的方法。他对我爱得至挚，尤其在学习上。自上小学起，成绩报告单都要经过他查看，放假总是到时堰和表兄妹们一起复习，还常奖励书墨笔本，教我珍惜时间，认真读书。到了中学倍加关心，当时在溱东中学红星点任教的姨父每周都要求我写几篇作文让他审阅修改，星期日在听完他给学生辅导功课后，到了晚上十点还给我和为民哥开“小灶”，使我的写作水平有了很大的提高。

姨父在生活方面也给了我无微不至的关爱。他家从谢庄返迁时堰，搬家途中我不慎落水，在寒冷的深秋他将衣服从身上脱下让我穿上，温暖了我的身体和心灵。我和弟弟撑船到时堰挑粪运肥时，他和为民哥顶着狂风暴雨，把我们送到陶庄口，指引我们前行的路线……我成家抉择时，他教诲我找对象不要看家庭、容颜，只要能吃苦肯干，勤俭持家，志同道合。当我考上大学因条件限制未能就读时，他教诲我是金子到处都会发光，在任何工作岗位上，只要有爱岗敬业的精神，同样都能为社会做贡献。当我承包砖厂稍有业绩时，他教诲我致富赚钱的手段要合法、合政策、合道德；要关心群众，爱护员工、戒骄戒躁，努力工作。几十年的工作中，姨父一直在关心我、鼓励我，无微不至地关心支持我。

二〇〇二年春节后，家父因脑血栓、心肌梗死病故时，我悲痛万分。与先父在充满坎坷和艰辛建立起深厚感情的姨父也十分伤心，他深情地抚慰了我的伤痛，提醒我痛书传记，记叙父亲沧桑的一生，将父亲的优秀品德和高尚精神记下来，传下去，告诉我们的子子孙孙，把他的精神作为一笔宝贵的财富继承下来，永远永远地为秦氏家族有这样的先辈而自豪。并不顾七十多岁的高龄，为我讲述了先父的生前往事，寻求历史资料，为书题名《我心中的明灯》并作序。我要永远牢记姨父这位长者的恩惠，以他的优秀品德作为我前行的路标。

春泥护花

姨父更关心下一代的成长。他指教我“树不剪不直，人不教不正”，教育孩子要严勿苛，宽而勿纵。要让孩子懂得今天的幸福来之不易，要让他居安思危，不依赖父母当“富二代”。要培养他勤奋进取、刻苦自励的精神。这饱含着姨父顾全大局的无痕亲情，跳动着姨父“老牛舔犊”的慈祥爱心。

孩子出生时，他为孩子取名叫“春晖”，要求长大后要勤奋拼搏、立志成才，把温暖幸福带给人间。当户籍制度改革时，姨父要求我们把春晖的学籍、户口迁至东台，为他营造良好的学习生活环境。当春晖报考大学时，他不顾七十多岁高龄，查阅资料，结合考分帮助填报。当成绩与南京师范大学录取分数线有差距时，他多次与为山通话：“你小姨的孙子就是我们的孙子，你要把他当作儿子一样，在政策允许范围内给他最大的帮助。”经吴为山的努力，南京师范大学两次向省教育厅申报，终于如愿。春晖没有辜负姨爷爷的一片真情关爱，发奋勤学，在校入了党，当上学生干部。

春晖到了立业成家的时候，已近八十高龄的姨父仍惦记着孩子怎样做人，做对社会有益的人，做诚信厚道的精神传人。春晖在南京工作一段时间回家办厂。姨父闻知后召唤春晖到时堰指教道：“你不能安于现状，马马虎虎地度过青春期，生命有限，流水无情，要珍惜时间，珍惜青春，发奋自强。你经过了十几年的教育培养，要带着远大的理想和抱负到时代潮流中经风雨、见世面。”他为春晖指引前行的道路，让他到中国雕塑院工作。当春晖与顾丹丹喜结良缘时，姨父不顾年高体弱，和姨母一起参加了婚宴，并登台为新婚夫妇演讲了长达三十多分钟的贺喜诗，希望他们在新的征程上互敬互爱，携手共进，继续刻苦学习，创造美好未来。

凭着坚强的毅力与病魔抗争了十几年的姨父二〇一六年春节住进了东台市人民医院，当我们全家去看望他老人家时，看着姨父蜡黄的面孔、干瘦的身躯，我们心里非常难受，然而躺在病床上的姨父强颜欢笑向我们示意。“太爷好，太爷早日康复。”听到秦顾的叫声，他断断续续地对守在病床旁的姨母讲：“小姨家的曾孙子成了第四代小孩们的大哥哥，懂事了。”接着向秦顾招手，要求他走到病床前。当秦顾走到他床前时，他突然用尽全身力气撑起身体，在咳嗽中断断续续地对小孩叮嘱道：“你是幸福时代的接班人，要好好学习，做社会栋梁。”简短的话语，凝聚了在教育战线上奋斗一身的优秀教师对青少年的关爱之心，体现了一位德育望重的长者对第四代人的殷切期望。他期望亲情之花能在子孙后代身上永远绽放，也期望新时代的接班人能好好学习，肩负着时代赋予的使命。

姨父在《我心中的明灯》序中写道：“人生的目的是发展生命，然生命属于人却只有短暂的一次，而要延长生命的光华和音响就只有靠争气争光的好后代。”姨父放心地走吧！您的六个儿女及子孙后代正在拼搏向上，建功立业，传承光大您生命的光华和音响；桃李遍天下的数千名学子正发扬师德风范，锐意进取，贡献在祖国四方……

安息吧，姨父！

二〇一七年六月

河水悠悠

——我和耀先父亲

文 / 赵维东

六月一日清晨，手机突然响起，是为山的电话。他声音哽咽着说：“父亲快不行了。”顿时脑袋一片空白……

车从南京抵达时堰时已近十一点，将老人妥善安顿到家里时已气若游丝……

心痛，不舍……不愿意接受眼前这位坚强、慈爱的老人将要永远离开他挚爱的家人、钟爱的学生、脚下这片深爱的土地……

瞬间，泪如泉涌，溢眶而出！

命运如此残酷，同年一月六日，我的父亲因病刚刚离世。事隔半年，又一位父亲——吴耀先老人，撒手人寰。数字的调位，如此之巧合，令我愈加痛心、迷茫……

耀先父亲静静地躺着，仪态安祥，却再也听不到我们的呼喊，再也不能拉着我的手叙说家常，再也不能与我交谈企业的责任、做人的准则。

门前的池塘水波不兴，芦苇在残阳中无声地摇曳。

河水悠悠，思绪绵绵……

我出生在里下河水乡，生长在泰东河边。从小就听说，时堰有位了不起的“大学问”人，您是一位德高望重的名师，只是我无缘成为您的学生。所幸机缘巧合，与为山、为人兄弟的交往，让我渐渐地走近您，融入了您的家庭，成为您大家庭中的一员。在我眼中，您不仅是一位令人景仰的学者，令人尊敬的老革命，更是一位慈爱的老父亲。您总是不忘关心我的企业成长，当企业遇到困难时，您总是勉励我不急不躁，创新求变；听到企业的发展，您脸上总是那样的欣慰。

河水悠悠，诉不尽感恩荷德。

耀先父亲，您有教无类、春风化雨般的包容之心，先天下之忧而忧、后天下之乐而乐的大爱情怀，深深感染着我，激励着我。您总说，做事业要先做人。先做好人，才能做好企业，做好产品；不会做人，企业则止。您常吟咏，天下兴亡，匹夫有责！亦如您常教导我，责任是人生的基石，责任是人生的使命，责任是人生的意义。您还教我要树立良好家风，以自己的言行教育子女。您放心，您的谆谆教诲我永远铭记在心!

河水悠悠，说不尽功德懿行。

耀先父亲，您的慈爱，您的博学，已影响了一个又一个、一批又一批青年后学。当年的学生们，从天南地北赶回来，只为看您最后一眼，只为表达对您的无穷感恩。他们说，从您身上学到的何止是渊博的学识，更多的是您的为人、一身正气、为人师表，还有您的坚强隐忍！一批又一批学生从您身上汲取到奋发向上的力量，找到了砥砺前行的方向。众多学子受惠于您的教育情怀，在不同的岗位踏实做人、勤勉做事，为建设美好的国家奋斗着。

河水悠悠，道不完亲情乡愁。

耀先父亲，每次为山回来，您总是忙前忙后，一定要喊上我与大家一起聚聚。虽然儿女早已立于世间，但在您眼里，我们依然是孩子。为山在家乡创立雕塑馆，您是那样的自豪。子孙们事业有成，不忘回报乡梓，造福家乡，您是那么的开心。在南京住院十六个月，每次去看望您，纵使重病在身，您依然乐观豁达，摘下氧气面罩，拉着我的手嘘寒问暖，言谈间充满战胜病魔的坚定，无怪乎省人民医院的王院长说您是“吴奇迹”“吴坚强”。

桃李不言，下自成蹊。耀先父亲，不管人生多舛，命运何艰，您生命不息、奋斗不止的精神，维东永不会忘记，社会责任、企业精神永不会丢弃。

今天，我走在泰东河边，思绪万千。河水静静流淌，汇入长江，融入大海。一时顿悟，您不就是泰东河边的一座丰碑、一座灯塔？您也是我心里永远的一座大山……

永远想念您，我敬爱的耀先父亲……

父亲节的纪念

——怀念我敬爱的父亲

文/吴秀云

今天是父亲节，是没有父亲的父亲节……

三年自然灾害时期，我的父亲二十几岁，那时他正在东台中学工作，教两个班的高三语文，压力很大，每天备课改作文都到深夜，当时粮食紧张，吃不饱，他得了浮肿病。

五十年前，我考初中，他买肉包给我吃，自己却舍不得吃，我至今还记得很清楚。我的作文《在夏忙假中》得了九十三分，他非常高兴，当时的崔校长对他说："你这个女儿很争气，好好培养，将来为你挑担子。"

"文化大革命"，他被打入"牛棚"，受审查，说他是黑诗社的头头。那时大弟为民正好考初中，他很聪明，从小就是三好学生，少先队大队长，他总分是全校第一名，也没能上到时堰中学；二弟为人在学校当不上红卫兵，被同学们讥笑；三弟为山正上一二年级，经常被同学谩骂和嘲讽。

一九六九年冬天，很冷，全家都随父亲下放农村，还有八十岁的爷爷奶奶也一起下放，父亲却因此摆脱了被批斗的困境。他是那么的纯朴忠厚，认真向贫下中农学习，每天起早高唱《我们走在大路上》，我们上面几个大的，天天下地干活，全跟农村的大劳力一起干，大弟为民才十七岁就上河工去挑河，二弟为人在寒冷的冬天下地拾棉花角，鼻子都冻流血了，三弟为山放寒假时都去拾粪。在农村，父亲还摸索着试制"920"饲料，猪吃了养得又大又肥，爸爸还养了一百只鸡，他不怕脏，用手抓鸡屎去给水稻施肥，后来他调到"五七"干校去学习，不久他被起用重新回到讲台，弟弟妹妹获得了学习机会。回城后，每到一开学，弟弟妹妹的学费就把爸爸的工资扣完了，生活重担落在我的肩上，我日夜做缝纫，拼命地挣钱供家里开销。一九七九年三弟为山高考落榜后，入无锡工艺美校，上不成大学，父亲送他到锡山脚下，开导他叫他好好学习，不要放弃。为了鼓励他，爸爸把心爱的手表送给他，自己上课就带着家里那个小绿钟。离休后，他办起了腾飞补习学社，由于他尽心尽力，热爱教育事业，腾飞补习学社在高考中年年报捷，他当时对学生提出的口号是“破壁腾飞”，第一年就考取了一百零八名，他是一个爱国爱家爱事业的知识分子，一生辛勤培养学生。他的学生中有位学生成了空军的师长，爸爸在北京住院时，打听着找过来看望爸爸，前后来了三次。他握住爸爸的手说：“您是我的恩师，讲课那股认真劲至今难忘，您对我的培养恩重如山。”人老心不老，父亲八十岁创办吴为山雕塑艺术苑，有一次还站在高凳子上，自己往墙上钉钉子挂照片建设雕塑苑。来参观的人不论职位高低，甚至普通农民，他都一一讲解，常常跟人家合影，自己摄像把重要场面摄下来，忙里忙外都不觉得累，还笑呵呵的。

父亲这次住院十六个月，万恶的病魔夺走了他的生命，在这十六个月的夜里，我天天陪护着他，有时一夜要起床二三十次，我从不叫一声累，因为他是我敬爱的父亲。我天天为他敲背、泡脚、处理大便，擦汗换衣服，他拉着我的手说：“乖乖，我对不起你。”我对他说：“爸爸，我看您难受，我心里酸。做这点事是为了让您舒服一点。”想不到，您走得这么快，在我心里您永远不会走，您永远活在我心里，我敬爱的父亲，再见吧！

女儿秀云
于二〇一七年六月十八日下午父亲节

箫声悠悠　精神永存

——哭悼父亲吴耀先

文／吴为人

二〇一七年六月一日，这是一个悲恸欲绝的日了，一个难忘的日子！当天下午两点三十八分我的慈父吴耀先（瘦箫）他竟然不顾亲人的挽留，匆匆走完了自己平凡而又伟大的一生，悄悄地离开了我们……

我作为吴家的二子，外号“吴二”，深深地怀念着他老人家：

童年的往事已模糊不清，我可是“文革”的“中奖者”，“吴二”成了两次下放农村接受贫下中农再教育的“独一无二”者。

第一次下放农村是一九六九年。那年我才十二岁，跟随父亲一起下放到时埝公社红星大队第一生产队接受贫下中农再教育。我家兄弟姐妹七人都成了“臭老九”的子女，八十岁的爷爷奶奶当上了新农民，那时的我成了十二岁的小农民。每天参加拾棉花、挑猪草挣工分……当时大姐秀云、大哥为民总是护着我，舍不得我。辍学一年后的一天，父亲看到我冻得红肿的双手，鼻子又冻得经常流血，心里非常难过，并找我谈话，很深情地对我说：“乖乖肉，你已经参加了一年的劳动，体验了农民生活，我不同意你再劳动了，必须马上复学，好好读书，有了文化知识将来才能为国家多做贡献！”当时我天真诧异地问：“‘臭老九’的子女读书有用吗？”父亲深沉地说：“孩子呀，雨后必定会天晴，知识永远有力量，读书一定会有用！……”并给我灌输了报国需要知识、强国需要文化的理念。父亲的一席话使我茅塞顿开、信心百倍，更有幸进入了红星小学六年级读书，在班主任朱老师的提携下，还当上了班长，成绩一直名列前茅。

一九七三年落实知识分子政策，我们全家又回城了，我便转入时埝中学读书。

第二次知识青年上山下乡又轮到我头上，那是一九七六年高中毕业后被下放到时埝公社东胜大队第七生产队，还给了我一个“知青点组长”的头衔。当时我真的心灰意冷，觉得前途渺茫，加上受“白卷英雄张铁生”的影响，真的认为“读书无用”。父亲觉得我很受委屈，经常开导我，督促我读书、读诗，要我利用空余时间复习功课，等待机会考大学，报效祖国。并利用晚上的时间给我上课，讲国学、文学、古诗词。我的文学功底和语文基础知识确实有了很大程度上的提高。

插队东胜大队不久，欣闻国营前进砖瓦厂文艺宣传队要招文艺人才，我的小提琴、二胡特长受到了前进砖瓦厂领导的赏识，有幸进入了前进砖瓦厂人秘股工作，在领导的培养下，历任生产股长、质监股长、砖厂厂长。当时真的是“小富即安”，觉得人生价值得到了一定的体现，并经常与民乐笛子爱好者赵培龙先生切磋，相互探讨学习。赵培龙先生是当地的小才子、我爸爸的优秀学生（现为空军大校）。

一九七七年，春雷一声震天响，高考制度再不挡。父亲的预言和教导得到了验证，我顺利地报名参加中专考试，目标是盐城师范，继承父业当一名人民教师。分数公布后，我竟然是东台县中专考试的文科状元，父亲当时万分高兴乐开怀，我更是心花怒放很自在。谁料接到通知体检中，发现有先天性的肺大泡，体检未能过关。梦想成了泡影，我彷徨、消沉，父亲和弟弟为山一直陪着我，劝导我，陪护着我在南京军区总医院进行了手术治疗，直至出院。出院后，父亲和弟弟为山带我到玄武湖畔散步，谈了很多人生哲理，总是让我开心。父亲说：“事已如此，不必难过，天无绝人之路。”当时父亲是“皮笑肉不笑”，内心一定是难过的，看到父亲消瘦的面孔，我不禁流泪了……在我眼里父亲是避雨的伞、是家屋的脊梁、是深沉的山，也是我们儿女停歇的港湾……

一九九一年本人从前进砖瓦厂调入东台报社印刷厂任副厂长，分管供销和经营，爱人丁亚萍同时调入市化工建材物资公司工作，女儿吴丽娜（吴彦凝）转入东台市实验小学读书，并在台城自建了一套独门独院的住房，应该说小家庭总算有点幸福感。其间，心中的梦想未能实现，总有点“念天地之悠悠，独怆然而涕下”的忧郁……真是“近山知鸟音，近水知鱼情”，父亲似乎看到我的心思，用毛笔书法写下了南宋诗人戴复古的“月夜舟中”诗一首：“满船明月浸虚空，绿船无痕夜气冲。诗思沉浮樯影里，梦魂摇曳橹声中。星晨冷落碧潭水，鸿雁悲鸣红蓼风。数点渔灯依古岸，断桥垂露滴梧桐。”并深情、耐心、细致地给我讲解引导，使我领会了：整夜不灭的灯光，使人有着希望，晶莹的露珠是夜结束的象征，美好得让人更希望白日的到来。真的是希望在前，谁也不能阻挡！

父亲的爱国思想给了我无限的希望，父亲的教育理念给了我无穷的力量。于二〇〇六年终于考取了江苏省干部管理学院，圆了我大学的梦想。父亲是我们这个时代千千万万普通知识分子的一员，但他对子女、后辈的影响却十分深远。

一九九九年，吴丽娜以专业第一名的成绩考取南京艺术学院附中，在谢师宴上，父亲为孙女吴丽娜即席赋诗：“春光明丽煦我诗书第，绿草红花铺锦地，金榜其昌五世，艺苗菁菁者莪，琼楼曲醉莺歌，海阔天空风起，长风送尔登科。”

吴彦凝小时候，从祖父吴耀先讲解吟

诵的唐诗宋词中，就感受着水乡热土的风土世情，心中慢慢滋长着诗与歌的萌芽。父亲还给她讲解了《登岳阳楼》《满江红》《木兰诗》等爱国名篇，熏陶着她从小就立下了艺术报国的志向。

二〇〇二年吴彦凝又以专业总分第一名的成绩考取了中国人民解放军艺术学院，父亲对孙女被全军最高艺术学府录取更是欣喜万分，在荣录军艺的谢师宴上，激情满怀地献上了祝酒词，而后又即席赋诗："淘水酿醇醪，醉沃新苗。芳心似玉孟尝超，报国喜圆军艺梦，凯曲华标。……"并利用寒暑假为吴彦凝讲授音乐美学史中的儒、道两家思想，以及做人从艺的理念，鼓励她用艺术报效祖国，争做一名德艺双馨的艺术家。吴彦凝没有辜负爷爷的厚望，她以爷爷的教育报国理念为精神力量，为祖国歌唱，为人民歌唱，为家族争光！唱响了人生，唱响了希望，唱响了艺术报国的梦想！如今已走进了"艺术人生"的殿堂！

父亲一直从事教育工作，曾先后受任区中心小学校长、区文教辅导员、区教育工会主席。他任教于东台中学、教师进修学校、时埝中学等校，执教高中语文。一九八三年离休后，仍然情系桑梓，心系教育，创办腾飞补习学社，培养了大批英才。他在临终前还嘱咐我们，将他收藏的名人字画捐献给东台博物馆，并在他生前的时埝中学设立"吴耀先资助贫困学生奖学金"。父亲他用爱心谱写人生，用平凡记下精神，用教育报效祖国。

回顾父亲的一生，是那么的坎坷和曲折，是那么的平凡而伟大。您在"文革"中蒙受冲击，下放农村接受贫下中农再教育，在"五七"干校接受劳动改造，却能挺直腰杆面对人生的困境，默默地吞咽着生活中的苦水，顽强而不屈地活着，始终情系教育，不忘初心。"文革"后期得以平反昭雪，重见光明，重新回到了教育岗位如鱼得水……晚年离退休之后，拿出自己所有积蓄，办起了腾飞补习学社，组织近两百名高考落榜生一起复习，圆了一大批高考落榜生的大学梦，为国家输送了大量人才。

我们这个时代需要父亲这样的人民教师、水乡爱国诗人，需要他身上的一切。我作为后辈的一员，坚信随着时间的推移，父亲的教育理念和爱国思想将会放射出最大的力量。

箫声悠悠，曲声再起。那曲声是箫声的延续，那悠扬的音韵箫声，有如游丝随风飘扬，却连绵不绝，更增回肠荡气之意。子孙后辈将用琴声和歌声延续父亲的箫声！吴音不断，后继有人。

敬爱的爸爸，您把毕生的精力献给了教育，为党和国家培养了一大批英才，《瘦箫诗稿》是我们永远的精神食粮。六一这天我们不忘记您，童心似玉，精神永存！您教育报国的精神，永远激励着我们后辈为祖国争光，为人民江山争光！为家族争气！安息吧，我们永远怀念您！

教书育人报国情，岁月钩沉寄哀思。

谨以此诗遥祭与缅怀慈父：

《七律·箫声》

——怀念父亲吴耀先

父爱浩荡如黄河，奔腾不息最壮阔。
教书育人报国志，燃尽烛光驾鹤去。
箫声悠悠曲再起，儿孙绕膝华章谱。
瘦箫诗稿传万世，精神永存天地间。

二〇一七年六月

◇◇◇

箫声与诗意

文 / 尚荣

一直以来，外公给我的印象莫过于两件事：写诗、吹箫。

记得儿时常流连于外公的书斋，其所处的吴家墩三面环水，清风送香。“水远云低鸥点点，鸭群三两出芦丛”正是其生动的写照。抬首回望，可见书斋内匾额上瘦劲的自题斋名——“峻崖居”，两边悬挂着“峻岭拔青松，悬崖挺翠柏”的楹联。外公常坐拥书斋，燃一根纸烟，或凝神遐思，或持笔疾书。透过他面前升腾起的袅袅烟雾，我可以倾听到那笔尖在纸上疾走的声响。外公也常于“皓月自河底生辉”的夜晚，一箫在手，悠然踱至水边，坐于一地银霜之中，俄顷，那如丝如缕的箫声便四下弥散开来。在那样的夜色之中，熏蒸着眼前的这一泓碧水，久久不能散去……

儿时的忆象依旧新鲜若此，而此刻手捧外公的这卷厚厚的诗稿，不禁令我有些激动。有幸能以自己的浅识体味它、诠释它，通过它来倾听一位老人吐露心曲，倾诉衷肠：时而登高舒啸，时而临泉歌咏，时而追思古今，时而壮怀激烈。感慨之余，眼前也徐徐展开了生动的立体的历史画卷：外公一生饱经忧患，命运的跌宕起伏与祖国的兴衰荣辱休戚与共。这位老知识分子的心跳一直与祖国的脉搏共振。青年时期正值民族危亡，外公矢志求学，以期救国：“赢得寒窗同砥砺，有怀少保殪夷强。”而后一生致力于教育事业，呕心沥血，不辞辛劳。“投袂桃林甘荐血，迎来古国艳阳明”“豆饼充饥饶有味，赢来桃李门芬芳”，记录了这一时期的艰苦探索。殊料，“文革”中，外公竟然横遭诬陷，身做“南冠”，空有报国之志，却只能饮恨“牛棚”。“莫道断鸿惊末路，芦边且听水东流。”可见当时他仍是痴心一片，初衷未改，坚信乌云终难遮日。到了晚年更是不遗余力，办学兴教，为国家培养人才，输送“血液”。除此之外，便是“箫瘦诗山，琴伴沙鸥”，以诗陶情，以箫颐性了。

我读外公的诗，如同听他的箫声，箫声虽瘦，其蕴藉却苍莽深秀，且隐隐透出铿锵的金石之气。箫声中有青松般的品质：雾霭流岚，不为所动。又有峻崖之风骨：傲然屹立，坚定不移。我听外公的箫声，又好像在感悟他的诗魂：语言畅美，才情激越，内容多变，错落有致，但始终以严峻的主旋律贯穿之。这正像外公的为人之道，尽管命运多舛，其一颗爱国之心、一腔爱国之情，却始终不渝，精业敬业，老而弥坚……

想到这里，我忽有所悟，外公之一生，本已是一首好诗、一箫好曲，我亦无须用过多的言辞去描述了，唯有从其诗性中、从其箫声里去细细体味吧！

庚辰年春日于南京
师范大学美术学院

箫声引吭报国歌

——怀念敬爱的爷爷吴耀先

文／吴彦凝

二〇一七年六月一日下午两时三十八分，惊悉敬爱的爷爷驾鹤西去的噩耗，万分悲痛……立刻推掉所有演出活动，从北京飞往时埝家中悼念爷爷！

以往每回到家中，一走进大门，老远就会看到坐在院子里等候我们的满面笑容的爷爷，而今天走进了吴家大院却站满了前来悼念的亲友……我刚踏进家门见到悲伤的奶奶和家人，不由自主地脱口而出问了一句："奶奶，爷爷呢？"奶奶眼泪夺眶而出……

凝视着爷爷长眠安详的面容，三鞠躬后，泪水止不住地往下流……只是在后悔五一假期中，由于演出活动繁多，没有能抽空回南京见爷爷最后一面，真的不能接受爷爷这么快就离开了我们……

办完了爷爷的治丧活动后，我和母亲回到北京的这段日子，一直沉浸在失去爷爷的悲痛中，几乎每天和妈妈都谈及爷爷的往事，眼泪时常止不住地流……

回想起爷爷的一生，一时多少话语竟不知如何说起……

爷爷是位教书育人的人民教师、水乡爱国诗人。因为小时候与爷爷经常会面，耳濡目染他的教育理念和思想，深深地影响着我。

一、跟着爷爷读书。爷爷家里有很多的书，四书五经、唐诗宋词、四大名著等各种书籍应有尽有。我很小的时候便拿爷爷的书看，小学三年级就开始看四大名著和唐诗宋词。每年夏天爷爷总会把书柜里的书放在天井里晒，我就趁机选读喜欢的书，他总是慈祥地一笑："乖乖肉拿去看，不懂的问我……"

二、学着爷爷写诗填词。爷爷平时会用本子写五言绝句、七律，并填词，厉害的是写的诗稿我看不懂，他总是不厌其烦地耐心讲给我听，还跟着爷爷学写诗填词。后来他给了我一堆诗抄让我整理，现在不知放到哪里去了，很遗憾。星期天到爷爷家里，他总是利用一段时间磨墨挥毫，对我有着书画艺术的启蒙……一九九四年六月一日我便在全国少儿书法大赛中荣获第七届"双龙杯""全国少年儿童书画大赛优秀作品奖；一九九四年九月二十八日又获全国少年儿童书画大赛书画二段段位奖，得到了爷爷奶奶的褒奖，并获奖金一百元。如今记忆犹新的是爷爷给我讲的唐朝诗人白居易的《琵琶行》，我对诗中的“未成曲调先有情”“此时无声胜有声”经常成吟于口。

三、随着爷爷的箫声歌舞。爷爷在读书、写诗之余，总是喜欢吹箫，而我小时候就喜欢唱歌、跳舞、绘画。逢年过节，整个大家庭的人就会集中到爷爷、奶奶家中团聚。那是幼时最开心的日子！在我三四岁时起，每次大团聚时，爷爷奶奶总是要求我为家人唱上几首歌，而我幼时妈妈就叫我用成人的发音方法唱歌，不用童声发音，也都是模仿学唱成人的歌曲，那几首《在希望的田野上》《说聊斋》《长大后我就成了你》是家人让我每次必唱的歌曲。长辈们为了鼓励我，约定每人付给两元的“观听费”，我总是委托奶奶替我收钱。那时爷爷总是充满激情地吹起他的长箫为我伴奏，箫声与歌声在吴家大院里久久回荡……而我每次总是收入颇丰，满载而归。

从此，爱上了唱歌，成了班上的文艺骨干。在市实验小学的各种文艺活动中担当独唱和领唱，在小学四年级就连续被评为全校优秀宣传员、校园十佳歌手，并受聘于东台电视台的特约演员。

东台中学初中毕业后，以专业第一名的成绩考入南京艺术学院附中。爷爷为我欣然赋诗：“春光明丽煦我诗书第，绿草红花铺锦地，金榜其昌五世，艺苗菁菁者莪，琼楼曲醉莺歌，海阔天空风起，长风送尔登科。”鼓励我勇攀艺术高峰，并给我讲解《登岳阳楼》《满江红》《木兰诗》等爱国名篇，熏陶着我立下了艺术报国的志向。

二〇〇二年南京艺术学院附中毕业后，我又以专业总分第一名的成绩考取了中国人民解放军艺术学院。爷爷对我被全军最高艺术学府录取更是欣喜万分，在谢师宴上满怀激情献上了祝酒词，而后又即席赋诗：“……芳心似玉孟尝超，报国喜圆军艺梦，凯曲华标。……”

爷爷的理念和鼓励成了我艺术报国的动力，二〇〇八年参加央视第十三届全国青年歌手大赛中，一路过五关斩六将顺利进入了总决赛。记得在最后综合素质考评中，一分钟的命题抢答，我抽选了“我家的一张老照片”，当时我就想到了爷爷曾经给我看的曾祖父高二适的一张老照片，并且谈到了曾祖父高二适与郭沫若的笔墨官司，毛泽东做过批示：“笔墨官司有比无好。”当时在比赛现场我便围绕我家的“一张老照片”，对此进行了深刻的简述和描写，当时我的综合素质考评老师余秋雨先生听之一振，满意地点头微笑，做了很好的点评：“……不愧是高二适先生的后裔……”全场立刻响起了热烈的掌声。爷爷在电视机前看到此情此景后，激动得拍案而起：“我的孙女好样的！”在最后一轮的两首指定曲目演唱总决赛时，我终于以 99.6 的总分夺得了本届青歌大赛的银奖。从那以后，我的《满城尽带黄金甲》《儿女情》

《幸福来》成了我的代表作，同时也成了爷爷百听不厌的幸福歌，特别是《幸福来》被中宣部选定为中国梦的优秀展播曲目，引以为豪的报国歌。

爷爷的教育美德，永远激励着我奋发前行；爷爷的箫声、心声和诗文，永远引吭着我艺术报国的歌声……今年三月三十日，爷爷病重期间，在电视荧屏上看到我走进央视《艺术人生》的大舞台，精神为之一振，竖起了颤抖的大拇指，激动地对在场的家人说："……丽娜（吴彦凝）的歌声余音绕梁，她不待扬鞭自奋蹄，能走进《艺术人生》这是国家对她艺术成就的肯定！艺无止境啊……"简短的一席话，是对我艺术成就的肯定，同时又是给我提出了更高的要求、寄予了厚望。"艺无止境"就是要求我在艺术的发展道路上不骄不躁，继续努力再攀高峰、再创佳绩！

我回忆起爷爷在我心中的点点滴滴，他把毕生的精力投身于教书育人，把知识和美德传给了后人，自己却两袖清风，一身正气离开了人间。有这样的爷爷，我骄傲！我自豪！

我在京城仰天低语：我将在爷爷箫声引吭下，用报国的歌声为人民歌唱！为祖国歌唱！您的后辈永远为国争光！为家族争气！愿您一路走好，在天堂快乐！安息吧！

二〇一七年六月于北京

我的太爷爷

文 / 燕明赫

二〇一七年六月一日，我敬爱的太爷爷永远闭上了眼睛。当我听到这不幸的消息时，心里非常难过，我真舍不得他离开我们。

太爷爷吴耀先，喜欢写诗和吹箫，是一位瘦瘦的、精神矍铄的老人。他是我外婆的爸爸，所以我和妹妹都称呼他为太爷爷。记得小时候，暑假里，我和妹妹会跟外公外婆一起去太爷爷家住上一段时间。那时候的我和妹妹非常调皮，每天上蹿下跳，经常把家里搞得乱七八糟，还弄坏了许多东西。太爷爷从不骂我们，总是笑呵呵地说：“小孩子的精力真旺盛，你们要小心别摔着了啊。”我喜欢和太爷爷在一起，记得有一次在太爷爷太奶奶的钻石婚庆典礼上，我把太爷爷放在一边的礼帽、眼镜和拐杖悄悄地拿起来，拄着他的拐杖，戴上他的帽子和眼镜，学着太爷爷走路的样子走来走去，逗得大家哈哈大笑。现在想起这些往事，历历在目，仿佛就发生在昨天。

后来，太爷爷生病了，他长期住在医院里。每当到了周末，爸爸妈妈就会带我去医院看望太爷爷，太爷爷每次看到我都会既激动又高兴。他紧紧拉着我的手问这问那，其中关心最多的还是我的学习。太爷爷会问我：“最近看了什么书？现在能背多少首唐诗？毛笔字练得怎么样了？”有时候，我会将最近写的毛笔字带给太爷爷看，他总是笑眯眯地竖起大拇指不断地夸奖我写得好。我听了太爷爷的表扬，心里美滋滋的。当太爷爷听说我最近在学习篆刻，非常高兴，还说让我给他刻一方章。可是，我还没有给太爷爷刻好章送给他，太爷爷就离开了我们……

太爷爷虽然走了，但是我会谨记他的教诲，努力学习知识和本领，将来做一个有用的人！

那个慈祥的老人走了

文／尚朴

今天，老天爷的心情似乎格外的好，天气晴朗，艳阳高照，万里无云，在这个本该开心的时光里，我们家所有人却都开心不起来。因为今天是一个特殊的日子，是一个不开心的日子，我尊敬的太爷爷去世了。

从前来到太爷爷家，不是过年就是放假，大家都喜气盈盈，脸上洋溢着热情的微笑，然而现在大家或是低头默默难过，或是掩面哭泣，家人都带着白色的帽子，四周放满白色的花圈，这都在告诉我们：那位慈祥的老人走了。

如果太爷爷还在的话，他一定会看着我们在院子里玩耍嬉闹，对着我们慈祥地笑，叫我们“乖乖”，并关心地向我们问这问那。他常常告诉我做人要诚实，要讲信用，要和你爸爸一样做个有学问的人，每当这时太奶奶总爱说“孩子还小，听不懂”，但其实我都听懂了。现在想起他的话，只觉得鼻子酸酸的。后来太爷爷在省人民医院住院，每个星期六爸爸带我学完琴之后都会去医院看望他，每次他都会很激动和开心，抓着我的手，颤抖着跟我说很多很多，直到说不下去，才勉强带上呼吸机。

太爷爷就是我奶奶的爸爸，他是位和蔼而瘦小的老人，因为瘦，他的脸颊干瘪，嘴巴也凹了下去，但他看上去是那么慈祥那么可亲，现在，在冰棺中，他的脸上仍然带着慈祥的微笑，眼睛微微睁开，好像在注视着我。大家都说好人有好报，好人死后一定会上天堂，太爷爷传授给别人知识，我想他一定会上天堂，而且在天堂上看着我们微笑。我深情地看着太爷爷，不禁落下了眼泪，他一心教人以文化，他是那样鞠躬尽瘁，而自己却瘦成六十斤，令大家都哭得很伤心。

花圈如海，泪水如雨，虽然太爷爷离开了我们，但是我相信他并没有真正离开我们，太爷爷留给我们孙辈的是慈祥的笑容与奉献的精神，他永远活在我心中。

二〇一七年六月二日记，晴天

瘦篇詩館

SHOU XIAO POEMS CENTER

艺文集

COLLECTION OF ART WORKS
POETRY AND ARTICLES

[卷三]
诗馆藏珍

◎

释文：

瘦箫诗馆

百岁选堂

饶宗颐，著名国学大师。

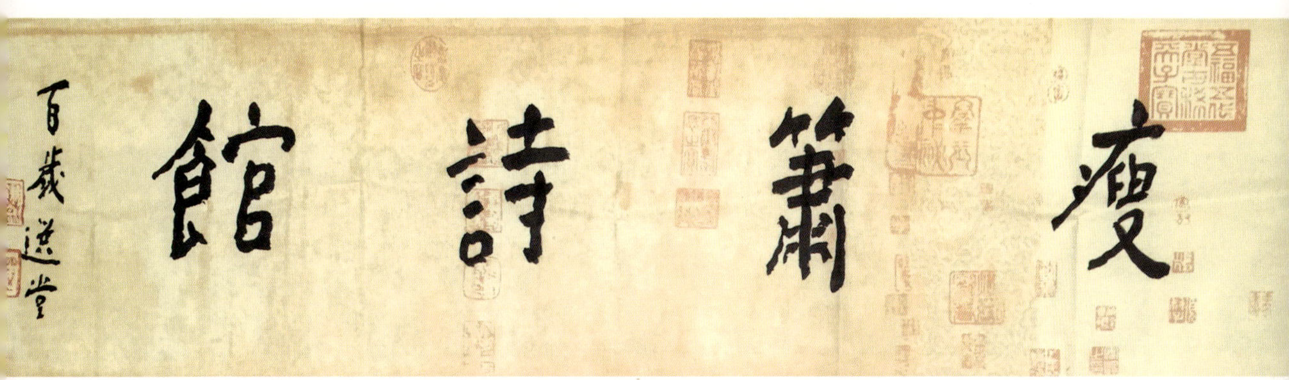

饶宗颐 《瘦箫诗馆》 122cm×52cm

释文：

诗书传家

为山人君敬为先父子吴耀先诗翁

立瘦箫诗馆命笔书之永以志念也

虽在戊戌佳节逢元宵

沈鹏书介居

沈鹏，第八届全国政协委员，中国书法家协会第四届主席，中国书法家协会第五、六届、七届名誉主席。

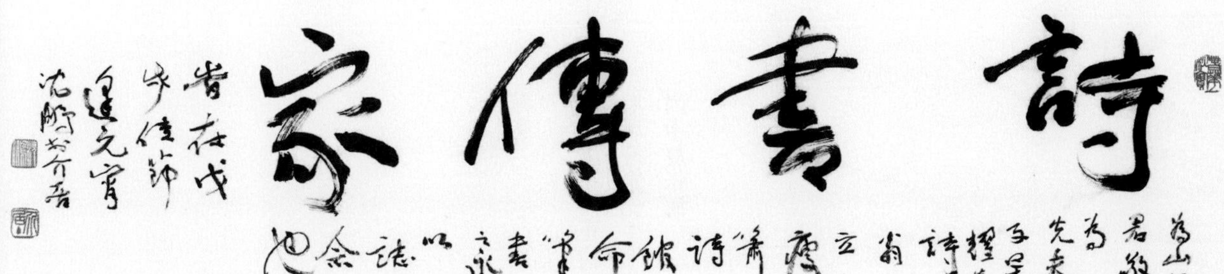

沈鹏 《诗书传家》 122cm×52cm

释文：

泪逐雨花月正清，松涛鸣翠悼英灵。一高炳蔚荣书史，海邑同光颂楚星。

右录瘦箫先生七绝《悼伯父高二适》

丙申夏张海

张海，第十一、十二届全国政协常委，中国书法家协会第五、六届主席，中国书法家协会第七届名誉主席。

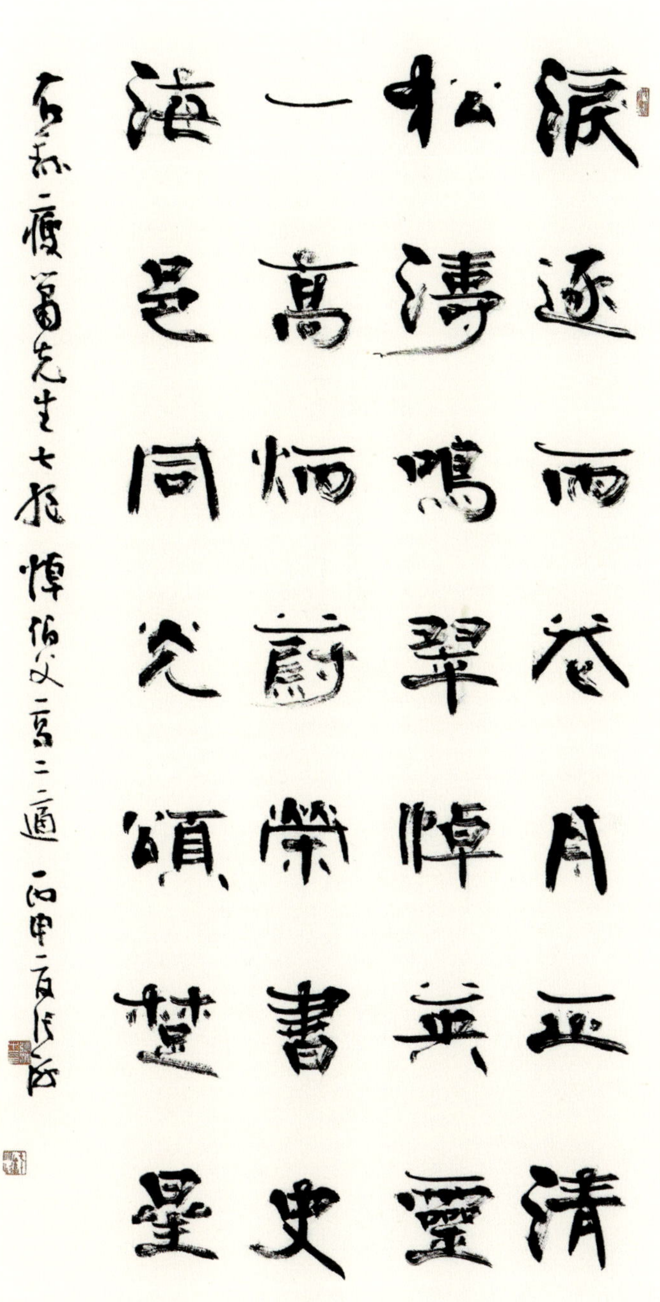

张海 《七绝·悼伯父高二适》 69cm×138cm

释文：

文星璀璨照东方，翰墨昭彰国粹扬。
独领清风才古怪，直行正道仰狷狂。
瘦箫诗 苏士澍敬录

苏士澍，全国政协常委，中国书法家协会主席。

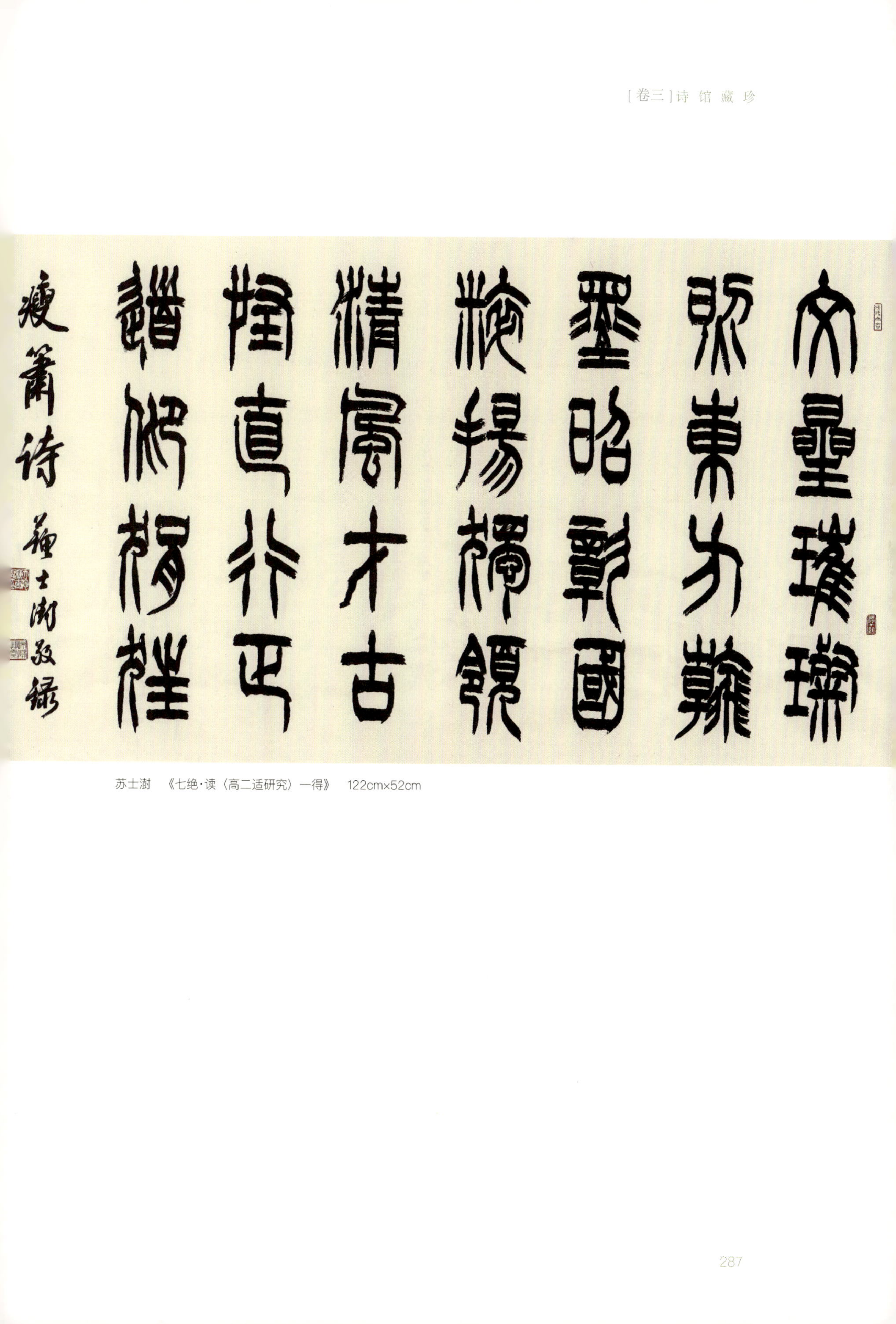

苏士澍 《七绝·读〈高二适研究〉一得》 122cm×52cm

释文：

洪峰汹涌天地昏，斩雨劈风筑长城。鄱阳洞庭频告急，英雄九死救亲人。

丙申夏月南方多省连遭特大洪灾，人民解放军奋勇抗洪，此刻重读瘦箫先生一九九八年诗作《颂解放军抗洪奏凯》，深深感佩子弟兵为人民献身之精神，亦感佩先生爱国爱军之情怀

张升民书于北京西山

◇◇

张升民　中国共产党中央军事委员会委员，中华人民共和国中央军事委员会委员，中央纪委副书记，中央军委纪律检查委员会书记、党委书记，上将军衔。

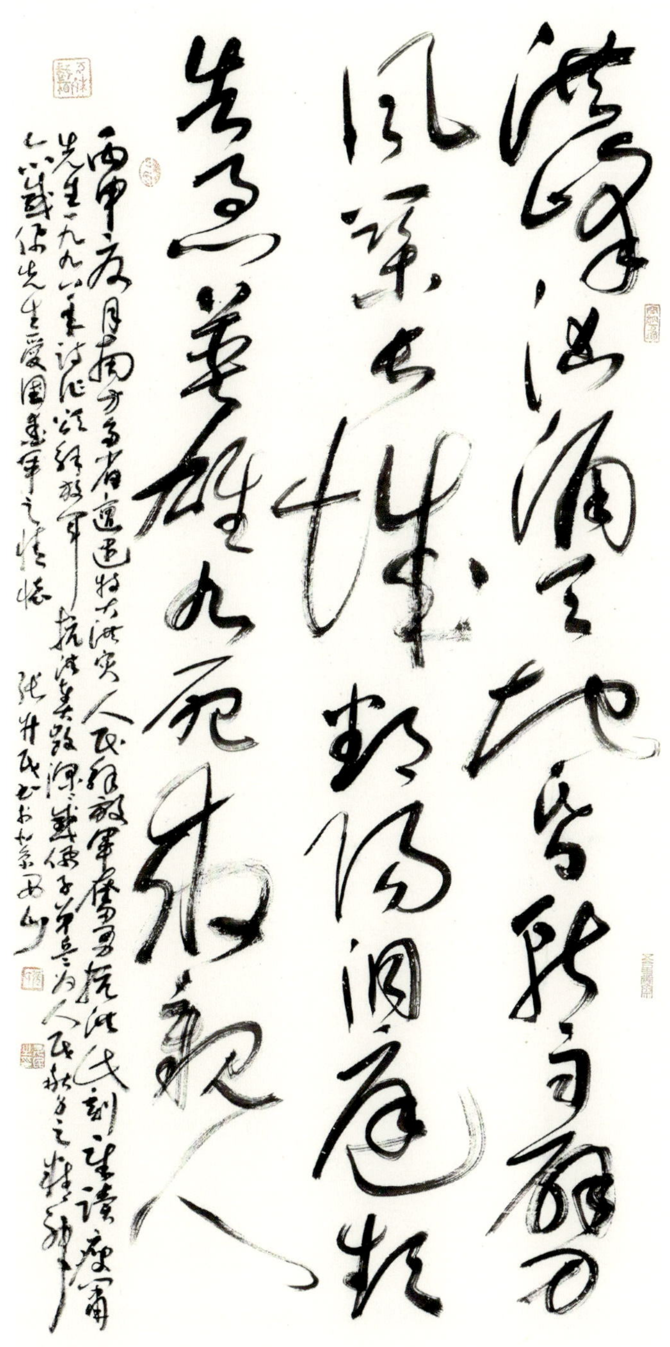

张升民 《七言两首 颂解放军抗洪奏凯》 62cm×132cm

◎

释文：

《七律·送山儿赴锡求艺》

湖光山色映秋霞，江左送儿求艺家。车马疾驰讴壮志，楼船强渡赋心花。

鼋头渚上惊天画，寄畅园中品桂茶。千古风流多少事，敢攀绝巘撷春华。

丙申新夏録以瘦箫前辈送儿诗其对后辈所寄

殷切之情令余深为感动，遂敬录以志学习

晚辈杨晓阳笔

杨晓阳，中国国家画院原院长、中国美术家协会原副主席。

杨晓阳 《七律·送山儿赴锡求艺》 69cm×138cm

释文：

韶华易逝笑平庸，晚伴琴书唤翠红。冷月清秋箫管里，谁家柳袂醉春风。

夜书瘦箫诗《七绝·山儿为我画柳》甲戌深秋于峻崖居琴书轩

丁酉九月十八日灯下后学萧风敬记之

陈洪武，中国书法家协会分党组书记、驻会副主席。

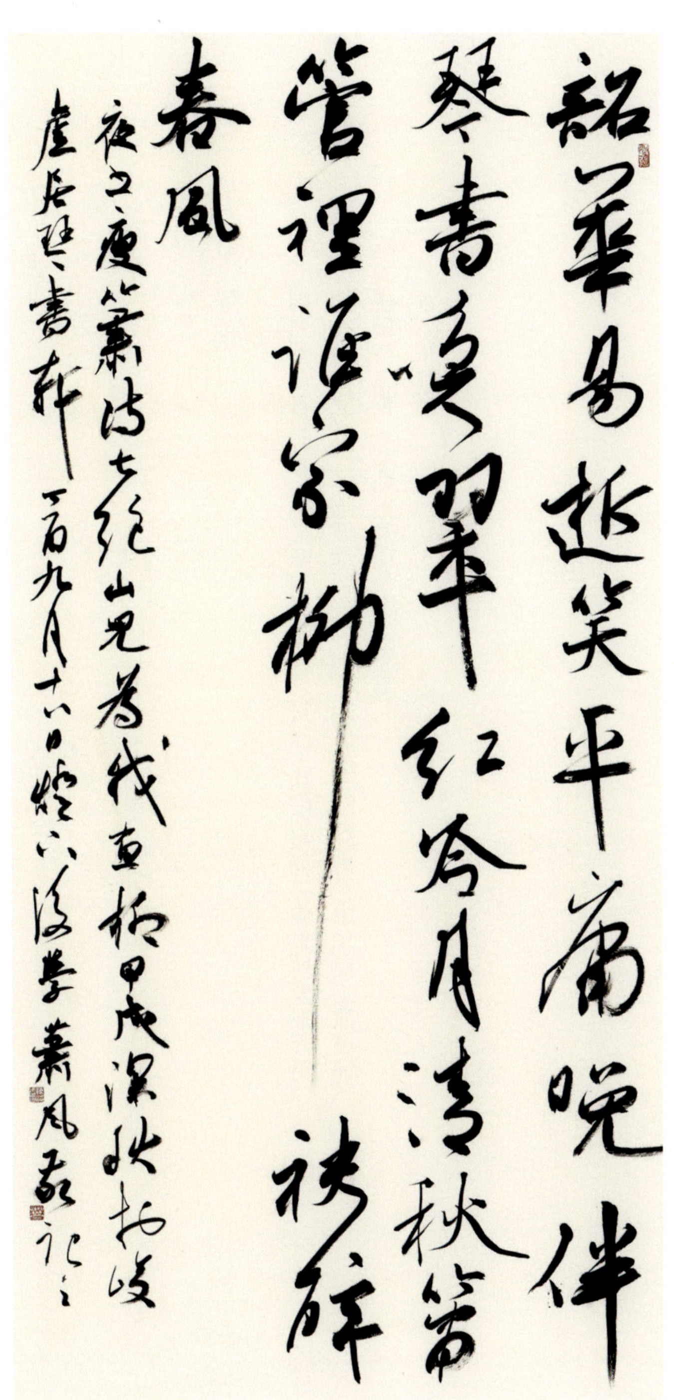

陈洪武 《七绝·山儿为我画柳》 87cm×180cm

释文：

同盟革命首驱驰，举义辛亥葬溥仪。封建王朝惊噩耗，传来博爱报天鸡。
檀香山上立兴中，东渡缔盟矢志同。蹈厉从戎除鞑虏，中华民主撞晨钟。
瘦箫诗二首《七绝·缅怀孙中山先生》
章剑华敬书

章剑华，江苏省文学艺术界联合会主席，国家一级艺术监督，教授、博士生导师。

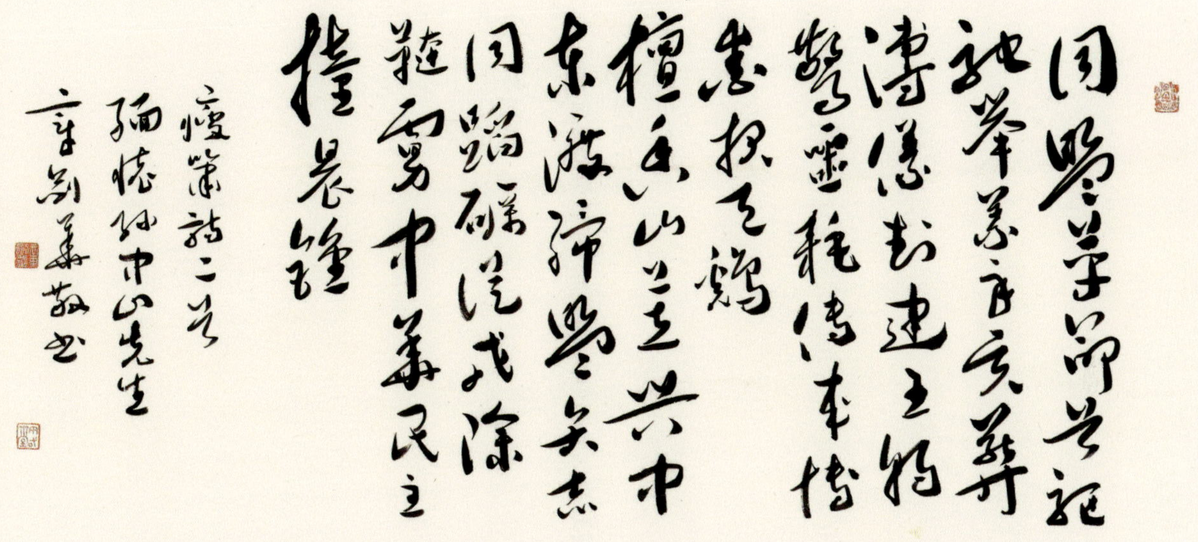

章剑华　《七绝·缅怀孙中山先生》　122cm×52cm

释文：

亭前博爱映梅妍，燕返莺飞颂逸仙。风雨钟山澄玉宇，春光旖旎两重天。

瘦箫先生诗

丙申恭达

言恭达，第十一、十二届全国政协委员，中国书法家协会第七届顾问，中国书法家协会第五、六届副主席，清华大学教授、博士生导师。

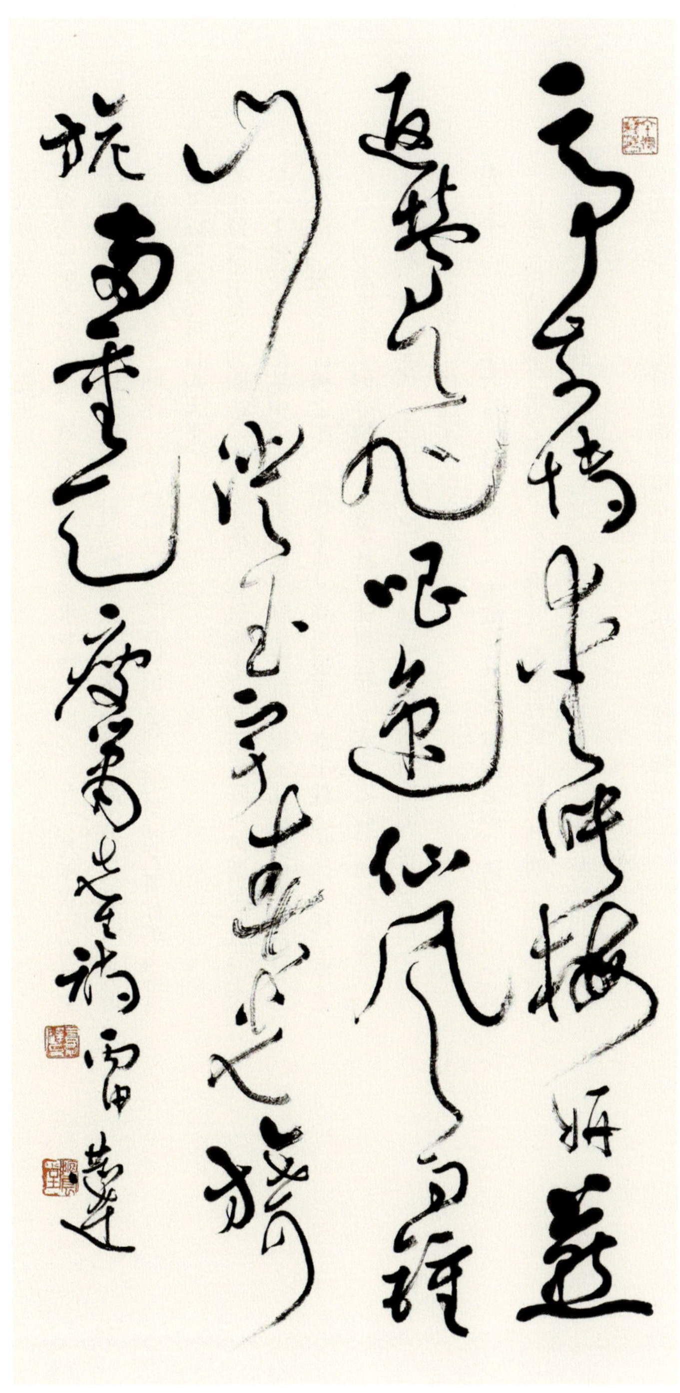

言恭达　《七绝·博爱阁留影》　69cm×138cm

释文：

《水乡诗人吴耀先先生记》

吴耀先先生又名峻崖，笔名瘦箫，著名水乡诗人也。一九二九年农历六月生于溱湖之滨之小甸址高氏家，后过继姨家，遂改吴姓。高氏世代书香，所谓诗礼之家。其家学渊深，才人层出，其间尤以伯父高二适学问艺事称美当世，或又以兰亭论辩直声天下。

先生以教书育人为职志，数十年间，春风桃李，荫荫成阵，可谓至欣而至荣矣。上世纪十年动乱中，先生未能免于难而风欺雪侮，几经凌虐则愈见其玉洁冰清。先生于古稀之年，肠犹未冷，尚思报国，寄千载之旷怀，托一片之丹心，为高考学子创办腾飞补习学社，捷报连年，赤子之心，昭然可鉴。

先生慎独，恪守家风，于子女教之以学，输之以德，培植陶锻，皆为有用之材。尤以爱子为山为一代逸才、世之重器。

先生于二〇一七年六月一日辞世，一生敏学笃行，克绍家声。诸学问中尤志于诗歌，用情最挚，得之最深，一生讽咏，都数百首，畅畅肺腑，切切心声，先生不以诗人自视，而世人称之，出版有《瘦箫诗稿》上下两集传世。

公元二〇〇七年七月成都杜甫草堂博物馆立记　何应辉书

何应辉，中国书法家协会第七届顾问，中国书法家协会第五、六届副主席，四川省书法家协会名誉主席。

水鄉詩人吳耀先先生記
吳耀先先生又名峻崖筆名瘦蕭
著名水鄉詩人也一九二九年農
歷六月十六日生於溱湖之濱此
小甸址高氏家後過繼姨家遂改
吳姓高莊代書香所謂詩禮之
家世家學淵深才人層出其間尤
以伯父高二適學問藝事稱美當
世或又以蘭亭論辯直聲天下
先生以教書育人為職志數十年
間春風桃李蔭蔭成陣可謂至欣
而至榮矣上莊紀十年動亂中先
生未能免於難而風欺雪侮幾經
淩虐則愈見其玉潔冰清先生於
古稀之年腸猷未冷尚思報國寄
千載之曠懷託一片之丹心為高
孝學子創辦騰飛補習學社捐款
連年赤子之心昭然可鑒
先生慎獨恪守家風於子女教之
以學輸出以德培植陶鍛皆為有
用之材尤以愛子為山為一代逸
才莊之重器
先生於二零一七年六月一日辭
世一生敏學篤行克紹家聲諳學
問中尤志於詩歌用情最摯得之
最深一生諷詠都數百首暢暢肺
腑切切心聲先生不以詩人自視
而莊人稱之出版有瘦蕭詩稿上
下兩集傳世
公元二千零十七年七月成都杜
甫草堂博物館立記何應輝書

何应辉　《水乡诗人吴耀先先生记》　135cm×70cm

释文：

卧薪尝胆战滩礁，坎坷征途识俊豪。面壁东亭求理义，潜心锡惠练泥雕。雀惊岂解鸿鹄意，儒腐偏羞蒙正窑。问舍缘知纨绔梦，云帆济海路方超。

瘦箫先生诗《山儿同时荣录南艺、南师两院》

胡抗美书

胡抗美，中国书法家协会第七届顾问，中国书法家协会第六届副主席。

胡抗美　《七律·山儿同时荣录南艺、南师两院》　49cm×179cm

◉

释文：

归帆片片有无中，堰口炊烟送晚红。水远云低鸥点点，鸭群三两出芦丛。

瘦箫先生七绝，《题自涂水墨写生〈堰口归帆〉》。

一九九五年秋于泰东河畔

丙申之仲夏金陵孙晓云书

孙晓云，中共十七、十八、十九大党代表，中国书法家协会副主席，江苏省书法家协会主席。

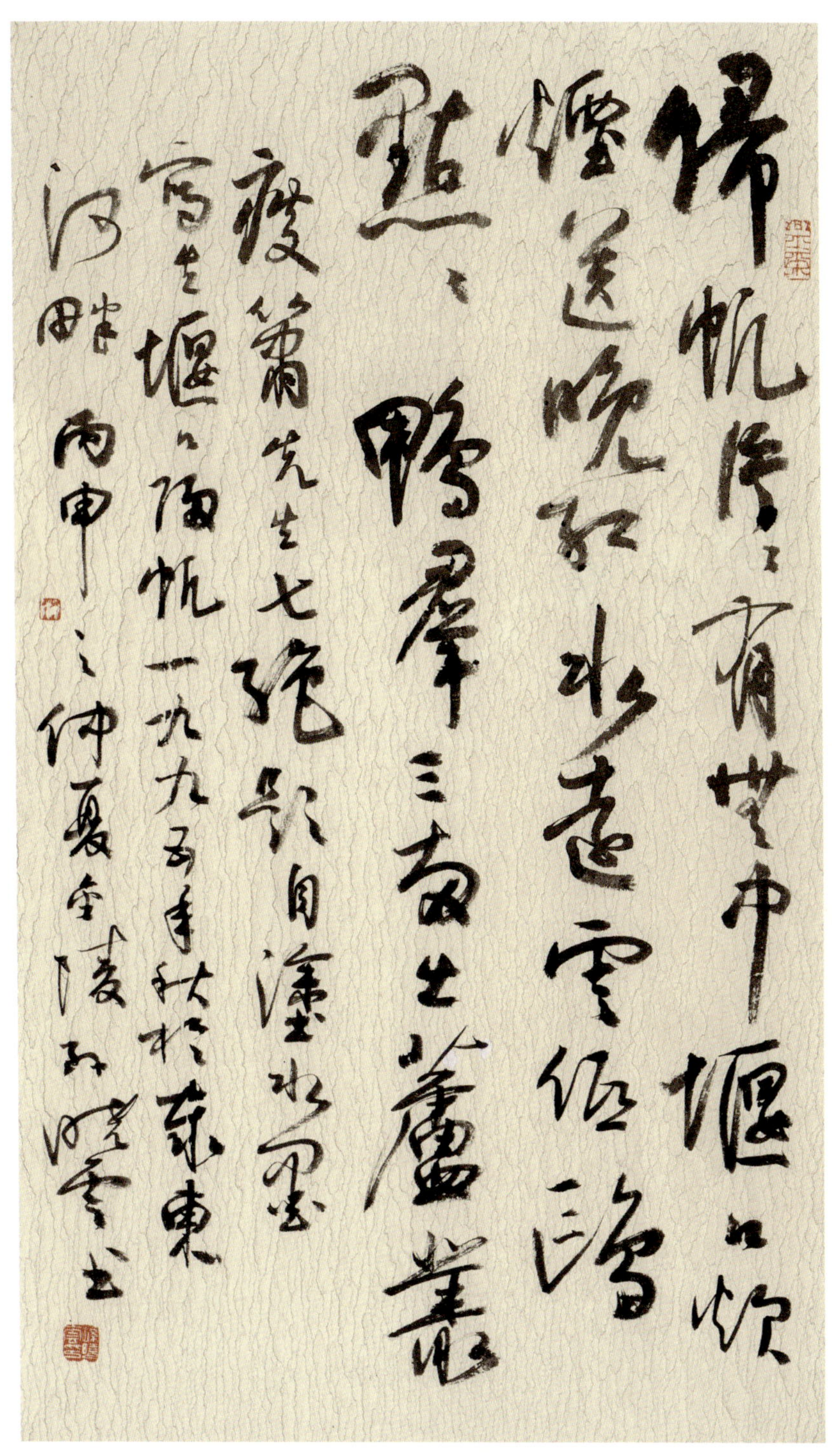

孙晓云 《七绝·题自涂水墨写生〈堰口归帆〉》 57cm×93cm

释文：

秋波似涌似从容，滟滟珠光戏彩虹。丹绿丛中幽别墅，渔舟扁扁渐无踪。

抄瘦箫《题自涂水墨写生〈湖西一瞥〉》诗一首

丙申年毛国典书

毛国典，中国书法家协会副主席，江西省书法家协会主席。

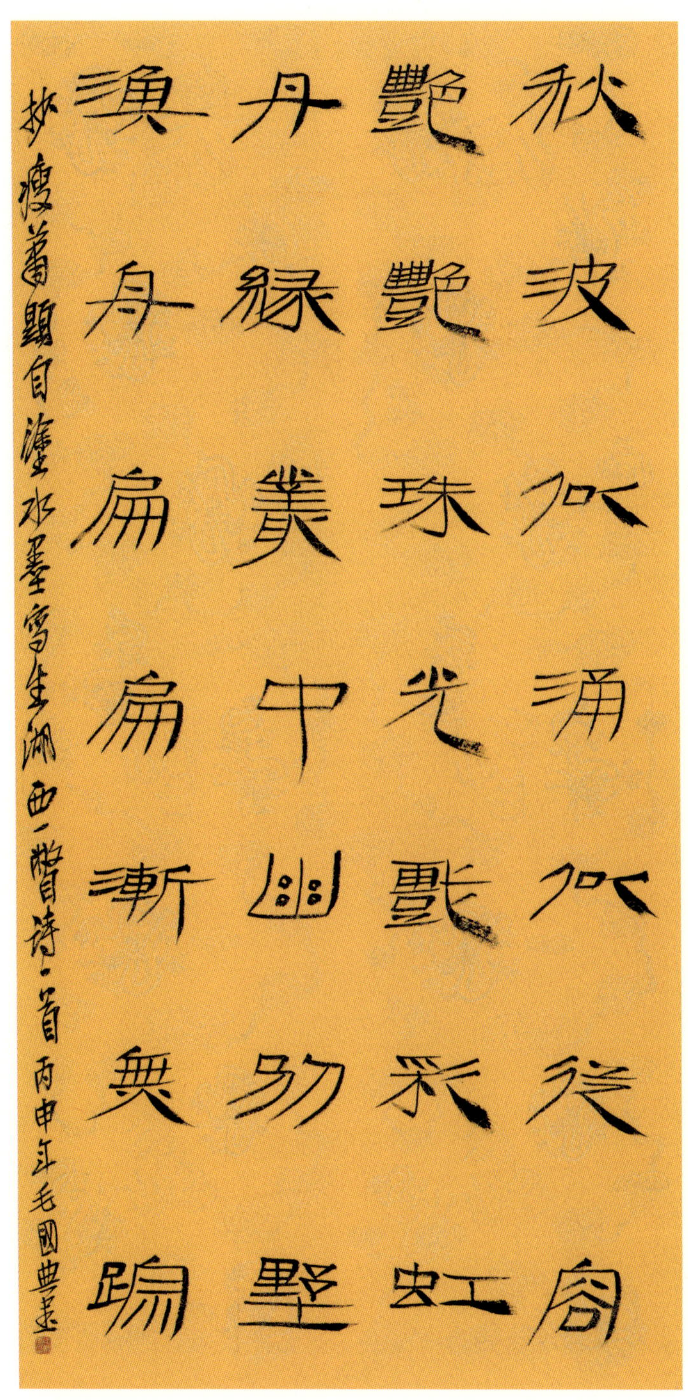

毛国典　《七绝·题自涂水墨〈湖西一瞥〉》　69cm×136cm

释文：
瘦箫诗馆
恽宗瀛
年方九十又八
瘦箫诗馆
恽宗瀛
年方九八

恽宗瀛，中国美术家协会会员。

恽宗瀛 《瘦箫诗馆》 35cm×137cm×2

释文：

泪逐雨花月正清，松涛鸣翠悼英灵。一高炳蔚荣书史，海邑同光颂楚星。

瘦箫诗《悼伯父高二适》

徐利明书

徐利明，第十二、十三届全国政协委员，中国标准草书学社社长，南京艺术学院教授、博士生导师。

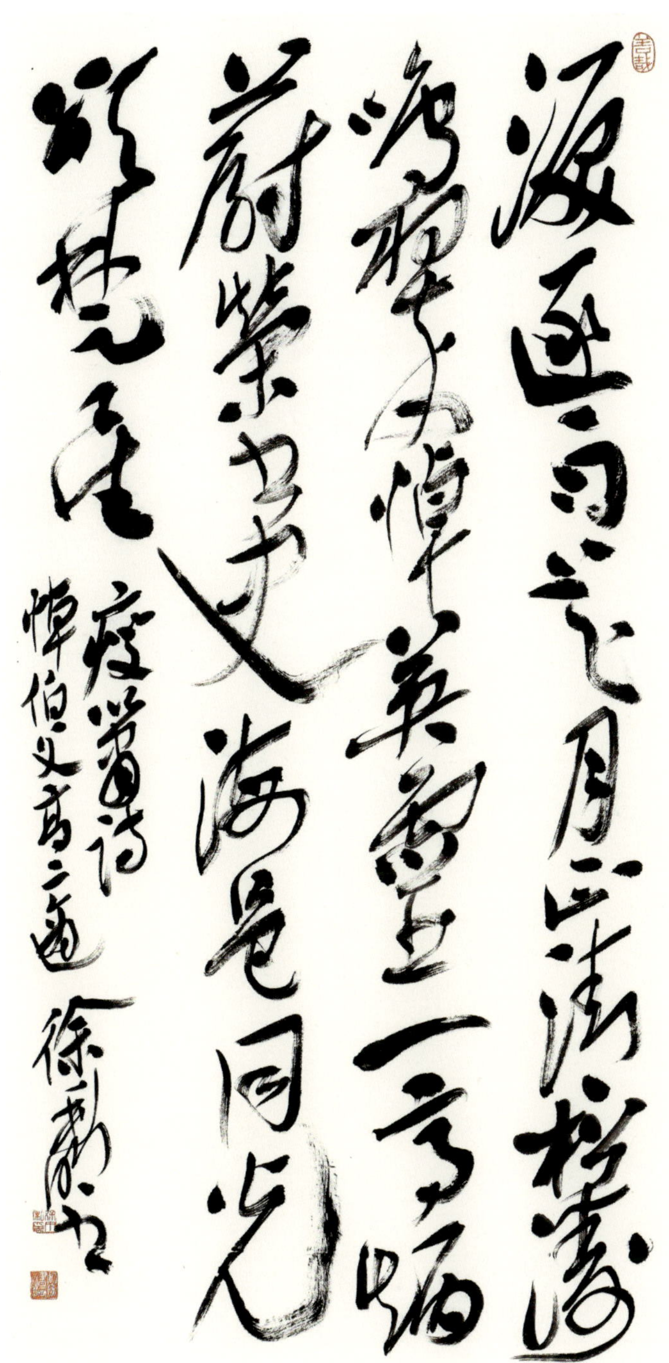

徐利明 《七绝·悼伯父高二适》 69cm×138cm

释文：

瘦箫诗三首

瘦湖窈窕醉西施，月照琼花塔影移。柳岸亭桥留墨客，渔歌袅袅起情思。

《夜游瘦西湖》

大明古寺鉴真僧，东渡传经蔚国魂。宝殿流芳千载颂，平山堂上品雄文。《瞻仰平山堂》

衣冠冢上仰青松，血染梅花万古崇。城陷躯捐余泪血，长留忠勇悼祠宗。

瘦箫先生扬州行三首

丙申来德敬书

曾来德，中国国家画院院委、书法篆刻院执行院长，国家一级美术师。

曾来德 《七绝·扬州（三首）》 233cm×53cm

释文：

《满江红·七十自寿》

七秩蹉跎几回首，酸甜苦辣酬壮志。士途多舛，盛衰坎坷。三十黄粱犹自得，一朝噩梦惊刀斧。国祚活，驽钝悔时迟，空凄楚。凤还里，心未古。斜晖晚，长虹舞。效廉君披甲，燕山荣祖。教子义方龙凤企，育才济济风流数，待从头，诗卷继宗风，春常主。

瘦箫先生词丁酉十一月来德书

《时堰中学之歌》

泰东河畔碧水流，巍巍时中风光秀。堰口千帆竞，校园歌声稠，读书报国负重任，四有教导记心头。寒窗面壁图破壁，四化人杰涌激流。

丁酉十一月敬录瘦箫先生歌词于万泉楼来德

瘦箫诗钞

《苦练素描》其一 南来北去半支铅，绘出芳容数百般。全注精神描性格，欲为艺海染青山。

《山儿为我画柳》其二 韶华易逝笑平庸，晚伴琴书唤翠红。冷月情秋箫管里，谁家柳袂醉春风。

《七古·〈好梦怀旧〉》

依稀犹似旧相亲，把酒欢然论古今。扶白飞觞酬知己，何来鸡唱好梦惊。

瘦箫诗来德敬书

《南乡子·敬颂人类学家费孝通教授九十诞辰》

人类大学家，济世经纶海宇夸。重辟丝绸南国道，调查，泪染瑶山路正遐。碑碣蔚春华，『半壁江山』绽百花。工业草根生饱暖，嘉嘉，九秩重阳寿举霞。瘦箫先生词来德敬书

曾来德，中国国家画院院委、书法篆刻院执行院长，国家一级美术师。

曾来德 《满江红七十自寿》 21cm×30cm

曾来德 《时堰中学之歌》 21cm×30cm

曾来德 《七绝·苦练素描》《七绝·山儿为我画柳》 21cm×30cm

曾来德 《七古·好梦怀旧》《南乡子·敬颂人类学家费孝通教授九十诞辰》 21cm×30cm

释文：

堰口虹桥，春光烂霄，巍巍腾飞，兴学施教。风险屡屡兮，百折不挠。战胜暗礁兮，馆阁娇娆。寒窗面壁兮，继晷焚膏。荐血同心兮，金榜夺标。鹏程似锦慕宗悫兮，青云直上扶摇。喜看人才之丰蔚兮，如雨后之春潮。宏开学社，乐育群髦。中华腾飞，端赖吾曹。

《腾飞补习学社之歌》瘦箫先生词管峻书

管峻，中国艺术研究院中国书法院院长，中国书法家协会理事，国家一级美术师。

堰口虹橋春光燦霄巍巍騰飛興學施
教風險屢屢兮百折未撓戰勝暗礁兮
館閣嫣嬈寒總面辟兮继晷焚膏薦血
同心兮金榜奪標鴻程似錦慕宗憲兮
青雲直上扶搖喜看人才之豐蔚兮如
雨後之春潮宏開學社樂育群英中華
騰飛端賴吾曹

騰飛補習學社之歌 二陵甫先生詞 管峻书

管峻　《腾飞补习学社之歌》　85cm×180cm

释文：

求医失路笑难关，从艺有期莫等闲。坐井观天终是小，大江放眼快扬帆。

吴耀先先生诗一首

王卫军

王卫军，中国书法家协会理事、行书委员会委员，国家一级美术师。

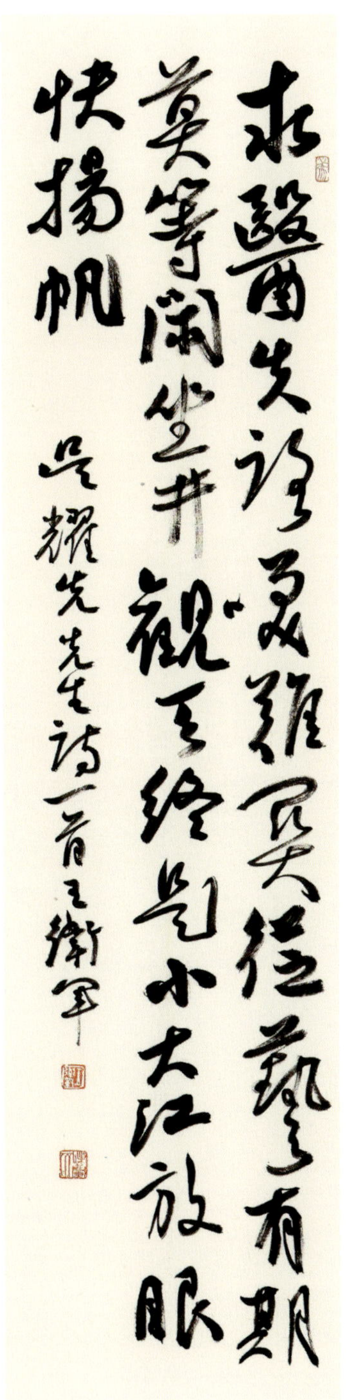

王卫军　《七绝·慰勉山儿赴锡求艺》　35cm×138cm

释文：

当年气宇够风流，荐血染神州，春光梦断何处？惊几度霜秋！情未了，志难丢，意悠悠。杜鹃声里，箫瘦诗山，琴伴沙鸥。

吴耀先先生词《诉衷情·自题小像》王卫军于金陵

王卫军，中国书法家协会理事、行书委员会委员，国家一级美术师。

王卫军　《诉衷情·自题小像》　49cm×180cm

释文：

诗教传家斯人已逝泽百世，瘦箫吟哦风雅不竭励千秋

丁酉夏月王卫军书

王卫军，中国书法家协会理事、行书委员会委员，国家一级美术师。

王卫军　《挽联》　27cm×231cm×2

释文：
冰霜之操，雪泥鸿爪。
谨以此画追忆吴耀先先生。

陆庆龙，中国美术家协会理事、水彩画艺委会副主任，江苏省美术家协会副主席，南京大学艺术学院美术与设计系主任、副教授、硕士生导师。

陆庆龙 《冰雪之操，雪泥鸿爪》 80cm×60cm

◉

释文：

依稀犹似旧相亲，把酒欢然论古今。扶白飞觞酬知己，何来鸡唱好梦惊。

高二适诗一首笔丁酉金秋

海良书

陈海良，中国书法家协会会员，中国书法家协会草书委员会委员，中国书法家协会培训中心教授。

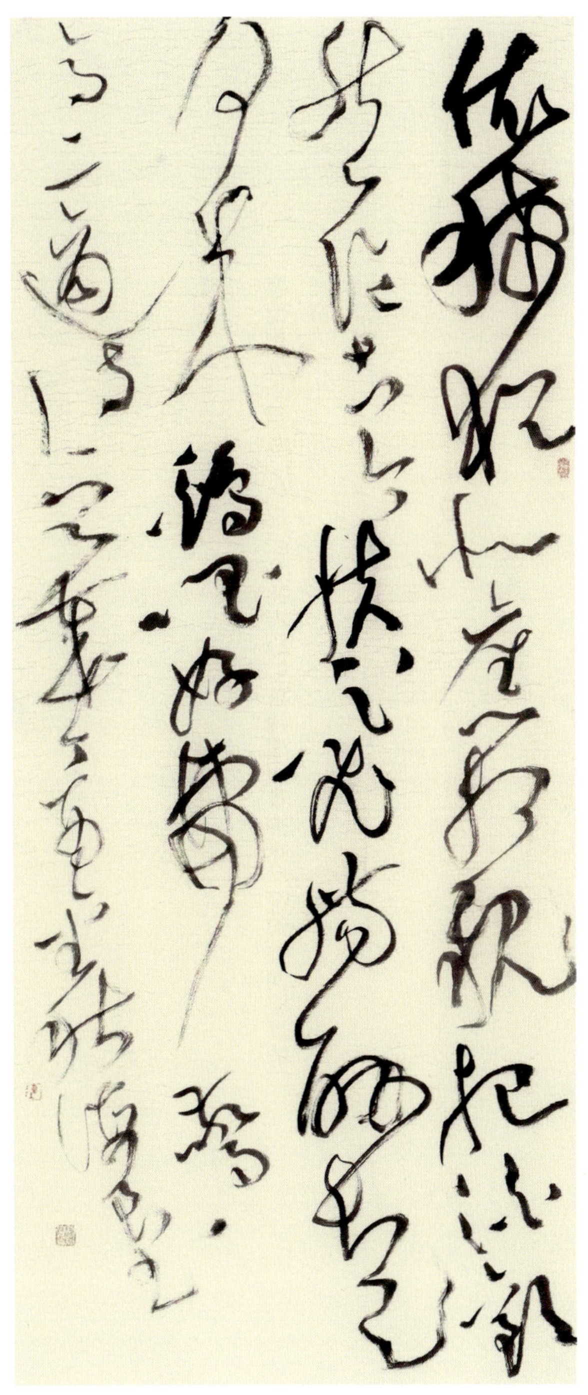

陈海良 《七古·好梦怀旧》 55cm×131cm

释文：

寒窗虑远乐清贫，坎坷兴衰铸赤心。苦辣酸甜难解味，缠绵悱恻鉴真情。

吴耀先先生自题诗

仇高驰书

仇高驰，江苏省书法家协会副主席，南京财经大学中国书画艺术研究所所长，教授，硕士生导师，中国书法家协会篆书委员会委员。

寒燠慮遠樂清貧坎坷興衰鑄
赤心苦辣酸甜難解味纏綿悱惻
鑒真情
吳耀先先生自題詩 仇高馳書

仇高驰 《吴耀先先生自题诗》 35cm×134cm

释文：

空濛山雨润葱茏，过眼风帆载笠翁。世外茅庐江上客，秋思浩渺唤鸥鸿。

瘦箫先生诗《题书圣林散之水墨画《〈乌江退庐〉》

金陵明静书

黄正明书之

黄正明，江苏省书法家协会副主席，江苏省直书法家协会主席，南京大学教授、硕士生导师。

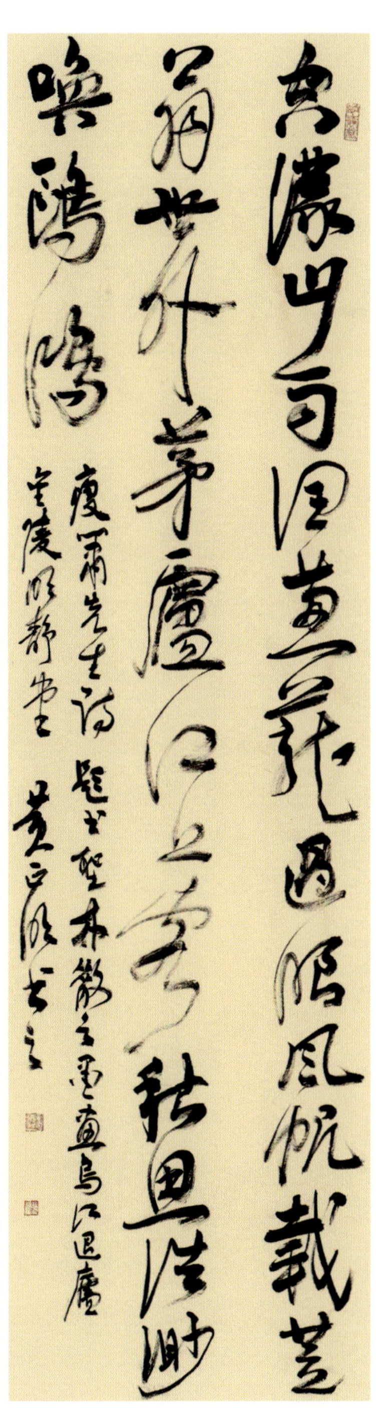

黄正明　《七绝·题书圣林散之水墨画〈乌江退庐〉》　49cm×180cm

◎

释文：

箫声未起鬓先秋，暮霭昏鸦怕倚楼。莫道断鸿惊末路，芦边且听水东流。

吴耀先先生《写在『文化大革命』后半夜之箫声》

少承

谢少承，中国书法家协会理事、行书委员会委员，江苏省书法家协会副主席。国家一级美术师，全军艺术类高级职称评委。

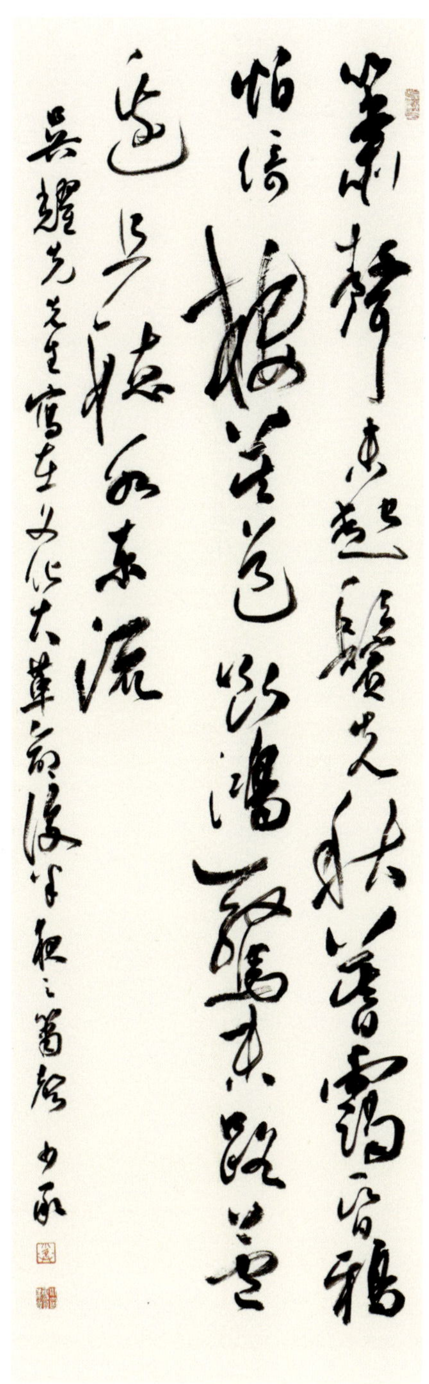

谢少承 《半夜之箫声》 37cm×122cm

◉ 释文：

《登高图》瘦箫诗馆惠存

丁酉夏月于金陵宝祥作

毕宝祥，南京师范大学美术学院教授、硕士生导师，江苏省徐悲鸿研究会会长，中国美术家协会会员。

毕宝祥 《登高图》 34cm×137cm

释文：

空蒙山雨润葱笼，过眼风帆载笠翁
世外茅庐江上客，秋思浩渺唤鸥鸿
吴耀先诗《七绝·题书圣林散之水墨画〈乌江退庐〉》
戊戌夏潘高鹏书并记于金陵

潘高鹏，国家一级美术师，江苏省美术家协会省直分会副会长，江苏省国画院特聘画家。

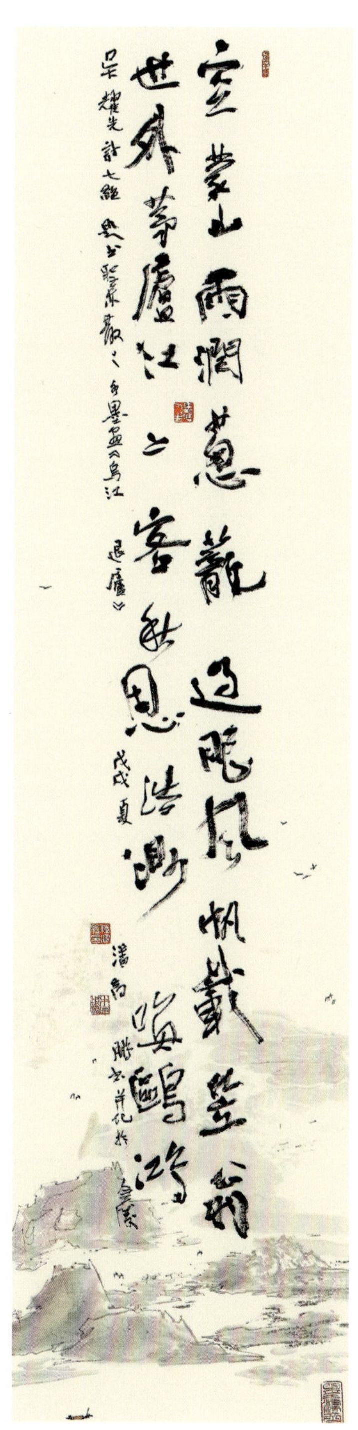

潘高鹏 《七绝·题书圣林散之水墨画〈乌江退庐〉》 34cm×137cm

◉

释文：

饮仇咽泪怕悲伤，负笈图存意激昂。赢得寒窗同砥砺，有怀少保殪夷强。

瘦箫先生《七绝·负笈离井》

杨涛篆于京华

杨涛，中国艺术研究院中国书法院副院长。

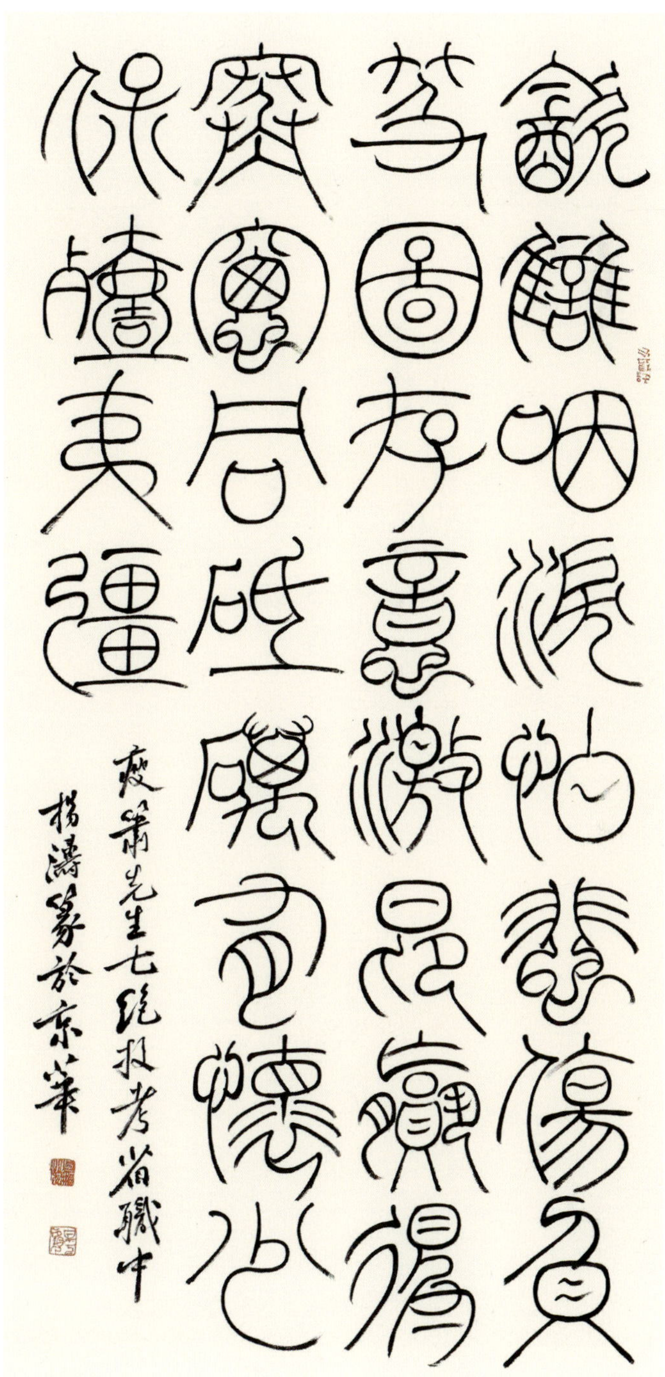

杨涛 《七绝·报考省职中》 69cm×138cm

释文：

七秩蹉跎几回首，酸甜辣苦酬壮志。士途多舛，盛衰坎坷。三十黄粱犹自得，一朝噩梦惊刀斧。国祚活，驽钝悔时迟，空凄楚。凤还里，心未古。斜晖晚，长虹舞。效廉君披甲，燕山荣祖。教子义方龙凤企，育才济济风流数，待从头，诗卷继宗风，春常主。

右录瘦箫先生《满江红·七十自寿》丁酉冬净堂厚甜

洪厚甜，中国书法家协会理事，中国书法家协会楷书专业委员会委员，中国艺术研究院中国书法院研究员，中国民主同盟中央美术院理事。

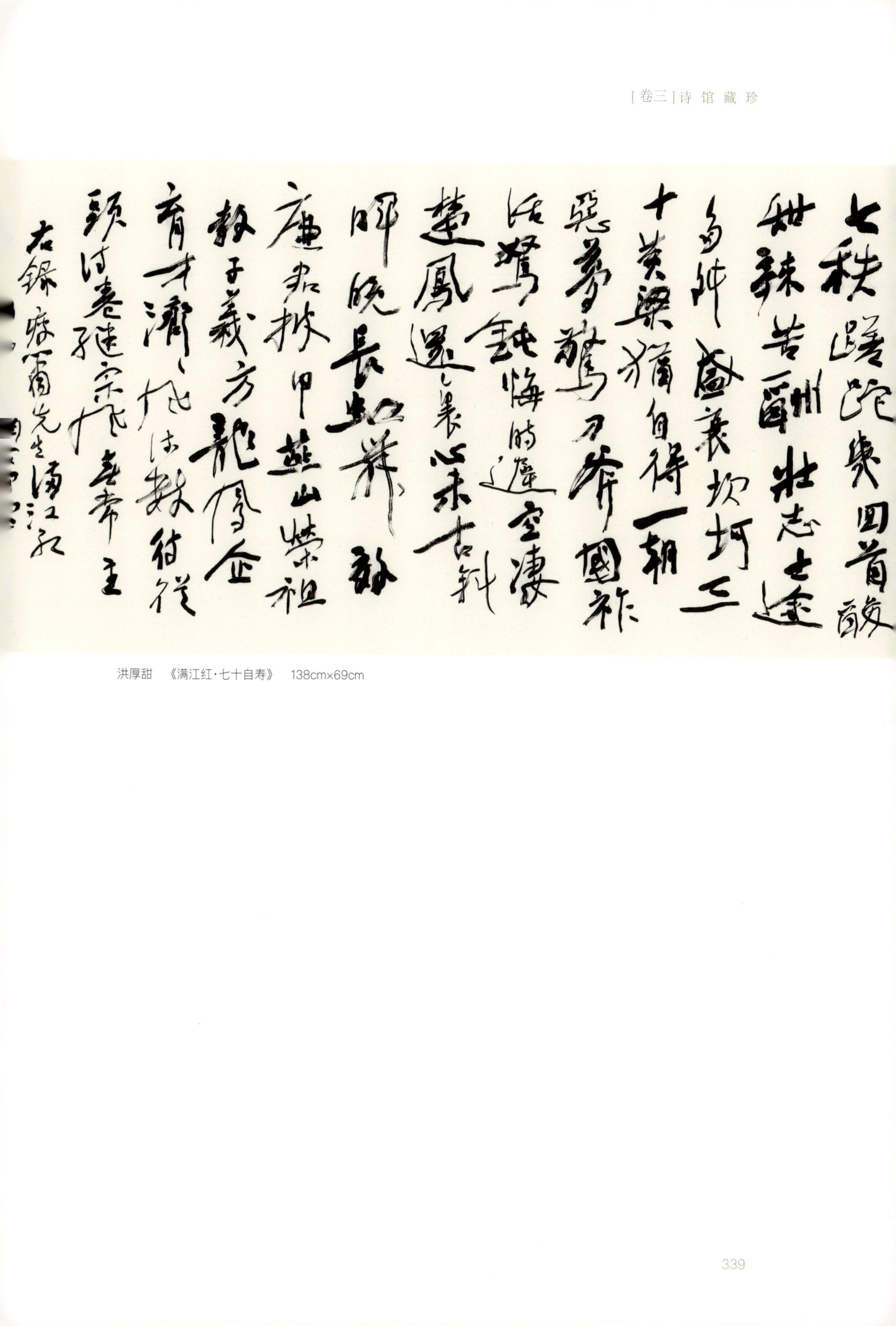

洪厚甜 《满江红·七十自寿》 138cm×69cm

释文：

东台市博物馆惠存

当年意气竞风流，荐血染神州。春光梦断何处？惊几度霜秋！心未平，志难丢，意悠悠。杜鹃声里，箫瘦诗山，琴伴沙鸥。

瘦箫先生词《诉衷情·自题小像》丙申秋庄希祖书于金陵

庄希祖，原名庄熙祖，南京市书法家协会原副主席。

東莞市博物館惠存

當年意氣競風流薦血染神州
春光夢斷何處驚幾度霜秋心
未平志難丟意悠悠杜鵑聲裡
簫瘦詩山琴伴沙鷗

瘦簫先生詞訴衷情自題小像 丙申秋 庄希祖書於金陵

庄希祖 《诉衷情·自题小像》 138cm×69cm

释文：

同甘共苦五十春，风雨沉浮见淑贞。育女抚儿来晚福，糟糠夫妇乐逢辰。

敬录瘦箫先生《七绝·为夫人赵萍七十共寿》

丙申初春吴为山先生命书

乐泉书

乐泉，中国书法家协会会员，中国艺术研究院中国书法院研究员。

乐泉 《七绝·为夫人赵萍七十共寿》 138cm×69cm

释文：

湖光山色映秋霞，江左送儿求艺家。车马疾驰讴壮志，楼船强渡赋心花。
鼋头渚上惊天画，寄畅园中品桂茶。千古风流多少事，敢攀绝巘撷春华。
一九七八年桂秋于锡惠寄畅园
瘦箫先生诗钞时在丁酉初冬于京木木堂
曾翔

曾翔，中国艺术研究院中国书法院办公室主任，中国书法院展览馆馆长，中国艺术研究院硕士生导师，中国国家画院研究员。

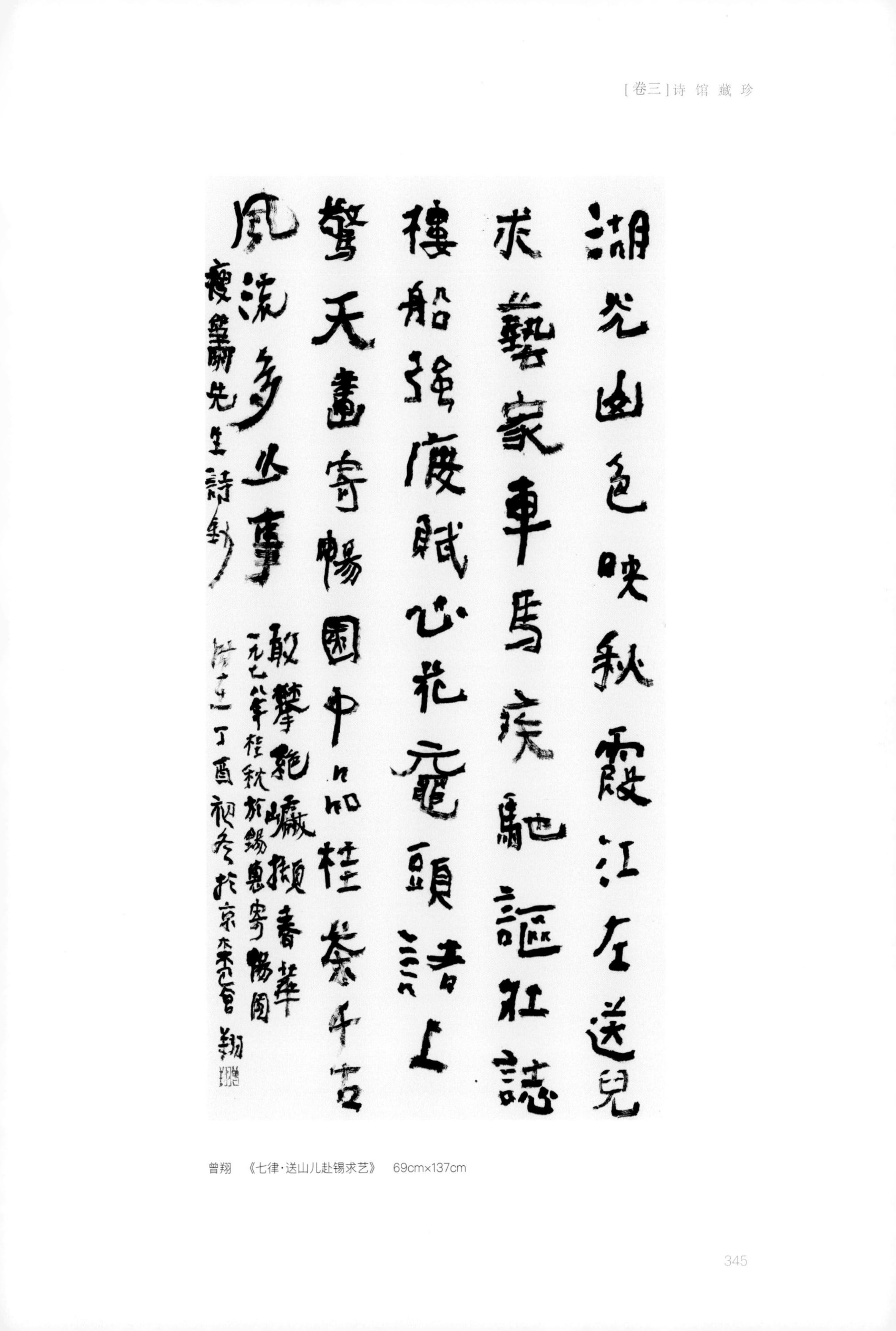

曾翔　《七律·送山儿赴锡求艺》　69cm×137cm

释文：

天下盛筵常难再，明日芳草意绵绵。负重致远阳关道，青春一曲绣新篇。

吴耀先先生诗

六弢

张六弢，中国书法家协会理事，江苏省书法家协会常务理事，无锡市书法家协会艺术顾问，宜兴市书法家协会名誉主席。

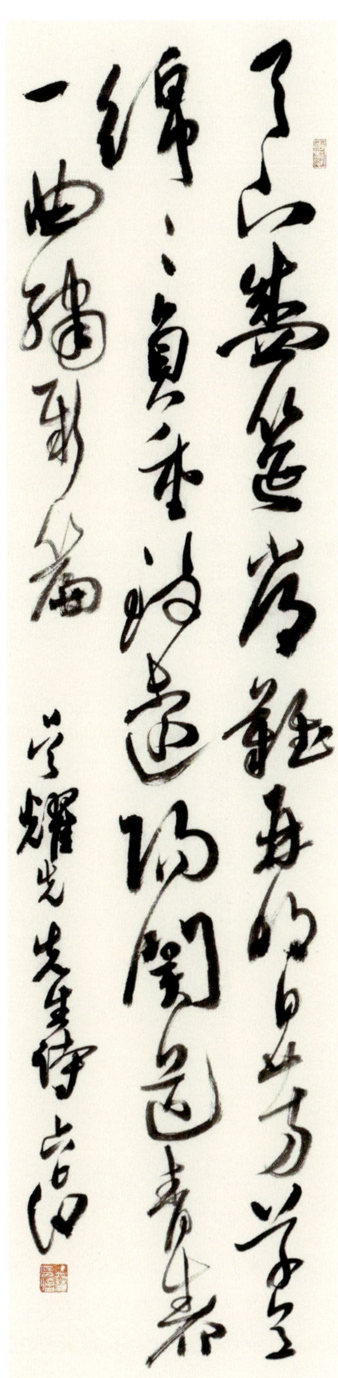

张六弢　《志庆寄语》　35cm×136cm

释文：

冷月清秋

熊红钢先生画山水取宾虹石涛之意诗中得家父瘦箫之境

为山题写

韶华易逝笑平庸，晚伴琴书唤翠红。冷月清秋箫管里，谁家柳袜醉春风

丁酉画高二适先生之侄瘦箫诗意

并录熊红钢

熊红钢，中国艺术研究院中国画院山水创作室主任，国家一级美术师，中国美术家协会会员。

熊红钢　《冷月清秋》　68cm×137cm

释文：

空濛山雨润葱茏，过眼风帆载笠翁。世外茅庐江上客，秋思浩渺唤鸥鸿。

丁酉冬写耀先先生诗意于金陵

建康

许建康，中国美术家协会会员，南京信息工程大学传媒与艺术学院党委书记、教授。

许建康　《七绝·题书圣林散之水墨画〈乌江退庐〉》　69cm×107cm

◉

释文：

龙华志庆忆当年，岁月峥嵘，壮怀激烈。邃密群科图破壁，焚膏继晷暖寒毡。尊夺头鳌驰誉远，七九书香寸草心。值今朝，学成敬业、特色蓝图求造诣。大江南北，荐血轩辕数精英。金樽美酒，玉盘佳肴，山高水长师生情。层楼耸翠，范堤烟柳，别绪琼浆话长亭。

尊师公吴耀先夫子《志庆寄语》词

晚辈赵彦国敬录

赵彦国，江苏省美术馆副馆长、江苏省书法家协会副秘书长，国家一级美术师、中国书法家协会会员。

赵彦国 《志庆寄语》 69cm×138cm

释文：

灵谷春回此登高，云霞灿烂艳阳骄。中山陵上思先哲，仲恺墓头忆俊豪。
虎踞石城生彩翼，龙蟠钟岱舞碧霄。大江滚滚来天半，不尽诗情逐心潮。
敬录吴耀先先生《七律·登灵谷塔》
丁酉之春郭列平书

郭列平，中国书法家协会会员，江苏省书法家协会常务理事，江苏省政协委员，盐城市书画院院长，盐城市书法家协会主席。

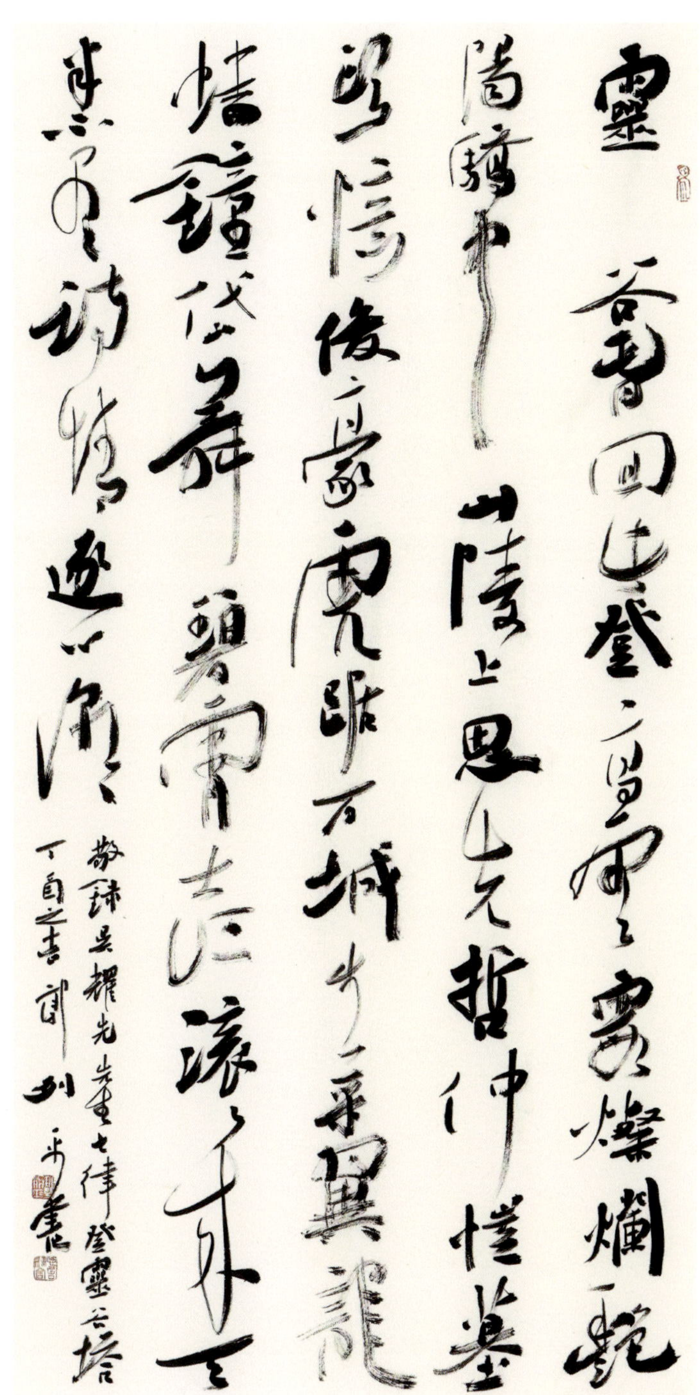

郭列平 《七律·登灵谷塔》 70cm×138cm

释文：

兰桂争妍朵朵芳，秋风肃杀菊犹香。天生气质凌霜雪，赢得满庭沐艳阳。

瘦箫诗抄《赞山儿》

岁次丁酉初冬时客南岳寺

妙染

李强，又名李妙染，中国国家画院研究员，中国人民大学继续教育学院书法篆刻院副院长，中国人民大学继续教育学院当代青少年书画创作研究中心主任，青少年书法报社副社长。

李妙染 《七绝·赞山儿（两首）之骨气》 26cm×233cm×4

释文：

《七古•义方路上应加鞭》
柏庐家训堪取经，崇尚关工感党心。希望工程骛不逮，义方路上应加鞭。
一九九五年年底，市、镇授予我关心下一代工作先进个人荣誉证书，赋此自勉。
一九九五年年底于时堰政府大楼会议室

《七绝•得民儿来书有感》
十年数九百花凋，凄紧寒风袭破窑。喜外阳春终有脚，小园霜草翠虞尧。
取得大学文凭来信禀告

《七律•登民儿夫妇惠华新楼》
惠华楼上溢珠光，塔影含窗沐艳阳。柳绿『二泉』观翡翠，永谐琴瑟举壶觞。马龙车水吴桥夜，晨旭夕烟盛岸庄。改革新潮舒锦绣，星移物换赋沧桑。
一九九二年元旦于无锡惠华新村

七绝三首
其一　做人立本在修身，尽智竭忠方有根。闻讯我儿参政协，葵心向日靠真诚。
其二　牡丹沁艳绿枝扶，北斗凝星德不孤。立党为公甘佐政，沟通民隐莫踟蹰。
其三　盘古新天参北斗，群星璀璨荐热光。云程负重春为伴，葵藿有心永向阳。
欣闻我儿为人应举兼任市政协委员，乃赋此示之，以励其志云！
二〇〇三年于范公堤西

《画堂春•读报载〈著名雕塑家吴为山教授获英国皇家大奖〉》
英伦参展获殊荣，《睡童》神起寰中。女王品塑忆推崇，名著西东。『南博』精英立馆，人文教化融融。云程负重情正浓，再创恢宏。

《清平乐•观中央电视台〈东方之子——吴为山〉》
咸池浴日，艺巘香飘逸。海宇沁芳情更烈，红杏一枝旖旖。石头城外高曦，塑魂骥骋中西。像造东方神韵，龙人直驾云梯。
癸未兰秋于范公堤西堰口古镇峻崖居

《画堂春•为小平祝寿》
韶华不惑正重阳，画楼鸟语花香。琴摇兰室醉壶觞，霞蔚芸窗。举案齐眉梁孟，激夫教女贤良。南山东海韵流长，曲舞霓裳。
癸未重阳于紫金山麓

《七古•燕贺新居》
癸未重阳，喜逢小平四十华诞，适为山一家正徙居紫金山麓，这里依山傍水，曲径通幽，飞阁流丹。层林耸翠，山溪淙淙，鸟语关关，湖光滟滟，沙鸥点点，朝晖夕烟，风光无限，令人叹为观止，不禁脱口成吟。诗曰：
墨客骚人赏心事，无限重阳在画楼。六朝风月来飞阁，倚山傍湖曲径幽。琴摇兰室花影动，光照临川笔走虬。东篱把酒香盈袖，南浦品茗点凫鸥。枫林醉晚鸟归林，松峦耸翠听溪流。芦花点头斜阳里，渔歌袅袅逸兴稠。龙蟠虎踞生瑞霭，两三星火映凫洲。蓬莱仙境何处是，且让丹青染此秋。人间天上情难了，扬帆激水励索求。东方神韵留美梦，十指连心意方遒。
癸未重阳于紫金山麓

《七绝•欣赋外孙女尚莲霞录东南大学》
十载寒毡关隘攻，志存高远不邪从。一朝凤起东南阁，展翅鹏程胜虎龙。
一九九三年秋于金陵

《庆贺外孙女、婿贤伉俪新婚志喜》
良缘夙缔，芸窗花好庆得隽。正鹏程比翼，喜迎桂秋新月圆。仙配天成，洞房烛红抚瑶琴。创青春家国，浩歌『大江』美酒甜。
二零零三年国庆佳节于范公堤西峻崖居

《七绝•喜外孙尚荣录取南京师范大学美术系》
诗家野趣胜春华，兰桂飘香沁峻崖。鹊报荣名题雁塔，满庭芳草斗翠芽。
一九九六年桂秋于峻崖居

《颂情侣•调寄忆江南》
人天好，南苑有芳草。桃李争春春窈窕，高楼深院杏坛聊，司马卓文娇。
人天好，苏鲁咏秦晋，碧水青山流韵雅，永谐琴瑟谱奇篇，锦绣更无遥。
右忆江南两阕书赠
尚荣修玲二君清赏之
范公堤西瘦箫

《浪淘沙•丽娜十周岁宴会抒情》
喜诞庆十朝，袅娜歌动情弦操。怎不令人骄，爆竹声中腾鹤舞，诗酒通宵。苗壮新苗，童心似玉志高超。报国多存艺术梦，且看明朝。
一九九二年五月一日于东亭

《祝酒辞》
戚朋驾宴喜良宵，华灯照，传金报，凤起南苑月桂桥。大江奏凯，笙歌如潮。碧海春轩风光秀，家家庭柯正窈窕。一壶浊酒，几盘粗肴，弹冠相庆觥筹交。千秋希望，义方正道，立本树人，党恩昭昭。新纪璀璨国祚辉，继往开来靠家教。青春烂漫云帆急，风卷红旗路正遥。
一九九九年，孙女吴丽娜荣录南京艺术学院，为人夫妇邀请亲友宴会东台一招，赋此祝酒。
七月三十日于东亭

《七绝•闻孙女吴玥荣录无锡重点初中》
惠华楼上溢珠光，玥照太湖沐艳阳。化雨春风添彩翼，桃林拔萃咏金凰。
一九九七年桂秋于峻崖居

《画堂春•忻赋孙女吴玥荣录苏州大学艺术学院》
惠华楼上起金凰，贤书辉我芸窗。凝眸兰桂竞芳芬，继世文昌。十载破毡虑远，也凭儒教多方。云程发轫话家常，一曲《大江》。
癸未榴月于范公堤西堰口古镇峻崖居

《七绝•喜庆外孙女鲁阳十周岁生日》
朝阳拂煦映绮窗，有凤来仪沁桂香。艺术苗头殊可造，品学兼秀写春光。
一九九七年畅月于利民酒楼

《七绝•喜庆孙女吴霜十周岁生日（两首）》
其一　盐淮水土染潇湘，堰口天鸡咏晓霜。江左楼头飞《羽》曲，琴书轩里沐霞光。
其二　晓霜绣锦胜春光，福到诗家咏凤凰。唯喜童心多艺梦，读书拔秀报炎黄。
一九九七年畅月于金陵苏州路贰玖号楼

《为吴霜荣录南艺而唱调寄〈人民山西好风光〉》
盐淮水土沁书香，秦晋花好起金凰。神鸾展翅日初出，范堤荫柳路正长。站在那高处望上一望，只听那艺宫的锣鼓啊，咚锵咚锵迎接你的辉煌！云程负重多壮烈！薪传有继沐霞光。趋庭鲤对瞬九载，孟母三迁几曾忘？人有那志气永不懈，看她强者脚下有朝阳，为的是谱写博爱新乐章……
甲申桂秋于紫金山麓

《七绝•欣赋阿霜海外游伴》
香江水暖采芹时，觅梦依稀展厚期。天道酬勤宜慎独，仕途经济贵修齐。
二〇〇七年秋日紫金湖畔

《七绝•吴麟荣获『三好生』奖状回家》
手持奖状试公公，心有神灵不露容。看你膝前何寄语，诗书后裔胜虬龙。
一九九六年夏于堰上峻崖居琴书轩

《七绝•赋吴麟十周岁生日》
新年新喜庆新辰，亲友光临福满门。爆竹声声传捷报，诗书继世出龙人。

《七律•杖朝晚曲》
家贫国破读书难，坎坷兴衰铸一丹。乐岁饥寒嗟俯仰，凶年风雨咒『天旱』。人近黄昏迎旭日，芝兰玉树瑞门阑。
乙酉春节于紫金山麓

吴耀先先生家国情怀溢于诗句，殷殷切切如在耳畔，余三读之觉长者霭然目前也
戊戌年初夏晚学黄明敬录

黄象明，本名黄明，国家二级美术师、北京书法院研究员、江苏省青年书法家协会副主席。

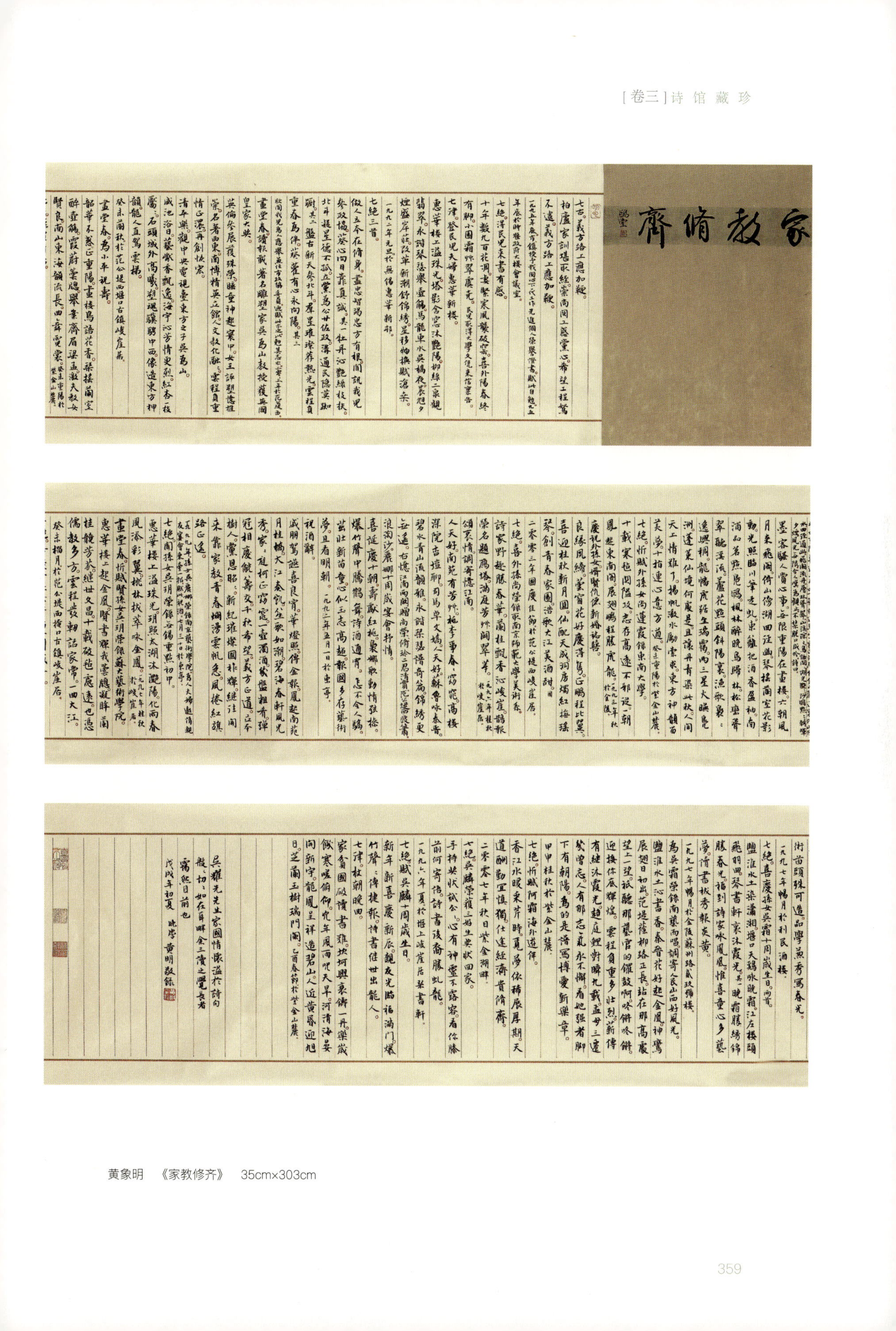

家教修齐

黄象明 《家教修齐》 35cm×303cm

释文：
《事事吉祥》顾光明

顾光明，中国美术家协会会员，民盟中央美术院理事，江苏省中国画学会理事，国家二级美术师。

顾光明 《事事吉祥》 67cm×67cm

释文：

自题诗稿

寒窗虑远乐清贫，坎坷兴衰铸赤心。

苦辣酸甜难解味，缠绵悱恻鉴真情。

家父常于河岸柳丛吹箫其声悠扬

家父每日早读其乐于古韵中

敬录家君瘦箫诗 为山于中国美术馆戊戌

吴为山，全国政协常委，中国美术馆馆长，中国美术家协会副主席，法兰西艺术院通讯院士，南京大学教授、博士生导师。

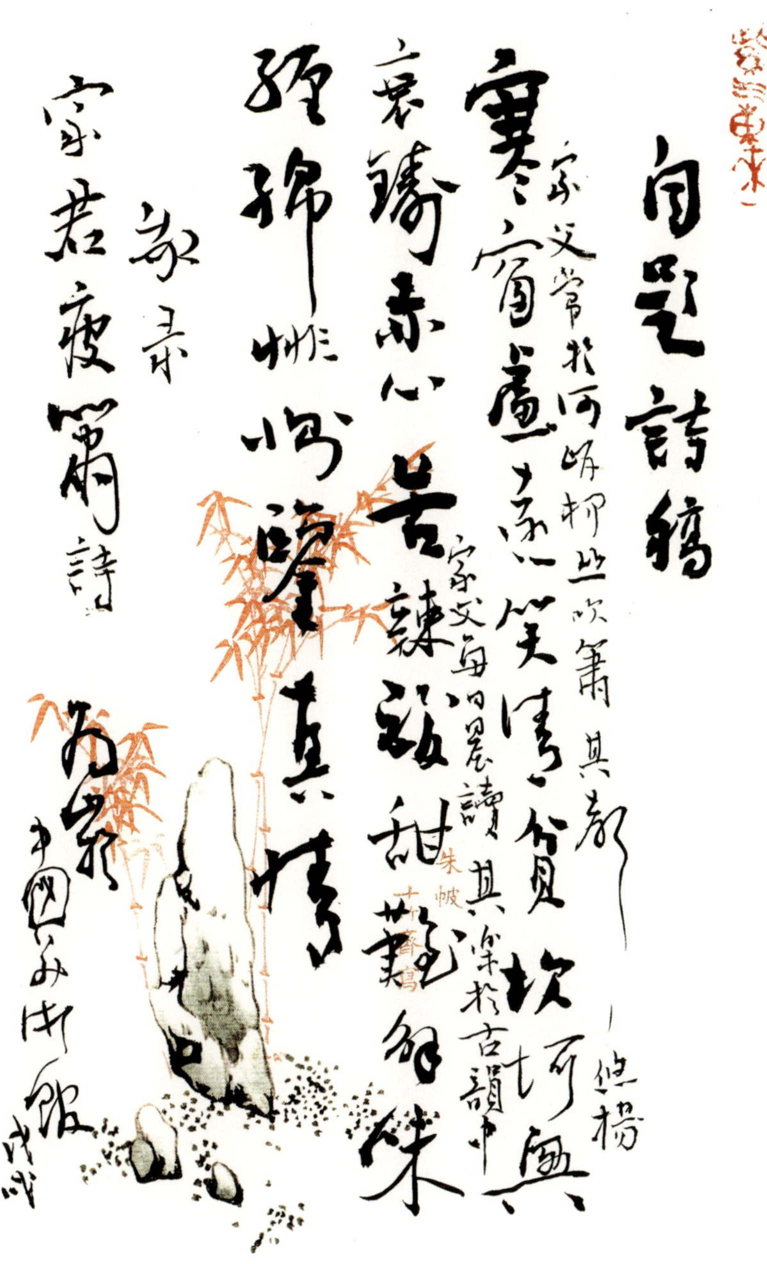

吴为山 《自题诗稿》 19cm×30cm

◎释文：

六月一日新生命充满勃发朝气的节日诗魂重生

《七绝·请缨有路》

雄鸡报晓喜天晴，四海欢腾庆太平。
投袂桃林甘荐血，迎来古国艳阳明。

敬录家君瘦箫诗余少时多听父亲吟哦晨暮皆于诗境中　为山忆写

吴为山，全国政协常委，中国美术馆馆长，中国美术家协会副主席，法兰西艺术院通讯院士，南京大学教授、博士生导师。

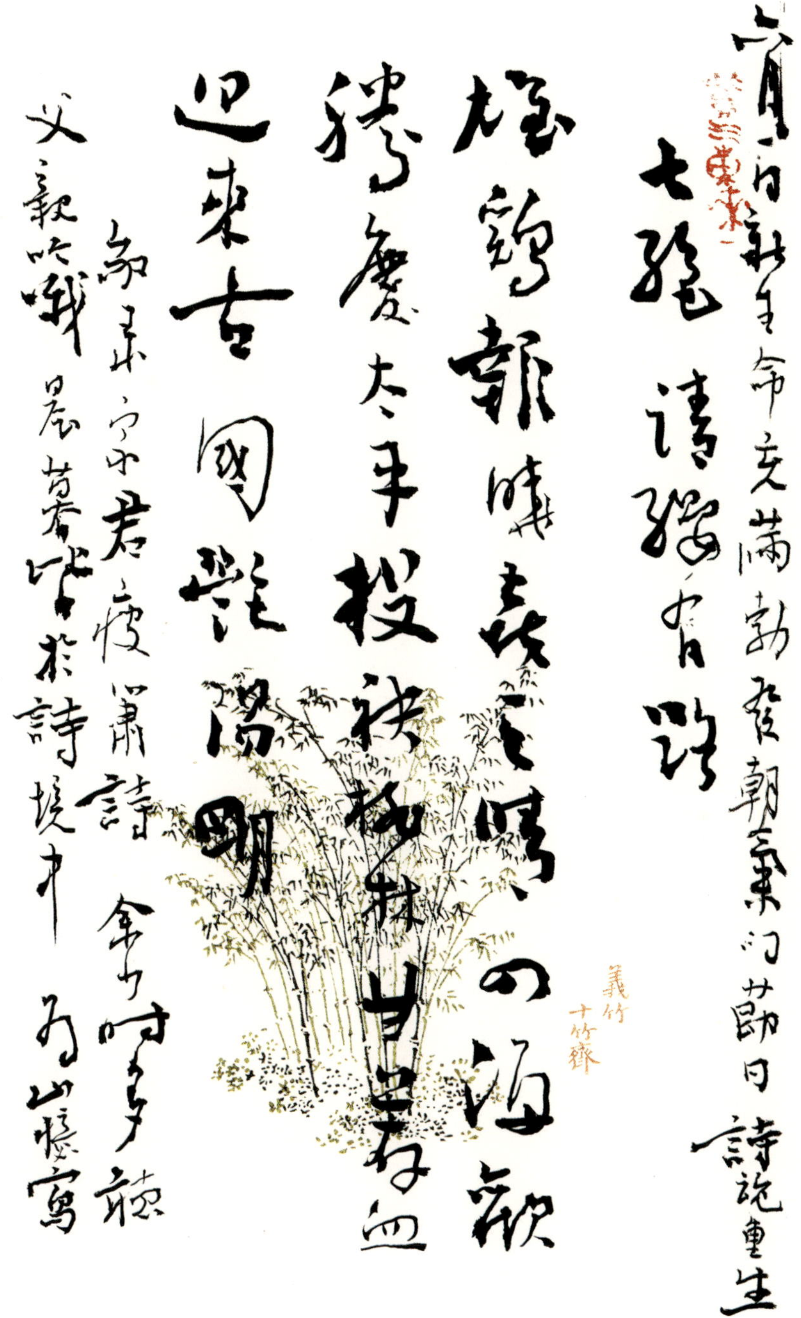

吴为山 《七绝·请缨有路》 19cm×30cm

释文：

大明古寺鉴真僧，东渡传经慰国魂。宝殿流芳千载颂，平山堂上品雄文。

恭录外公瘦箫诗扬州三绝并绘罗汉古松画赠东台博物馆

丁酉尚荣

尚荣，哲学博士，南京大学副教授、硕士生导师，中国美术家协会会员，中国书法家协会会员，江苏省青年联合会副秘书长、江苏省青年美术家协会副主席兼秘书长、南京市青年美术家协会主席。

尚荣 《罗汉古松图》 69cm×69cm

释文：

十载寒毡关隘攻，志存高远不邪从。一朝风起东南阁，展翅鹏程胜虎龙。

《欣赋外孙女尚莲霞荣录东南大学》

诗家野趣胜春华，兰桂飘香沁峻崖。鹊报荣荣师大录，满庭芳草斗翠芽。

《喜外孙尚荣录南京师范大学美术系》

春光明丽，辉我诗书第，绿草红花铺锦地，喜诞讴歌五世，阿娜十岁，嘉宴亲朋，尽醉方兴，童鹤吟松共茂，山呼福寿康宁。

《欣赋孙女吴丽娜十周岁生日》

惠华楼上溢珠光，玥照太湖沐艳阳。化雨春风添彩翼，桃林拔萃咏金凰。

《闻孙女吴玥荣录无锡重点初中》

朝阳拂煦映绮窗，有凤来仪沁桂香。艺术苗头殊可造，品学兼秀写春光。

《喜庆外孙女鲁阳十周岁生日》

晓霜锦绣胜春光，福到诗家咏凤凰。唯喜童心多艺梦，读书拔秀报炎黄。

《喜庆孙女吴霜十周岁生日》

手持奖状试公公，心有神灵不露容。看你膝前何寄语，诗书后胜虬龙。

吴麟荣获三好生奖回家

抄录诗七首以此来纪念我最敬爱的爷爷戊戌仲夏于观山吴玥沐手

吴玥，南京大学美术研究院书法篆刻专业硕士。现任职于江南大学设计学院，并任《创意与设计》编辑。获 2019 年国家艺术基金青年艺术创作人才资助项目。

十載寒氈闖隘攻志存高遠不邪
從一朝鳳起東南閣展翅鵬程勝虎龍
忻賦外孙女尚蓮霞榮録
東南大学

詩家野趣勝春華蘭桂飄香沁峻崖鵲
報荣榮師大録滿庭芳草斗翠芽
喜外孙尚荣録南京師大美術
繫

春光明麗輝我詩書第綠草紅花鋪
錦地喜誕謳歌五世阿娜十歲嘉讌親
朋盡醉方興童鶴吟松共茂山呼福壽
康寧
忻賦孙女吳麗娜十周歲生日

惠華樓上溢珠光玥照太湖沐艷陽化雨
春風添彩翼桃林拔萃詠金凰
聞孙女吳玥榮録無錫重點
初中

朝陽拂煦映綺窗有鳳來儀沁桂香藝
術苗頭殊可造品学兼秀寫春光
喜慶外孙女魯陽十周歲生日

曉霜綉錦勝春光福到詩家詠鳳凰惟
喜童心多藝夢讀書拔秀報炎黄
喜慶孙女吳霜十周歲生日

手持獎狀試公公心有神靈不露容看
你膝前何寄語詩書後勝虬龍
吳麟榮獲三好生獎回家

抄録詩七首以此来記念我最敬爱的爺爺
戊戌仲夏於覌
山吳玥沐手

吴玥 《瘦箫诗抄》 18cm×26cm×4

吴霜，青年画家，艺术策展人，南京市青年美术家协会理事。

吴霜 《献给爷爷永远的花》 49cm×97cm

“瘦箫诗馆”捐赠作品展开幕仪式在东台市博物馆举行

“瘦箫诗馆”捐赠作品展开幕仪式现场

二〇一八年六月八日上午，在东台市博物馆隆重举行“瘦箫诗馆”捐赠作品开幕仪式。仪式由东台市委常委、宣传部部长周爱东主持。

出席开幕仪式的领导和嘉宾有：江苏省文联主席章剑华，江苏省文化厅党组成员、副厅长方标军，四川省成都市文化广电新闻出版局师江，四川省成都市杜甫草堂博物馆馆长刘洪，中国书法院院长管峻，江苏省中国画协会副会长嵇亚林，高二适女婿、著名学者尹树人等。捐赠四十二件作品的部分作者也来到了现场，有陆庆龙、崔进、赵彦国、黄明、顾光明、尚荣、吴霜等诸位。出席现场的还有东台市政协主席鲍宇，东台市文广新局、文联、教育局等各个有关部门负责人，吴耀先先生三子、国际著名雕塑家、全国政协常委、中国美术馆馆长、中国美术家协会副主席、法兰西艺术院通讯院士吴为山以及吴老的家人和故友亲朋计百余人，共襄此举。

东台市政协主席鲍宇首先发表致辞，他说：“吴耀先先生是东台杰出的教育工作者，是一个时代家乡知识分子的优秀代表。作为一位人民教师，他以三尺讲台传道授业解惑，一支粉笔立德培智树人。更令我们敬重和景仰的是，他又是一位才华横溢、文采飞扬的爱国诗人。他生前创作了大量讴歌时代、有益社会、爱党爱国爱家乡的优美诗歌。吴老先生去世后，其家属邀请了国内著名艺术大师和知名学者，以其诗歌内容为题材创作了一批艺术珍品，以为纪念，并愿意将此无偿捐赠给家乡政府馆藏并对外展出。”他说：“吴老的诗，集中诠释和抒发了他老人家毕生报效党的教育事业，始终热爱祖国和家乡的炽热情怀和高尚情操。众多书画名家、国学大师和文学爱好者为他的诗词泼墨挥毫，或题字作序，或撰写文章，足以说明吴老诗文的影响力和人格的感召力。同时，诗书俱佳、相得益彰，更增添了特殊的感染力和生命力。《瘦箫诗馆》的建立和捐赠作品的展示，不仅是对先贤一种形式上的纪念和传承，更是对东台地方文化软实力美誉度的增强和提升。”

江苏省文联主席章剑华致辞，他说：“今天在东台又搭起了一个新的艺术平台，也就是瘦箫诗馆，同时在瘦箫诗馆举办捐赠作品展，在此请允许我代表江苏省文联、代表全省的文学艺术届对瘦箫诗馆的开馆以及展览表示热烈的祝贺。”他说：“吴耀先先生是一位可敬可爱的老师、一位可敬可爱的诗人、一位可敬可爱的父亲，他虽然是一个普通的教师、一位平凡的父亲，但是我觉得他做出了非常大的努力和非常大的贡献，主要是三方面。第一，对教育的贡献。他一生从事教育事业，桃李满天下，培养了许许多多的优秀学生，一直到他退休之后，还发挥余热，为落榜的学生、社会上的学生复习临考创造条件，培养输送了一批人才，一直在教育事业上辛勤耕耘；第二，他在教育之余，一直从事艺术创作，创作了大量诗歌。我认真拜读了作品，我觉得他具备诗人很好的创作素养，而且有激情有情怀，尤其是看他的诗，让我想到了习总书记对艺术作品的要求，要做到四个讴歌——讴歌党、讴歌祖国、讴歌人民、讴歌英雄，我看到他的这些诗，实际上就是践行了习总书记对艺术创作的要求。虽然在那个年代他还不知道习总书记提出的要求，但是他作为一个艺术家，他就有着一种对祖国、对人民、对家乡的情怀，有情怀才能创作出艺术作品，才能创作出诗歌。第三，他确实是个伟大的父亲，培养了一个优秀的儿子。吴为山先生首先是从我们东台走向省里，从省里走向全国，现在又走向国际的舞台。他是我们江苏走出去的一位非常杰出的优秀艺术家，为我们江苏、为我们全国做出了很大的贡献。”他还谈道：“我非常赞同能够在东台办一个瘦箫诗馆。这样能够做到‘三传’。首先是传承，使他的诗词作品能够传承下来，这样收集起来，放到展馆里面，能够起到一个传承；同时能够更加广为传播，艺术创作的目的，就是为社会服务，为人民服务，就必须通过广泛的传播，能够把诗变成书法作品放到展览馆里，能够起到很好的传播作用；最后，实际上我们的传承传播也是在传授，传授一种精神，我们吴老先生的精神是值得弘扬的，他对事业、对教育、对艺术，对家庭，充满着感情，充满着责任，所以我觉得今天，不仅仅是办一个一般的展览，也不仅仅是办一个一般的诗馆，实际上是通过这样一个平台，这样一种形式，来向我们的一位人民教师致敬，也向一位伟大的父亲致敬！”

成都市文广新局师江局长致辞并代表成都市文广新局和全市一百五十家博物馆对瘦箫诗馆的成立表示热烈的祝贺。他说：“吴耀先先生出生于书香门第，祖父高勇是清末秀才，叔父高二适是近代著名学者、诗人、书法家。先生接受优秀的文化传统熏陶，秉承诗书传家家风，不仅对子女严格要求，而且给他们讲授古典文学知识，使他们从小接受中华优秀传统文化的熏陶，这为他们今后在文学、艺术、教育等领域取得卓越成就，奠定了良好而坚实的基础。先生常期致力于中小学教育，对教育事业满怀热忱，传道授业，教书育人，桃李满天下。即使退休了依然心系寒门学子，创办腾飞补习学社帮助他们实现自己的梦想，‘春蚕到死丝方尽，蜡炬成灰泪始干’。先生将自己的一生奉献给了中国的教育事业，奉献给了自己深爱着的东台热土，他是值得我们尊重和敬仰的。先生喜爱古典诗词，尤其喜爱杜甫的诗歌；同时，先生热爱诗词歌赋的创作，他的诗集《瘦箫诗稿》，反映了热爱祖国家乡人民的家国情怀，意义丰厚，格调高雅。”他还希望成都市和东台市的文化系统、成都市的杜甫草堂博物馆和东台的瘦箫诗馆开展更广泛的工作和交流，共同促进文博事业的发展。

杜甫草堂博物馆馆长刘洪在开幕式上介绍草堂博物馆赠送给东台博物馆瘦箫诗馆的石刻纪念陈列品，这是成都考古队专门研究古文字的学者为水乡诗人吴耀先先生所撰的一篇碑文，同时邀请了中国书协副主席何亦辉先生为这篇记文书写书法。碑是用山东青石制作的，邀请到苏州刻碑名家操刀，这样一部寓意深远的作品作为一个展品捐赠给瘦箫诗馆，长期陈列，以飨观众。

最后，吴为山先生致辞，他表示：“首先感谢今天到场的所有嘉宾，感谢所有的亲朋好友，包括我父亲的学生，感谢东台市人民政府、市人大、市政协，对这样一个普通的教师，在自己的岗位上做出的一些本本分分的工作的肯定。我父亲是一个非常平凡的人，就是一个老师，在东台师范、东台中学、时堰中学任教，早年还当过时堰小学的校长、时堰地区的教导主任，所以他的足迹并没有像他所羡慕、所仰慕、所崇敬的李白、杜甫那样走遍祖国的河山，但是在他心里，在文化境界里，永远装着祖国的那片河山。他非常欣慰的是，他培养的那些学生都走遍了祖国的大江南北。这样普通的一个老师，他的心中最重要的就是爱，他经常和我讲，有了爱，就有了力量。而这种爱，不仅仅是对家人的爱，还有对文化的爱，对人民的爱，对祖国的爱，所以他自己用一生的经历来诠释这种爱。”他说：“我父亲在病重期间听说东台决定要为他设一个诗馆，他说千万不要以‘吴耀先’的名字命名，用瘦箫就好，因为瘦箫是他精神的象征，是他精神的符号。他的诗，就是‘爱’，爱祖国大好河山，爱家乡一草一木。所以，今天这个愿望得到了实现，确实以‘瘦箫诗馆’这样一个平台，得到了全国许多书画家的响应，他们纷纷用自己的文化情感来呼应我父亲的诗，写了这么多的优秀的、可以留世的书画作品，捐赠给东台博物馆。我想这只是一个开端，以后还有陆续不断的来自全国的书画家，向瘦箫诗馆捐赠作品，向东台捐赠作品，支持东台的文化建设。”他说：“这个瘦箫诗馆实际上不仅仅是一个诗馆，也是一个书画艺术的展览馆。以后通过这个平台，还可以就中国历史上的一些著名诗人的经典之作，举行诗歌朗诵会。在这样的一个殿堂里面，在这样一个平台上面，在这样一个公共文化服务的空间里面，弘扬中国优秀的传统文化。诗歌是中华民族的血液。我觉得中国是一个诗歌的民族，是一个诗歌的国度，我们有屈原、李白、杜甫、白居易等这样的诗人。实际上，是把整个民族的精魂用美的形式再次凝练。诗句就是人的智慧、人的理想、人的创作的一切表现。它的提炼，它的精神感召力，都是影响我们生活、影响我们精神、影响价值取向的航标。”

吴为山先生还特别感谢所有艺术家对东台无私的奉献，感谢到场的章剑华、管峻等人的大力支持与奉献。特别感谢国学大师饶宗颐先生题写“瘦箫诗馆”，这也成了饶公百岁生命的最后深情一笔。还有沈鹏先生以诗人间的心灵感应怀着激情书写的“诗书传家”。他说：“习总书记讲人民对美好生活的向往就是我们工作的方向，就是我们努力的目标，东台市委、东台市人民政府对十九大精神、对习总书记的讲话精神深刻理解落实到行动上。”他认为瘦箫诗馆应当是团结、联系、维系全国诗人、书法家和画家的重要平台，也起着推动中国诗歌发展的重要作用。最后，吴为山先生再次感谢所有的嘉宾，再次感谢东台一百多万人民，因为有东台人民对文化的重视，才有了今天的这一切。

活动开幕前夕，即六月七日晚，东台市还专门召开了瘦箫诗馆捐赠作品品鉴座谈会。出席座谈会的嘉宾有江苏省政协原主席张连珍，中国美术馆馆长吴为山，江苏省文联主席章剑华，中国书法院院长管峻，盐城市委常委、宣传部部长吴晓丹，盐城市宣传部副部长、文联主席薛万昌，盐城市文广新局局长季德荣等以及吴耀先先生生前亲朋好友近百人齐聚一堂，品鉴交流，畅谈感怀。座谈会由东台市政协主席鲍宇主持。

中国美术馆馆长吴为山首先发言，回忆了父亲生前的往事，强调父亲的“诗教”以及对子女的爱国情怀的培育。东台市市委书记陈卫红发言，认为吴老先生给东台留下了很多财富，第一是培养了这么多优秀的后代，第二是吴老先生桃李满天下，

瘦箫诗馆捐赠作品品鉴座谈会现场

第三是吴老先生的品德和风骨包括各方面的为人，第四是即将开馆的瘦箫诗馆，大家都可以走进诗馆去感受吴老先生的才华和品行，以及大家对他的评价，这次在文博馆展出的这些捐赠作品，将是东台永恒的财富。

江苏省政协原主席张连珍发言，认为吴为山父亲瘦箫老人可以说是平凡中见伟大，人生有诗情，夕阳有画意。从他的诗中看到了一种情分、一种境界、一种品德、一种精神、用童真、

纯真、求真这三真来概括吴为山先生的父亲。中国的传统文化，也是瘦箫诗馆的宝贵财富，是文化的传承。

高二适先生女婿尹树人发言说：高二适先生书写过一副对联——“读书多节概，养气在吟哦”，读书增加自己的气节，吟哦体味诗的精髓。这个对联和在一起就是“诗书”，诗书是结合在一起的。一个家族出现人才靠的就是“诗书传家”，靠的是勤奋，靠的是孝顺，孝道也是“诗书传家”中的内涵。

江苏省文联主席章剑华发言说：“我来了之后非常感动。一个是为我们东台所感动，为一个普通教师办瘦箫诗馆所感动，一个是为吴为山馆长所感动，对自己平凡的父亲以最好的形式来纪念。他的父亲我们都不熟悉，但是来了之后有所了解，刚才又翻了这本诗集。我觉得普通当中值得崇敬。平凡的老师也很伟大，虽然是一个普通人，一个平凡的教师，但是他有着很大的贡献。章剑华主席还谈到吴耀先先生的贡献在于家庭，对子女的言传身教。”他说：“我们在评价吴馆长的雕塑，有一个评价讲他的雕塑是诗意雕塑。本来雕塑是一个凝固的艺术，塑造形象。但吴为山的雕塑不光是塑造形象，更带给人诗意般的美的享受。他的诗意从哪儿里来，现在我已经明白了。是受父亲的影响有了诗意，他不是诗人却充满诗意。这种诗意、这种诗情都离不开父亲的影响。不管吴为山馆长取得了多大的成就超过父亲，还是离不开父亲。没有父亲的教育影响就不能出现伟大的艺术家。”

中国书法院院长管峻发言：“吴为山先生的父亲并不是大的专家、大的学者，但是他的言传身教能够给子女这样的教诲，从书本上是学不来的。看到这些诗稿的时候非常感动，很多诗都是为子女写的，充满了长辈对晚辈的疼爱之情，是非常了不起的。今天这样一个座谈会对大家都是非常友好的，是一种教育，我为东台感到高兴。为有这样一个优秀的老师，还有一个优秀的艺术家在这儿高兴。”

原东台市委常委、宣传部部长、人大常务副主任陈祖德发言：与吴耀先老师相遇在二十世纪六十年代初，在教师进修学校相遇，相识，相熟，相知。认为吴耀先老师在家庭、家风、家教方面是一位十分成功之士。他对子女的教育、引导、要求、帮助，使子女们取得了丰硕成果，其中不乏有成功成才之士，为山是杰出的代表。他付出的心血，深深地溶解在父爱如山之中。”

最后，盐城市委常委、宣传部部长吴晓丹发言，表示有很多感受，首先是精神可嘉，其次是结合完美。她说：“精神可嘉。我想讲的是两方面。一个是为吴老先生的这种精神，通过吴为山馆长的介绍，还有册子上的一些书法作品，包括余秋雨老师写的序，这对他的一生包括他的生平我们也有所了解。这种方式一个是缅怀，同时也是我们受得一次教育。在这个过程中，大家也感受到爱和孝。一个是老先生的这种博爱，他的精神也感染和鼓舞和激励着自己的子女，包括激励着一些后人去做一些好事、善事，也让子女在传承他的一种爱。那么第二个就是孝，大家在座谈当中都说到了这个孝。作为中华民族的传统美德，能够传承下来孝和爱心，这个是从核心价值观的一个层面来说，也是一个很高的境界。能够在盐城、在东台深深地体现出来，对我们宣传文化工作者来说也是非常欣慰的一件事。而你们所做的这些也给大家树立了一个榜样。所以我们每一次的，包括道德模范发布的一些活动，大家都深深地感动着。我想今天晚上我们参加的这个活动，在座的各位，以及没有来参加，即将开馆的瘦箫诗馆开馆以后，但凡去看的都会有这种感受，深深感动，这个是精神可嘉的表现。第二个就是我感觉这是一个完美结合，诗本身就是一个很优美的事物，它有很美好的境界。加上有名家的书法，加以美化，把中国的传统文化进行了一个提升，它的境界和意境都会很美，这是流芳百世的。所以这种做法，这种艺术的呈现，给大家带来美好的感受。我想这种方式方法，有个瘦箫诗馆在这里很好地结合可以流芳百世。”

瘦箫诗馆捐赠作品品鉴座谈会的成功召开以及瘦箫诗馆捐赠作品展开幕仪式的圆满开幕，标志着瘦箫诗馆正式建成，是增强东台地方文化软实力和提升美誉度的一项有力举措，来自全国的书画作品将在这样的一个文化殿堂、公共平台和服务空间里，交流展示并弘扬彰显中国优秀传统文化。（尚荣）

“瘦篁诗馆”展厅内景

父亲和他的诗

他不是诗人，心中却荡漾着诗意

父亲六十六岁生日时，我曾为他塑过像。那是二十三年前的事了。他是一个普普通通的知识分子，塑像也只是表达儿子特别的情感，那尊像后来铸成了青铜像：头微微上抬，颧骨耸起，面部嶙峋，眼睛里透发出不确定的光，并不整齐的头发有序向后……

这是一件写生作品，但更多的是定格在我记忆深处的父亲。从我记事始，很少看到父亲、母亲的笑容，母亲总是愁眉不展。我们弟兄姐妹七个，我排行老五，一家人靠父亲一人工资维持生活。二十世纪六十年代末，尽管父亲遭到不白之冤，但始终坚定信念，忠诚于党的教育事业。四十岁生日，在“牛棚”无辜受辱的他，写下这样的诗句：

披肝沥胆廿年间，尽瘁桃林未等闲。浩劫临头人鬼倒，“牛棚”饮恨啸“天寒”。

那时，父亲穿的是黑灯芯绒的棉袄、棉裤、帽子。一九六九年严冬，全家随父亲下放农村，八十岁的爷爷、奶奶和我六岁的妹妹、四岁的弟弟也都成了新农民。父亲也因下放，摆脱了挨批斗的困境，他虔诚地向贫下中农学习，在他们身上看到的是纯朴、忠厚。他决心彻底改造自己，常常唱起《我们走在大路上》，也常吹笛子曲《扬鞭催马运粮忙》。早晨也起得早，看广阔天地的日出。我的姐姐、哥哥都辍学务农，冬天挖河、拾粪，夏天割稻、造绿肥。父亲琢磨着试制“九二零”农药，还养了一百只鸡，由此而成为左右邻乡的新闻。不料，父亲又在“一打三反”运动中，成了走资本主义道路的典型……

父亲被起用后，回学校任教，他把对党的感恩之情投入工作热情中。他天真、正直，但脆弱、敏感、易动情。重执教鞭的他欣然写下：

阴阳错位本荒唐，屈子行吟岂自伤。忽报天公垂雨露，枯藤野草咏榆桑。

这段时期，他穿的是藏青色的中山装。

二十世纪七十年代中期，举国上下学张铁生交白卷，而父亲总是督促我们弟兄读书、读诗，并自制小本子，抄录经典诗词、警句供我们背诵。他自己早晨五点起床，点着煤油灯备课、吟诗，到七点上课堂前，嘴角上已是两堆口沫了。他喜读《离骚》《诗经》，谈《红楼梦》，讲李、杜，慕王勃，咏东坡。他尤爱那些具有悲剧色彩的爱国诗篇，吟至激昂或低沉处，总是声泪俱下。他也喜欢剪报，贴了若干本，关心时事，紧跟形势。父亲对鲁迅推崇备至，满屋子挂的是他手书的鲁迅诗及名言。这些，也使我们那个时代只能学习课本及毛主席语录的青少年多吸收了一些传统文化，更早地了解到新文化运动的旗手。我后来创作的《鲁迅铜像》，创作的中国历史文化名人系列雕像，客观上与父亲早期对我的影响是有内在联系的。我印象很深的是，一个夏天的晚上，他把我叫到蚊帐里，讲“关于细节描写”，这篇文章好像是吴调公先生发表在《新华日报》上的。我那时正上初中，他对我灌输了一些文艺理论，重点强调文艺的“大众性”，主要出自毛泽东《在延安文艺座谈会上的讲话》。他是充满理解、充满情感而讲的。

一九七八年和一九七九年我连续两次高考落榜，后入无锡工艺美校学泥塑，大学梦成了泡影。我彷徨、消沉，父亲作诗，以击鼓催发，并送我过江到了无锡惠山脚下：

求医失路笑难关，从艺有期莫等闲。坐井观天终是小，大江放眼快扬帆。

多年来，我把它作为一种动力，每念及此，总是浮现出第一次由苏北横渡长江的壮阔之景，浪淘尽，滚滚东流……

一九八二年，父亲离休，带着壮志未酬的遗憾发出感慨：“身虽病，心难老，范公志，何能丢？冀明天幸复，重游芳洲。”

那时，我已从艺校毕业，闲居家中，用竹笔蘸墨为父亲作一写生像。这幅画像至今仍保存完好，纸张已呈黄褐色。从那气质上看，他心目中常有古贤人，常吟“抚孤松而盘桓”。紧闭而下垂的嘴角中流露出“待从头，再附骥驱驰，意正遒”（父亲词）的内心世界。不久，他感叹于“病马嘶槽”，顿生“壮心不已”，在地方上创办腾飞补习学社，将一百五十名落榜生组织起来补习，“腾飞”在高考中年年报捷，父亲春风得意，作昂扬斗志的《腾飞补习学社之歌》：“堰口虹桥，春光烂霄。巍巍腾飞，兴学施教。……喜看人才之丰蔚兮，如雨后之春潮。宏开学社，乐育群髦。中华腾飞，端赖吾曹。”

这期间，我们兄弟姐妹都各有其业，父母经济上没有负担。通过办学社，父亲在晚年实现了其价值，一吐扬眉之气。

回首看，父亲的经历，某种意义上也反映了一代普通知识分子的命运。我是一九六二年出生的，正是三年自然灾害时期。据说母亲生我时，月子里唯一的营养仅是用几条小鱼煮了一锅汤。父母亲在我们每个子女身上都尽了很大力，如今我们兄弟姐妹中有工人、公务员、医生、大学教授，也有在体制改革中转岗的，在平凡的岗位上都兢兢业业地工作，这与母亲诚朴、勤劳之身教，与父亲之情理交融的“诗教”不无关系。

一九九八年十月母亲七十寿辰，父亲作：

同甘共苦五十春，风雨沉浮见淑贞。育女抚儿来晚福，糟糠夫妇乐逢辰。

此情此意，化为境界。当年父亲已七十二岁，但他依然天真，似乎理想的光环离他只一步之遥，他每日都在追逐，每日都获得新的希望。他到南京去秦淮河问古，也常散步于早年读书的校园，喜欢谈论在大学教过他的教授：陈瘦竹、朱彤、诸祖耿、蒙圣瑞……他怀旧，常念起我的高祖高也东秀才、伯祖高二适先生、表伯赵继武教授，家族的文化渊源使他不经意露出了自信与自豪。尤其是高二适先生，常勾起他对早年受其教导的深深眷恋。“一高炳蔚荣书史，海邑同光颂楚星。”

而今，他把这种文化理想的实现深深寄托于第三代，这不仅是因为老人们的共性，也是教育工作者的习惯思维与责任。在他数百首诗歌中，这部分内容闪烁着“人本”的爱光，是生命真实意义的颂歌。他教育的宗旨围绕“爱”：

爱国、爱民、爱事业……核心是爱国。这是一个正直知识分子的心声。父亲并不能算得上诗人，但他的心中有诗意。他把对生活的理想、热情用诗表达出来了，而且十分真切。有些诗与当时的政治形势有关，并非纯艺术、纯文学的，但这正是他生活、心路历程的真实记录。他也写了大量的田园诗，古人笔下的归帆、炊烟、沙鸥、秋林在他的诗中被赋予了新意，这与那些有政治色彩的诗互为补充，是他精神自然、自在、自由的表露！

父亲八十多岁时，我将他接到北京家中。深夜我从工作室回家，他总是等着我，为我讲解古诗，几乎每日如此。在他生命垂危之际，一旦清醒，他便自言自语，吟诵诗句，尽管声音微微弱弱……

诗，远自旷古，又辉映现实。萦回于无际的虚空，启迪着人生的理想。父亲以诗意抒写了他文化与教育的一生，也激励着我们的人生。

吴冠中

二〇一七年六月二十二日发表于《人民日报》

瘦箫詩館

SHOU XIAO POEMS CENTER

艺文集

COLLECTION OF ART WORKS POETRY AND ARTICLES

瘦箫诗馆艺文集编委会